U0024926

擁有勇氣、信念與夢想的人，才敢狩獵大海！

獵海人

聖潔的微光——ありがとう：

曾發出微光的雕像

弦撫松　著

本書內容為虛構，如有雷同，純屬巧合。

自序

在四十年前的大一時，我曾讀過余光中的新詩，默記現代詩的紋理。

二十多年前重拾古文的芝蘭芳草，聞出芝蘭的香味與繽紛落英的光影感受。

以芝蘭之香、落英之美在公司內偶爾發表文筆之抒嘆，引來一丁點躁動與質疑！

因欽羨日本的科技、禮貌、細心、文化。

又因七十年前社會主義曾經吸引智者，但實施起來卻屢受評說；故點評小心翼翼。

評點古今人物不得罪者幾希，因此批判儘可能不指名道姓。

由一些故事旁敲側擊嘗試作丁點的批判：批判革命、批判大轟炸、批判假性永恆、批判1895的年代、批判人們喜愛殘枝敗葉之美而忽視身旁。亦批判歷史。

種種批判、在小說中放言高論，或許引出不同聲音或不同筆觸與不同反射、折射。

常讀古文，吸取古文糟粕；文章初伸牛犢無意間曝露老翁本質，沒有期待共鳴者。

古文章及古詩詞在本書中雖有蜻蜓點水立論，亦非本書之重點。

作者生活經驗有限，但為了讓小說好看，只能用大量虛構元素及片段。

又為了讓虛構合乎邏輯，不得不導入大量外國元素。本意不在推介外國文化。

為了讓小說令人感動，插入宗教片段及宗教音樂，本意不在促銷宗教及音樂。

以〔助人、愛人、互信、希望、哲理、文學〕這些因素構成小說的骨架。
主要是以〔人性光明面及正面〕的光與影塗繪全篇。
以逐段充斥死亡、不停的背叛、無止盡的冷漠也是筆觸之一。
倏然而逝的死亡、殘酷的死亡、僵化的死亡及自我選擇的死亡。
時代背叛了和平、母子間互相背叛、鄉村族人背叛、日、奧女子受到男性背叛。
將文章寫成現代詩的格式，看看是否可沾些創意？
為期許這本小說可看，檢視再三，檢視斷句、文字是否美好及語氣、格局。
念茲在茲在這初次作品，僅為了喚起討論。並未打算強塞什麼公義給大眾。
若可藉文字表達一些觀點，藉著作品中歌聲引起大家的興趣。
如若引起沉思本書血肉才有存在價值。

目次

自序 003

憶聖潔的微光——ありがとう

一・大正昭和時代的故事 015
二・橫空出世的東京帝大八田誠二 017
三・海岸西境的烏雲 019
四・九份的昇平戲院 022
五・昇平戲院的動人歌舞 024
六・情報者言行中的智慧 028
七・宅心者銅鑼棉被佬 030
八・九份昇平戲院充滿歡唱聲 034
九・日月潭上心靈與心靈交會的共鳴 038
十・濾除Tiffany及Benz的生命值得謳歌 041
十一・寬宏豁達與互容才是愛情基礎 043
十二・金玉鑽石珠寶既不象徵永恆亦不保證愛情純度 047
十三・熱血志士的困局 049
十四・愛之悲喜——美麗平壤的宿命與矢內原校長容顏 051
十五・哲學家八田誠二演繹禪宗【香嚴擊竹】 053

十六・難忘天真爛漫的平壤兒童　056
十七・革命者互信才能搭橋　058
十八・八田之星隕落了　060
十九・紀香日記的第二件大事　062
二十・以心中的微光踩上八斗子的蕈狀岩　063
二十一・鄒語荷偶遇生命中的新轉折　066
二十二・九份昇平戲院歇業了　068
二十三・施比受更享有人生　069
二十四・美軍全台大轟炸前的貴客　072
二十五・善有善報的一點回報　076
二十六・優勝美地勝興車站　077
二十七・走向農漁養活自己　080
二十八・農漁蓄牧的生財之道　082
二十九・時局及財貨都急轉彎的年代　085
三十・榕樹蔭下鶯燕巷的悲歌　088
三十一・二次大戰末期日本軍部的大失算　090
三十二・令人束手無策的警界老鼠屎　093
三十三・台灣南丁格爾普施仁愛　094

三十四・神的使徒：肯塔基來的盧牧師 098
三十五・因為有妳：拍立得相機才有意義 101
三十六・榕樹蔭茶室陷入冏境的日、奧女子 103
三十七・在客家苗栗的意外假期 106
三十八・日本不堪的戰爭結局 109
三十九・台共眼中的二二八評說 111
四十・安危他日終須仗 甘苦來時可曾共嚐？ 114
四十一・清鄉氛圍下逃竄的公義者 120
四十二・紅白黃橘綠紫六龍門蒼鷹的絕秘 122
四十三・戰略失策的日本士官生 125
四十四・多有考量的老二哲學 128
四十五・幼年蠅伍對斷垣殘壁的日本印像 131
四十六・重作馮婦的鄢語荷 134
四十七・舊思維軍官橫行如蟹 137
四十八・似清鄉的日子，空氣都不能自由呼吸 141
四十九・知曉時局悄悄變化者竟無幾人 143
五十・情報官的最後一次冒險 145
五十一・十字架上烈士的末日 148

五十二・失去強力護衛臂膀的鄒語荷 153
五十三・辱沒了青天白日勳章莊嚴的蔣介石 155
五十四・噩運的撒旦從天而降 160
五十五・天降大難只有逃遁是上策 162
五十六・墳與魂的試煉 166
五十七・惡魔的末日及執政官困境 171
五十八・送行者的慈悲與喜捨 174
五十九・CIA的志工——盧牧師 176
六十・狂徒末路與執政官困境 181
六十一・令人同情與令人痛恨 183
六十二・清泉崗揚帆千里 184
六十三・蔣介石的囚徒 188
六十四・重建新信任的環境 191
六十五・面對新人生的幼年奮鬥者 194
六十六・堅強的大男孩 195
六十七・值得景仰的犧牲者 197
六十八・追憶多年前降落在日本的八田紀香 199
六十九・天安門下，身著列寧裝的師爺 202

七十．敵慨同讎的精神永存而珍惜　206
七十一．烈士壯烈而死，感懷烈士何須理由　2I2
七十二．望之如顏回的哲學系教授　2I4
七十三．第二位教授的另一種啓發　2I6
七十四．中華古典文章之奧義　22I
七十五．唐宋詩詞千載感人亦千載　226
七十六．立志鴻鵠高飛的少年　235
七十七．曾經有仁愛——如今想念鄢語荷　237
七十八．柴火中的灰姑娘　240
七十九．孤星淚般的世界何堪回首　243
八十．天上賜下惠芬意外的新生命　247
八十一．從地獄爬出的女孩　249
八十二．法國【茶花女】與美國霍桑【人面石】的啓示　253
八十三．紅塵外——聆聽大和尚演繹【無相佈施】的頓悟　257
八十四．緣起故鄉苗栗的異鄉人　26I
八十五．檔案裡的回憶呈現大無畏　264
八十六．瓦之不全——玉何能全？　267
八十七．蛹蛻變為蝶之困窘　269

八十八．苦悶時代的良知者　272
八十九．塞翁失馬頓悟禍福相倚　273
九十．失聯的母與子——究竟為什麼？　278
九十一．往事追想五十年　283
九十二．童年時溫馨的遠足　285
九十三．回想昔日八田紀香的文學之旅　290
九十四．尋找母親的苗栗男兒　294
九十五．感恩戴德足以載物　297
九十六．追尋教堂風琴聲弦外悲調　299
九十七．九件證物能挽回親子之僵化？　303
九十八．光影迅速變異的三個月　308
九十九．生命隱藏了無法預知的旅程　311
一百．宛如奇異恩典降臨的盧牧師　314
一百零一．留下牧師不是易事　320
一百零二．盧牧師過往際遇曾見意外的轉折　324
一百零三．天真爛漫受到的戰爭屠殺，盧牧師深深自責　326
一百零四．舌人佐佐木的天路歷程　328
一百零五．泰坦尼Titanic號甲板上下，基督莊嚴的救贖　331

一百零六．來自格拉斯哥的光明使徒 333
一百零七．絢爛歸於平靜的肯塔基使徒 336
一百零八．選擇「不一樣選擇」的八田紀香 338
一百零九．想起北國平壤飄浮而美麗的白雲 340
一百一十．白菊花海竟以天地為墓塚 342
一百一十一．為八田誠一而死至高無上？ 344
一百一十二．千字長的母親最後遺言 347
一百一十三．半邊殘缺不完美雕像的伊東構思 351

聖潔的微光——ありがとう

人的命運是如此的不同，噩運降臨時，聖潔與低濁的分界就現了。
塵與灰的紅塵深泥中，有誰預知塵土中藏有美如鑽石的聖潔魂呢？
夕陽沉落時，蓮花般潔淨的靈魂，就如微弱的星月隱沒不見。
東京的夜空，晨曦漸漸亮了，灑在一方[聖潔者紀念碑]上，映照出石碑的青色。
守在墓前整夜的八田康男（漢名：林蠅伍），向母親之墓塚作最後一次告別：
完成母親紀念園的構圖，康男仍感些許遺憾，總想為母親留下些許記憶。
名家伊東先生設計的簡樸紀念園及青色碑石景緻，晨曦下呈現出莊嚴肅穆景像。
經整晚的冥想，微弱星光終於淡出，天光逐出晨曦，映照在雕像上，予人深深的沉思。
青色碑石流瀉聖潔的微光彷彿月光在奏鳴。
『能坐在母親墓前陪伴整晚的機會不是常有。』八田康男心中沉思。
『人世飄泊，嘆息無常之際，誰又知道明天之事呢？』康男站起身來繞著碑石撫視。
優雅的輓歌送行這浮世之苦行者，是八田紀香來去塵土間，在棋局外未曾卜算到的卦象。
天終於亮了。
一層薄霧淺淺的灑在碑石四周，塗在含羞草、蒲公英與朝鮮草上，那露珠顯得晶瑩惕透。
八田康男（林蠅伍）轉過身來，依東方儀式向母親跪拜、磕頭三次才依依不捨的告別。

一・大正昭和時代的故事

大正二年，台灣嘉義州的西葯進口商林義芳，入贅於日本東京小和田家，與小和田晴子結褵，但定居於嘉義州：大正三年生下女兒小和田結衣；囿於漢民族傳宗接代、男孩至上舊觀念，林義芳抱怨晴子未一舉得男，大正五年，又娶了台灣苗栗郡的李師施，生了二女兒小和田紀香。

林義芳讀過一些漢文古書，為苗栗親家呼名小和田紀香之漢名方便，以「嫣然一笑」古語，替二女兒命了漢名「林嫣然」。

日本據台後的一八九六年，是一個殖民者政策不可捉模，平民未來命運不可預知的世代。

李師施感染了客家精神，有堅持而永不妥協的固執與硬頸，始終無法融入閩南文化；因此大正十一年悄悄搬離嘉義州，回到苗栗郡的銅鑼娘家。與林義芳商議後，女兒紀香（林嫣然）帶回銅鑼。公學校在銅鑼就讀的林嫣然，小學六年學會流利的客家話。

林義芳藉著在日本經商的方便，結識了寶塚歌舞團的坂東團主。

寶塚當年的名氣聲聞千里，台灣本島亦震懾在寶塚熾名之下；年輕女孩若能投身於寶塚門下教習，就如高校男生考上台北帝大一樣光榮。因此林義芳決定將女兒施以寶塚歌舞教育，以期光耀門楣。

公學校畢業至十六歲時小和田紀香短暫回嘉義，投身於寶塚門下教習。

坂東團主收下林義芳高貴見面禮——一盒高麗蔘、一串純白珍珠項鍊、一只Tiffany鑽石後，坂東即盡心盡力教導小和田結衣及小和田紀香姐妹，並步入教場親予示範。

昭和十一年，在林義芳不斷穿針引線之下，寶塚歌舞團在嘉義州演出。小和田結衣除了表演拿手的舞蹈，也輕啟朱唇唱出山口淑子（李香蘭）的[夜來香]及演歌[蘇州夜曲]、[何日君再來]、[沙韻之鐘]、[恨不相逢未嫁時]等歌曲。為了不與姐姐爭風吃醋，讓嘉義州的寶塚歌舞團舞台上星輝獨佔，小和田紀香靜靜到北部九份小鎮獨闖；她十分有自信：歌藝上，小和田結衣不如她，成全姐姐獨佔嘉義有何不好？

那時的九份正興起掏金熱。先送九分再送台北成為一種鐵律。

二・橫空出世的東京帝大八田誠二

台灣總督府行政長官後騰新平，聘請了東京帝國大學以土木專長著稱的八田誠二來到台灣，幫助規劃嘉南大圳及烏山頭水庫，以便增加糧食生產。

八田誠二的天賦，在日本東京帝大土木系所時，即自我要求凡事絕對完美，絕不容許自己有半釐的瑕疵；他深悟「偏之毫釐，失之千里」的真義。

因此，八田在校成績是全東京帝大第一；自東京帝大畢業後，在基層機關服務的考核也是特優等，不到五年，八田即升為總務省的科長。

在總務省辦公室，常常見到和顏悅色的八田科長，還替行政長官倒茶水，因為這是基本功。

兩年後，日本內閣核轉台灣總督府的聘書，聘請八田到台灣嘉義州蓋一座水庫及灌溉嘉南的水圳，以充分的水量讓平原稻作能一年兩熟，農作物的收成加倍間接使農民受益。

八田來到台灣總督府，謁見行政長官後騰新平時，面對後騰長官的期許，即要求自己：無論執行任何交辦事務，一次，僅僅一次，就要做到最好。完全不須長官指正或批判，呈現的成果即是盡善盡美，他嚴格鞭策自己：「八田」兩字即代表品質完美無暇的鋼印！

這一天傍晚，在作完辛苦的田野地質調查之後，戴著輕便童軍帽的八田誠二走過嘉義州一戶鄉村式宅院時，空中突然吹起一陣狂風，把那頂繡有八田誠二名字的童軍帽吹起，不偏不倚落在這鄉村宅院前。

這時，被一位正要外出，戴著淡青色公主帽的年輕女孩拾起，恰好八田誠二走了過來，向那女孩深深一鞠躬並靦靦的說：「真是不好意思。這是我的帽子，剛剛被一陣強風吹落，掉到這兒來。」八田一直微笑著說話，露出潔白的貝齒。

女孩抬頭一看：這工程師身穿深色制服，繡有「嘉南大圳施工所」制服上佈滿工地灰塵。

這女孩一點也不羞怯。只見她大方的用日語說：「看起來，風的速度超過人的速度，凡人要想征服自然超過風速很不簡單。請到屋內歇息，喝杯開水吧！」

台灣嘉義鄉下竟有那麼大方的淡青色公主帽少女，八田多看了一眼。

八田沒有進入屋內，他接過帽子，再一次鞠躬道謝，只說：「我是嘉義州嘉南大圳施工所的工作者八田誠二，請指教！」

說著，就離開了！潔白的貝齒仍露出靦靦的微笑。

『具有如此風度及涵養者，應不只是施工人員吧。』女孩對這施工人印像意料外的深刻。

三・海岸西境的烏雲

昭和十年西元一九三六年的年底，中國發生了不算失敗的軍事政變，年輕將軍張學良在西安兵諫中國軍政強人蔣介石。在中國歷史上這是一件大事，有血性的中國人都注意到了。

如果對西安事變毫無知覺、不同聲一嘆，才叫醉生夢死。

兵諫目的僅八個字：『安內攘外與攘外安內』孰先孰重？

當時，有一位曾在大正年間與陳儀、閻錫山等青年人一同赴日留學的士官，四十出頭的中校情報官吳星光，被當時西安事變的爆炸性演變震攝住。

『只要昧著良心，對貪腐視而不見，儘可讓豬油矇了心，假裝無風無浪做個太平官。』

吳星光深度沉思：公理正義為何在中國總是湮沒不見？

當時未能成功的年輕將軍，不也暗示：一人之志，何如億萬人澎湃洶湧之熱血？

一人挑不起的萬斤重擔，何如天下仁者共同扛起？』

『熱血滔滔！熱血滔滔！像江裏的浪，像海裏的滔，常在我心裡翻攪！』

黃自的『熱血』這曲調在每個炎黃子孫耳邊響起，在每個黃土大地子民心中翻攪沸騰！

吳星光胸中洶湧澎湃的何止是熊熊怒火？他很清楚：單憑個人暴虎馮河豈能公義再現？

兩千四百年前，智者管仲尚有齊桓公委以重任；兩千年前諸葛亮亦有蜀主劉備三顧茅廬。

吳星光空有智慧，設使投死為民、以義滅身，則明主為誰？

猶記孫文曾講演過『我的民生主義就是共產主義；反對共產主義是不瞭解民生主義。』

言猶在耳，忠豈忘心？

孫文的公義與列寧的公義立足基點是否相同？目地是否相異無關宏旨！

若是一幫貪婪者人頭落地，換上另一幫貪婪者；人民生活困苦依舊則何須革命？

『歷史當然有弔詭之處；公義難道有弔詭？如果貪腐橫行於華夏大地，怎可視若無睹？』

吳星光再沉思：法國大革命造成人頭不停從斷頭台滾落，國家亦動盪不已。

法國聖賢與平庸皆斷頸、不分君王國民之頸項朝不保夕，誰要這舉國不寧的社稷？

撫今追昔，設使法國不革命，難道國家更富強？人民更安樂？巴士底監獄嘯聲停歇不語？

辛亥革命後，孫文勢力僅及廣州，四大軍閥橫行；中國人民的苦難，多了？還是少了？

設使辛亥不革命，大清子民仍吸毒、髡髮、纏足，國受欺凌國格日淺，人民苦難，多了少了？不知！不知！這全無真切答案？

這些無解的問題在吳星光心底深層翻騰，冥思中自己點燃了一丁點的微光。

吳星光沉思著，不知不覺在心中湧現一頁[拯斯民於水火之中]的懸念。

拯斯民於水火？不就是革命者林覺民[與妻訣別書]的嘶吼嗎？當時其人年僅二十。

[大丈夫當不為情死，不為病死，當手殺國仇以死！]不是先行者黃興之壯言嗎？

吳星光心中念茲在茲兩句話[若可拯斯民出水火，我頭可斷身可死！]

四顆子彈打穿吳星光胸膛前三十秒，拼盡五花大綁的軀殼，吼出心中的公義。

這是昭和二十五年，一九五一年島嶼掌政者搜捕[匪黨]同路，檔案列出祭血的犧牲者。

在這之前，吳星光連繫了詹恩騰派駐香港的站長康生，詹恩騰作出扼要研判：

『從日本偷襲珍珠港到四強開羅（Cairo）會議，十年之內，稱孤道寡者必陷內外交困局面。』

『北京大智略家若仿照沁園春之志略，笑談鞭笞殘兵敗將，則崇明、舟山、富國、海南島皆非退路；唯一可逃遁於天地之間，既可喘息一時，又可駐足練兵自保，生聚教訓，進退自如之地唯蓬萊島而已！』

唯革命沙漠之蓬萊島，台共地下組織頭頭蔡式法，何曾以公義感召名流？羅漢腳之徒眾僅數百人，正所謂蚍蜉難撼大樹！蔡某自保尚有不足，拳腳如受綑綁，談何羽翼高飛？

吳星光沉吟良久，冥思中想到『若以蓬萊知名士紳、工商界聞人，展佈拓延或許足以成事！』

四・九份的昇平戲院

昭和十二年，坂東團主率領寶塚歌舞團及小和田結衣在嘉義演出。坂東團主在嘉義州告訴八田誠二『若論歌舞精髓，演繹得絲絲入扣者，是小和田結衣的異母妹妹小和田紀香。但小和田紀香並不在嘉義州，而在九份』時，八田臉上沉靜如昔，不露半絲喜怒哀樂。

但追逐東京帝大第一的完美天性，內心卻隱隱抽動他〝會一會天下俊傑〞的神經。

這天，八田誠二向後騰長官請了五天的假，並以電報向基籠郡的地方首長聯絡，請求派車。

經過搖搖幌幌的漫長車程，傍晚時份，八田到達金瓜石，並視察昇平戲院周遭環境。

夜晚，透過台灣總督府礦務課長加藤喜之助的聯繫協調，以貴賓身份進駐太子賓館。

八田一面詢問總督府加藤課長，一面端起太子賓館準備的東方美人茶啜飲。

『加藤君，九份昇平戲院最近是否來了一位藝妲，引起九份大轟動的傑出藝術家？』

加藤立即回答：『八田，你的嗅覺還真靈敏，連國家級寶藏出現在九份，你都瞭如指掌？』

第二天，到了現場，八田懇請加藤協助：一方面延請加藤坐在第一排，代表台灣總督府，以減少他人干擾的機會，一方面坐在加藤身旁，以此排場宣示加藤身旁者才是貴賓。

加藤走到後台，與昇平戲院老闆顏崑倫私下洽談。

加藤很清楚：金瓜石的田中清、藤田菊次郎，後宮太郎，甚至田中英雄這些財閥，都只是把女人當玩物，不會當真的。加藤感嘆到：這是人性吧！天下名士有幾人不把女性當玩物？

加藤在前台當著這些財閥的面當眾宣佈：「今日的演出，有位貴賓親臨現場並贊助演出。」但細節不說。由於加藤代表總督府，他這一手等於公開宣佈：「官府派人觀賞本次演出」。

宣示既已達效果，歌舞開演前，加藤與八田兩人很有默契的坐到最後一排角落，不使歌者有壓力。昇平戲院的大老闆，雞籠礦業會社的顏家，規劃了新回合的戲碼。

少東顏崑倫本想藉此機會迫使小和田紀香的漢名改姓「顏」；紀香幾經思考，為保住自己顏面又不失合作的機會，就請教瑞芳前清朝時的秀才「文閔」先生，獲得靈感：以「鄢」新姓；在日文發音上：顏與鄢同一發音；例如孔門弟子「顏淵」，日語是發出同一音。

小和田紀香認為：姓「鄢」而不姓「顏」。顏氏應該認同才對。

至於「名字」，紀香請教「文閔」先生後，取名「《語荷》」：真意是像朵荷花般的解語。

宋朝周敦頤一篇愛蓮說，詳述了出污泥而不染特質而彌足珍貴的荷花；文章隱含了禪意。

新取漢名「鄢語荷」，顏氏也認為相當動聽，經過溝通彩排後，對鄢語荷的表演深具信心。

顏崑倫藉著他的寬廣人脈系統，向全台灣各大戲院貼出巨幅海報。這張大海報顯然用了一番心思，拿漢名「李香蘭」的山口淑子作比喻，以致於全台士紳、富賈都像趕集式的搭乘特快車到瑞芳小鎮，再轉搭汽車到有「小香港」之稱的山城九份，為的是一睹歌后鄢語荷的丰采；彷彿不這麼做，就趕不上時髦而有失身份地位似的。

因此，男士們個個西裝蝴蝶結、絨帽、革履的打扮，這輩子除了相親，祇有此次最為隆重。

五・昇平戲院的動人歌舞

開演第一場，身披孔雀羽衣白色珍珠綴繡長尾大舞衣，頭戴奧黛麗赫本式公主皇冠，那舞衣的雀尾以銀白亮點環繞成一圈，單是柳腰款擺，閃閃亮亮的舞衣、閃閃亮亮的雀尾，不意外的迷惑萬千男士們的眼。

輕啟朱唇，一字一珠唱出「蘇州夜曲」，把作詞者：大詩人西條八十所寫詩文中的感情融入到歌聲中，當場融化男士的思緒。

君がみ胸に　抱かれて聞くは　被你擁在懷中，聆聽著
夢の船唄　鳥の唄　夢中的船歌，鳥兒的歌唱
水の蘇州の　花散る春を　水鄉蘇州花落春也去
惜しむか柳が　すすり泣く　令人惋惜楊柳在哭泣
花をうかべて　流れる水の　流水漂浮著花瓣
明日のゆくえは　知らねども　可知明日，流水流向何方

不愧是全台第一藝妲，所謂絲絲入扣，所謂黃鶯出谷，所謂珠圓玉潤，千迴百轉而繞樑三日，都不如現場陶醉的表演，彷彿有人掏他的耳、彷彿有人掏他的癢、更彷彿有人掏他的心，不知為什麼，就有說不出的通體舒暢。

再看那藝妲鄢語荷的身影：金色奧黛麗公主皇冠在頭上閃著196顆裸鑽，加上眼淚般的珍珠耳墜子，輕輕微步凌波，搖幌生姿就如唐人詩句所云「雲鬢花顏金步搖」一樣亮麗。

裸鑽與珍珠耳墜的搖曳，似在無止盡的訴說女主角在舞台上的虛幻；那虛幻似乎正是男士們的渴望，女士們的忌妒。這虛擬的幻覺是如此成功，以致於人人沉浸於她一下是純潔無暇的公主，一下子又化身為榮耀與光采的皇后，一下子變身為退盡鉛華化為樸實無華的村姑。

台下觀眾享受影像與樂音的豪華官能衝擊。

當然，顏老闆高薪聘請的、古倫美亞（**Columbia**）大樂團功不可沒。

九份金瓜石一帶，自從挖到金鑛以來，從未有這麼高級的表演，理由還是資本主義原則：全台北品質最好的瓜果、漁貨、蠶絲產品，先送九份再送台北，因為九份付得起最高價。不但表演事業如此，連算命的、鐵口的都來擺測字攤；四大皆空的方丈也來開宗立寺了。

一曲唱罷，台下的後宮信太郎、藤田菊次郎、田中長兵衛以及台灣士紳如黃巢磬、辜震夫等人，不但很熱烈鼓掌，也不吝給予打賞。

唯獨八田誠二與加藤喜之助默然以對，僅輕拍手掌；並未打賞。

因為，加藤已掌控全集，他深刻瞭解：戰場不在表演現場。

第二場：鄢語荷換上顏色淺青的《憂鬱色》，輕唱日語的『いつの君かける』（何日君再來）

『いつの君かける』

忘れられないあのおもかげよ
ともしび搖れる　この霧のなか
ふたりならんで　よりそいながら
ささやきも　ほほえみも
たのしくとけ合い　過ごしたあの日

（何日君再來）

好花不常開，好景不常在。
愁堆解笑眉，淚灑相思帶
今宵離別後，何日君再來
喝完了這杯，請進點小菜
人生難得幾回醉，不歡更何待

ああ　いとし君　いつまたかえる　　何日君再來

由於鄒語荷演繹得太生動，口語及動作如泣如訴，台下的男士彷彿都化身為《君》而著迷，受到女主角的空前煽動所吸引，恨不得上前擁抱一番。

戲目唱到[赤い夕陽の故郷（黃昏的故鄉）]這人人耳熟能詳的日文歌[赤い太陽]時，平民百姓跟著一起唱。

『赤い夕陽の故郷』　　**[黃昏的故鄉]台語音**

『お〜い　　喔〜咿（喔……）
呼んでいる　呼んでいる　　（叫著我，叫著我）
赤い夕陽の　故郷（ふるさと）が　　（黃昏的故鄉不時地叫我）
うらぶれの　旅を行く　　（叫我這個苦命的身軀）
渡り鳥を　呼んでいる　　（流浪的人無厝的渡鳥）
ばかな俺だが　あの山川の　　（孤單若來到異鄉，有時也會念家鄉）
呼ぶ声だけはお—聞こえるぜ』　　（今日又是會聽見著，喔，親像地叫我的）

[郷土部隊の勇士から]

一・島のバナナが　喰べたいと　若い戦友の　独り言
戦の済んだ　ひと時は　僕も曙　吸いたいな
二・月の露営の　歩哨線　遠い夜空の　海越えて
椰子の葉茂る　故郷が　いつか瞼　に蘇る
三・島で鍛えた　勇士らは　とても張切り　元気だと
敵前上陸　お手のもの　長江千里も　意気でゆく

〔媽媽我也真勇健〕台語是這樣傳唱的：

〔新味的巴那那，送來的時可愛的戰友呀，歡喜跳出來〕

〔訓練後休息時，我也真正希望，點一支新樂園，大氣霧出來〕

最後一首：〔媽媽我還真勇健〕，唱到一半，不少當父親的男士都拿出手帕拭淚，因為日本徵調台灣年青男子遠赴南洋戰場。戰爭是殘酷的，徵調至南洋戰場意味生死未卜。

但這又是日本政府指定的愛國歌曲，子弟為日本國犧牲與平安返鄉畢竟是矛盾的，鄒語荷唱出他們內心的悲愴，才讓這歌曲這麼感人。

畢竟，兒子或丈夫的生死，遠超過對殖民宗主國的熱愛。

尤其，當小和田紀香（鄒語荷）走下台，跟每一位擔心不已的父親握手安慰時，從他們眼神的無奈、嘴角的激動，握住的手遲遲不放，不捨之情溢於言表。這演唱會是成功的。

坐在最後一排角落一隅的八田誠二，在掌聲響遍全場之際，完全沒有肢體或眼神感官動作；在幾百雙眼睛注視下，有什麼比公開讚賞更愚蠢的事呢？

東京帝大第一名的高材生，後騰長官的得意高徒有那麼笨嗎？

六・情報者言行中的智慧

中國重慶，長期担任情報業務的上校軍官吳星光，完全明瞭「密語通信」是怎麼回事。

吳星光心中的「對手」或「敵方」恰是自己的頂頭上司戴笠。

嚴格來說，他正背叛培養他的黨與國。

吳星光觀察多年：中國各大軍閥系統的軍頭如：吳佩孚、孫傳芳、張作霖、馮玉祥的部屬皆可用金錢美色加以收買；非軍閥系統也不乏倒戈者；唯獨社會主義軍例外。

這個主張公義的理想社稷，先行者有陳獨秀、李大釗、魯迅等的思想導引。

北洋政府以機槍鎮壓「五四運動」學生，北京大學校長蔡元培及教授傅斯年為文批判，確立彼等才是公義思想的指導者，這思想影響吳星光的後半生。

吳星光的思緒裡，有著複雜的想法：他的職務可以獲知許多情報或秘密；他的職位不能公開、不能宣傳公佈。處在兩難之困局，他能如何？

或是說：他的思索、行動能力是否受限於一個上校、一個文人、一個烈士？

設若一夫孟浪而未經深思，能力頂多是侷限在陳涉「甕牖繩樞之子」或「甿隸之人」嗎？

如果天地垂憐，賜予難得機緣而突破困局，則以義滅身自是求仁得仁。

恰好日本據台時，台灣北部的九份昇平戲院演出歌舞大戲，女主角鄢語荷身披雪白拖地孔雀圓點大舞衣，頭戴奧黛麗赫本式公主皇冠，成功的征服台下男士的熱情，溢出台灣並喧騰海內外，也讓海岸西境情報軍官吳星光注意到了。他心中點燃起一項弘偉計劃：寧靜無煙硝。但他身為情報處長，深刻了解神秘情報頭子戴笠將軍的縝密及狠毒。

因此，他非得採取陽謀式手法不可。他以一招偷天換日手法，如下圍棋般層層思量：即使輕擲一棋也是思量十步以後的沉穩之一著，尋常人不易參透這局棋，玄妙之禪機何在？

吳星光擬了一道公文，呈請戴笠將軍裁示：

『中華民國重慶情報處　戴笠長官　鈞鑒

據我方情報蒐集顯示：台灣北部九份地區，因大明星鄢語荷演唱會之成功，造成全台灣群眾蟻聚不散。該蟻聚群眾業已引起台灣地下共產黨之注意。該地下組織是否加以煽動利用，造成質變，職認為有必要對台共深入了解，以防範於未然。』

這道公文四平八穩，沒什麼可質疑之處，只是赴「敵後」了解而已。戴笠依職權予以核准。

西晉文學家庾信曾說「大盜移國，金陵瓦解」中國內外交逼的困境有如纏繞多層的死結，自古即有竊國者侯的說法；孔宋貪腐誤國致US總統痛斥，是否大盜移國揚起爭議之塵。

死結多層纏繞與法國大革命前之景況何其相似？大羅金仙降世海宇之內也難救。

吳星光既要了解台共，只冷眼旁觀而不接觸，是一件須要「琢磨、再琢磨」的麻煩事。

由於吳星光的縝密細心，深刻了解為何女歌手鄢語荷具有征服大眾之本事，又不暴露本身的圖像；這種功力，非二十年之修練無以竟其功。

鄢語荷一再轟動北台灣的演唱會，台灣地下共產黨頭頭蔡式法，依單線聯絡方式，讓吳星光無法全盤掌握，吳星光決定尋找適當時機親自赴台試試與鄢語荷之接觸是否可能？

七・宅心者銅鑼棉被佬

銅鑼是山城苗栗郡的一個秀麗鄉鎮，南有靄嵐遼繞的雙峯山、西有潔靜西湖溪、東有大雪山豐饒之水及廣埑中平稻米平原、北有大坪頂南勢屏障。此鄉自清季起即有不少文人墨客匯聚其中，如吳紫榮、黎滿香、陳坤榮、李柏賓、林天送、謝阿鯉等士紳。但自從日本發動太平洋戰爭中期，戰況愈來愈吃緊，台灣殖民社會逃不掉被日本政府徵兵的噩運。南洋塞班島、硫磺島據說被美軍重重包圍，島民中之高砂族亦逃難被徵集的命運。只要有島民不服徵兵令，或從軍營逃出，日本憲兵必然追蹤而至。若說日本憲兵是地獄派出的勾魂使者，形如索命之牛頭馬面並不為過，無人逃得過其手掌心！

這夜，月亮早躲入厚厚雲層，夜已深沉，家家戶戶都閉戶安睡，老街街道上，一隊日本憲兵以整齊的鐵鞋聲，噠！噠！噠！噠！由遠而近的步伐，忽然停在打棉被的孫家門前。

為首的山田隊長，「叩！叩！叩！叩！」敲了孫家的木門鐵環。

山田隊長首先以生硬的普通話（北京話）說了「開門！」命令句。

山田隨後以日語朗讀自己的身份是「大日本帝國軍部，駐台灣憲兵隊山田隊長」。

女主人粉嬌嬸從睡夢中醒來，還沒來得及反應是怎麼回事，山田隊長等得不耐煩而火大，畢竟是帝國對殖民地的高位，就大聲斥喝：「馬鹿野郎！**ばがやろう**」嚇得粉嬌嬸三步併兩步前來。孫家男主人，年老的鳳璋伯，已早早入睡。

原來，日本憲兵深夜來巡查，不是沒有原因的。

就在憲兵巡查的三個小時前，一位被徵調入伍的年輕高砂族，是屬於「熟蕃」，很少挨過生蕃宿命之苦，不曾住深山中，也可能受不了日本新兵操練之嚴酷，竟試圖逃出軍營。

那些知曉日本憲兵追蹤技術厲害的台兵，也知曉被抓捕的後果，難以承受只有自殺一途。

三個小時之前的這一晚，孫家的家門「叩！叩！叩！叩！」敲了數聲。

「夜已這麼深了，會有誰？為了什麼急事深夜來此呢？」鳳璋伯向粉嬌嬸細聲詢問。

那叩門聲一聲急過一聲，似乎像惡魔索命，不得已，孫爸趨前開了門。

突然見到一位跪倒地上的年輕男子，是穿著日本兵軍服，戴著日本兵軍帽的高砂族新兵。一臉驚恐的他，見到鳳璋伯開了門，身體因害怕被拘捕、處置的不確定而抖個不停。

因為不確定孫家是否收留他這喪家之犬，額頭不斷磕地，磕到滿頭滿臉的鮮血汨汨流出。

粉嬌嬸不待高砂兵說話，就把他從地上扶起，一面倒杯水給他喝，一面擦掉他頭上鮮血。

鎖上大門後，鳳璋伯找來一具長木梯，架在倉庫旁的一堵牆上，一句話也沒說，示意高砂兵爬上木梯，進入另一間鎖住但閒置的倉庫。那堵古老竹牆最上方恰有狗洞大的缺口。

那倉庫，是房東李某在前清時代的舊居，業已五十多年沒使用，倉庫有個小閣樓；閣樓又設小房間。倉庫樓下有座客家土灶爐，上有一只大鐵鍋，看來是大家庭用來煮大鍋飯用的。

倉庫轉角還擺了一具沒蓋的空棺。

據說前清初年客族先民流行一種傳說：家內擺具無蓋空棺自可收聚四方橫財。

這倉庫放了各式各樣百物。由於五十多年沒使用，蜘蛛不請自來，遍佈的蛛網在空中交錯；地下則鋪了一層厚厚的泥灰，顯示這屋之年代的確久遠了。

這倉庫，房東李某並未租給孫家使用。

這高砂兵也夠聰明，他爬到長木梯頂端後，看見遍佈的蛛網、看見厚厚的泥灰、看見那只大鐵鍋，他懂了：想趨吉避凶就絕對要避開蛛網、避開泥灰，直闖那只大鐵鍋。

他小心翼翼爬上橫樑，雙腳夾緊烟囪、從橫樑上小心的頭下腳上垂下，雙手抬起那只鍋，斜斜的躺了進去，再放下鐵鍋。高砂兵不但未踩過塵土，連一條蜘蛛絲也未扯動。

躺進高砂兵後的現場，一如五十年前的古老現場。

孫家主人，自始至終，一句話也沒說。

但孫家男主人了然於胸：日本憲兵隊不久後必然逐屋搜索！

到那時，女主人粉嬌嬸應門總比鳳璋伯所受粗暴要少些。

果然，三個小時之後的清晨五點半，日本憲兵搜索來到孫家，鐵鞋聲停在門前時，抱著嬰兒的粉嬌嬸睡眼惺忪的反問憲兵隊長：「發生什麼事？」

憲兵隊長二話不說，不耐煩的用力推開粉嬌嬸，粗暴咒罵了幾聲「馬鹿野郎！**ばがやろう！**」，把那半歲大的嬰兒嚇得大哭。

日本憲兵先是巡視房子四周，五個小孩都進入夢鄉，完全沒有匪徒慌亂闖入的跡像。

七個憲兵很快的搜索全屋，床底、廁所、閣樓、後院菜園一個都不放過。

山田憲兵隊長斜眼瞄到木門掛著生銅綠的鎖頭，顯示近期內無人開過這具鎖。

隊長硬是用步槍槍托敲壞鎖頭，只聽那厚重的木門「伊呀」的一聲打了開來。

隊長發現空中蛛網密佈，地上鋪滿厚厚一層泥灰，完全沒人碰觸過的痕跡；再看那祇能塞入木柴的灶前小洞，只容小貓進出，連個嬰兒也塞不下。

不遠處還放了一具垂直擺放的無蓋空棺，憲兵隊長走了十步翻動空棺，也無人藏身其內。

憲兵隊長不死心，用手電筒上下照射，走上閣樓也看不出有貓入侵的痕跡，更遑論是人。

日本憲兵一無所獲，只好悻悻然離開孫家。

這是昭和十二年冬季發生的往事。

自那件高砂族兵跪求庇護之事後，孫家十口人絕口不提這救人的往事，以免惹禍上身。

那高砂族兵，一直躲了十天後風聲稍歇，深夜攀爬孫家後方菜園，沿著鐵軌走到離火車站前五百公尺，不敢買車票，攀附最後一節車廂，北上竹東大雪山林場伐木，從此人間消失。

八・九份昇平戲院充滿歡唱聲

昇平戲院第一天戲碼的最後兩首：是在台灣流行的〔媽媽，我還真勇健〕以及〔黃昏的故鄉〕，先以日語唱，後以台語唱出。

台下九成九的觀眾都會唱這首流行全台的〔軍歌〕子弟在南洋從軍者，這兩首歌竟撥動他們的心弦而產生共鳴。他們和著鄢語荷的主旋律而唱。唱著唱著，竟有不少中老年男士悄悄流淚。淚流滿面唱不下去的中老年男士，一再要求重唱五次、安可五次才不甘願的罷休。因為一連唱了四小時毫無休息，女主角鄢語荷太累了；經過顏老闆央求觀眾明天繼續捧場，觀眾這才散去。證明這是一場成功的演唱會。

因為演唱太成功，不但昇平戲院的瓦片快被掌聲掀翻，連附近各種攤販的應景百物，全因演唱會延到凌晨而生意大好，讓攤販們全開了眼界。

在謝幕那一刻，為恐觀眾太熱情而蜂湧上舞台，昇平戲院的顏老闆首度聘用了二十位身穿燕尾服，打上紅色蝴蝶結的保鏢，年輕保鏢不夠用，連白髮阿伯也用上。

果然，有效阻擋了洪流般的觀眾。

有鑑於觀眾太熱情，第二天，顏崑倫接洽瑞芳鎮的建材行，運來五大卡車的孟宗竹，在昇平戲院旁架起了三十公尺寬、十五公尺深的露天野台。

第三天晚上重演第一天亢奮熱淚盈眶的戲碼，直至最後一天結束。

八田誠二與加藤喜之助整整等候三天，與昇平戲院顏老闆私下諮議：同意由顏老闆夫婦邀請小和田紀香及遠在嘉義的小和田結衣姐妹，坂東團長共赴以加藤名義在太子賓館舉辦的「曲觴流水」賓客宴會，貴賓是八田誠二。

除了主人加藤喜之助課長，五位客人皆盛裝赴宴，唯獨八田例外。

八田誠二穿著一件繡有「台灣總督府　嘉南大圳總督導」工程師制服。

八田並不是刻意寒酸，而是規劃這一打扮，希望引起女主角小和田紀香的回憶。

果然，六人坐定之後，加藤一一介紹賓客。

當輪到八田誠二時，八田微笑著，張開整齊的貝齒，輕舉右手，禮貌的阻止加藤的介紹，反而詼諧風趣的自我介紹說：「我是那一位，帽子被強風飄落在嘉義郡某個女孩腳下，承蒙她拾起交還給一位嘉南大圳總設計師的八田誠二！」

除了小和田紀香，其他五人以為八田樣祇是講述他個人的一段奇遇，唯獨紀香驚呼大叫。

紀香驚叫道：「啊！你就是那位，帽子飄在我腳下的八田樣？我記得！我記得！那天沒招待八田樣到我家喝杯開水，真是不好意思。」

八田誠二繼續說：『「寶塚歌劇團」到嘉義郡演出時，我曾到現場觀賞。』

『小和田結衣的舞蹈有如夜空中的舞姬，跳出日本國家級水準。可惜我不會跳舞；但我會欣賞演歌，也會唱一點演歌。』八田誠二接著說。

『當小和田結衣在嘉義唱「蘇州夜曲」、「何日君再來」時，我敬重的坂東團長在我耳邊悄悄的說：『小和田桑有位妹妹喚做小和田紀香，唱得更有味道、更哀怨動人；這是個人修練及領悟，我雖身為師父，也祇教基本身段，屬於藝術層次是教不來的。』

坂東團長繼續說：『那位頂尖歌者目前不在嘉義，而在北部瑞芳的九份小鎮，一家叫『昇平戲院』顏老闆幕下獨挑大樑而經常迷惑全場。我也為培養出天下無雙歌手而深感榮幸。』

『因為我太喜歡天下第一的追求吧！為了烏山頭水庫到底用什麼方式建造最堅固可靠，又能控制建造成本，我特地跑到美國一趟，學習美國最新最好用的建壩技術。這是對自己的內在要求。』、『追求第一的瘋狂真是沒有辦法的人格特質。』八田誠二跡近自言自語。

『我國太宰治寫了《人間失格》後自殺；我常自我警惕《人間別失格》！當我聽到有個年輕女孩，能把日本經典曲[蘇州夜曲]唱得比寶塚歌劇團的小和田結衣還要生動感人時，我決心不辭千里到九份劇場，聆聽一曲以評這女孩是否浪得虛名。』

八田喝了一口東方美人茶繼續說。

『我到了昇平戲院現場，除了加藤樣的協助外，我與加藤一直坐在最後一排角落，不便干擾劇場的演出。當主唱小和田紀香出現，我不禁驚呼：[這位不就是在嘉義州農莊前，年輕典雅、頭戴公主帽、一身英國式輕裝的女孩，手捧我掉落的童軍帽嗎？人生的奇緣真是很難形容啊！]』

小和田紀香雖經歷過許多大場面，卻也羞得一張臉像是初夏的紅蘋果。

其他五人直到八田講完，才弄清禁：原來此宴大張旗鼓，全是為了八田對紀香告白而設。

當然，在宴會中，八田也沒忘記稱讚小和田結衣的舞蹈，在舞台上展佈綻放之精采，有如盤旋夜空中翩翩飛翔的舞姬，堪稱日本第一。寶塚歌劇團的坂東團長功不可沒。

坂東團長與小和田結衣都覺得八田誠二誇獎有份量，因為他是後騰長官的得意門生哪！獲得後騰長官得意門生的讚賞，不啻於獲得日本政府的賞狀！

八田也大大褒揚了昇平戲院顏崑倫老闆夫婦，讚揚他發揚日本文化。

當年日本是把台灣當「正殖民地」：舉凡建水庫、開鐵路、辦教育、甚至為水庫前的迴游魚類蓋條魚梯，都下過一番功夫，比起荷蘭、西班牙用心；不把台灣當過客之地！

讚賞完坂東與小和田結衣、讚賞完顏崑倫，小心隱藏原意，祇輕描淡寫提一下紀香。

八田微笑的邀請小和田紀香到嘉義州工地，感性的說：『演唱成功的女主角！我可以請妳到嘉南大圳施工所，唱幾首歌給工程人員聽聽可以嗎？酬勞是加倍的喔！』

小和田紀香也深感榮幸，微笑但不忘矜持說：『太子賓館第一並不等於日本第一，八田樣不怕魔音穿腦的話，那就獻醜了！』雙方一拍即合。

同時邀請昇平戲院顏崑倫老闆夫婦將昇平劇碼到台灣總督府全劇演出，這種榮耀讓顏崑倫老板笑得樂不可支。

顏老闆點頭同時，八田拍拍他的肩膀說：「昇平戲院在九份停業的損失，加藤會想辦法的。」

八田為了證明他不是食言而肥，立刻用太子賓館的黑色電話，搖了一通至總督府總務課：「**もしもし！**私わ八田樣です！總務課敬請準備表演場地！」

受邀至台灣總督府前廣場演出是無上榮耀，酬勞反而是其次。

隔天，八田督促嘉南大圳施工所加緊趕工。小和田紀香則暫時駐蹕嘉義大飯店。

第三天，施工所的工作人員立即客氣的與古倫美亞（**Columbia**）大樂團及紀香討論曲目及細節，並邀請嘉義士紳共襄盛舉，結結實實上演！有始以來嘉義州不曾感染天籟美音籠罩。

在嘉義嘉南大圳施工所三天的表演結束，八田邀請小和田紀香及昇平戲院專屬樂團到日月潭旅遊，當作是一種犒賞報酬或作為一種放假散心，八田把這邀請氣氛營造得非常自然。

因為，印刷精美的邀請函是總督府發給，行政長官後騰以毛筆逐一親筆簽名以示隆重。

郵便局在三天前就以特快信寄到嘉南大圳施工所；樂團成員都可以在日月潭遊賞；小和田紀香完全感受不到勉強氣氛。

九・日月潭上心靈與心靈交會的共鳴

兩人各騎一匹駿馬並肩繞潭一周，最後他們來到日月潭上的中型遊艇上談心。

八田先是談到：從東京大學畢業後一年，即接到行政長官後騰的邀請來到嘉南。

人生如果可以找到一展長材、開展抱負的專業，進而被長官賞識到嘉南大圳施工所、進而造福民眾，對男性是一種成就。

八田看著日月潭絕美的山光水色，如潑墨畫一般的山倒映在潭面上，潑灑出愛戀的影子。

一張貝齒細問小和田紀香：『小和田樣，冒昧詢問妳：不知妳人生境界設定為何？』

小和田紀香呵、呵、呵笑著說：『女人極少有野心發展事業，也極少隱居而獨活；像我這樣的藝妲，青春有限，如果可能，自然是祈願真誠巨大而又不離不棄的肩膀作為依靠。』

八田誠二顯然對小和田紀香的答案十分感興趣，就進一步追問：『那麼，如果普天之下，富可敵國的商賈多；靈魂聖潔而不離不棄的男兒肩膀稀有，兩者難以得兼，妳的選項是…？』

古詩中[老大嫁作商人婦，商人重利輕別離]對商人的觀念，顯然深植紀香腦中。

紀香不慌不忙的回答：『雖然歌藝出類拔粹，仍需面對柴米油塩的現實，我只是平凡女人。世間男兒若是才智巨大者稀、富賈敵國者多而對傾國之姝搶奪如虎狼，我寧取不離不棄者。』

八田哈哈哈撫掌大笑。對紀香的答案似乎十分滿意。

紀香等於間承認男女天生的不平等。

八田心想：『就連名聞北台灣的小和田紀香也認為，單靠女人自己，一旦碰到困難時，一籌莫展的機率要比男人多得多。』

日本歷史上，男兒殺出重圍、衝出一片天，自創尊嚴國度者多；女人成功的例子少之又少！

八田小心描繪出才智巨大者，其實是他自己的形像、他生命追求的理想。

『我的人生境界是真、善、美。真與善的目標正逐步達成，唯有美的目標非常難以追尋。

人生的美，不是外觀的美，而是內心的美；人生追尋的目標不是**Tiffany**、不是**Benz**更不是豪華別墅。而是關心街角牆角的無依無靠者，內心才是美的。』那張貝齒細細訴說。

『我八田目前還找不到內心那麼美的女孩。因此，闖入我心中，值得我記憶的女孩是[零]。

這一次，走出嘉南大圳工地以外的天地，我在塵與土的俗世中似乎有新發現：小和田樣告別寶塚歌劇團，隻身一人獨闖瑞芳九份小鎮，成與敗，贏與輸必須獨自承擔。』

『從獨吞成敗的擔當這點來看：我的嘉南大圳如果失敗，後騰長官頂多另請高明，不聘用我；但憑我的東京大學土木專業，當不了嘉南大圳總設計師還不致淪落街頭。

但歌舞、魔術表演者一旦新鮮感盡失而一再遭受冷落，寶塚歌劇團依現實原則，不接受[退出寶塚]又被市場淘汰者；因此，寶塚退出者又失敗，下場不是被富紳納為妾就淪落風塵；小和田樣既已清楚這種約制，仍敢獨闖九份一試，凸顯出小和田樣具有堅毅不折特質。

因此，我邀請小和田樣從藝妲跨出，進入不同視野的理想拼圖中，嚐試進入我的人生拼圖，讓原先的樸玉不被胭脂水粉淹沒呢？』八田像演說一樣自我告白。

小和田紀香從沒聽過這麼一大串的自我告白，八田那整排貝齒流瀉出的是真誠告白嗎？

她的成長過程，從沒接受邏輯訓練，無法立即作出判斷，因此，透過《直覺》：直覺這人的誠實不造作而告白誠懇、如哲人般導引出智慧言詞使她迷惘。但不覺被迫、被愚弄。

這，不是一對戀人才有的迷惘嗎？

因此，小和田紀香微笑的對八田誠二說：『感謝八田様把我形容得那麼美好。我祇是基於從小的家訓：［忠於自己、勇往直前、擇善固執、一往情深］；長大後的吃、穿、住、行必須付出勞務才可。中國百丈禪師訓誨［無勞動則拒食］，尋常人必須不斷勞動以養活自己，以不勞而獲為恥！這是我的基本信念。』

十・濾除Tiffany及Benz的生命值得嘔歌

『歌劇團的其他姊妹靠著寶塚這隻大傘的庇護，以及寶塚拒絕〝退出者〞返回，因此不敢踏出寶塚接受殘酷試煉。雖然舞藝迷惑萬千隻眼睛，仍是少女的姊妹團員卻是沒人敢。

我只是一隻平庸小鴨，嚐試飛出無形的牢籠。當時就抱定一種信念：即使不能蛻變為天鵝，也要本本份份的當個原來的小鴨，也就是保有本心的我、沒有變質的我。沒有迷失在紙醉金迷，也沒有迷失於豪門酒肉的拜金，自然也不追求**Tiffany**及**Benz**，不追求奢華就無回歸貧窮之難。』

『家訓中曾提到六祖禪師的偈語[本來無一物　何處惹塵埃]；外祖父曾經解釋：〝此生自始不入紅塵，紅塵既未沾我，又何需拂塵擦拭？〞家母說[此生未入地獄，又何來輪迴？]

八田樣只看到我亮麗的一面，沒看到我辛酸、苦澀、搥胸頓足而令人心生不悅的一面。

既然八田樣胸中浮起微小的認知，認為你與我的人生圖像有些許的重疊，而願交換彼此有過的苦澀，在忠於自己之際也忠於對方的最真誠信任，才是永恆的基礎。』

日月潭遊艇上的服務生送上一壺砌好的頂級凍頂茶及一杯黑咖啡。

八田將一杯頂級凍頂茶拾起；小和田則端起黑咖啡。

這動作表示：八田誠二回歸東方真璞，小和田紀香追尋西方新鮮事物。

日月潭的夕陽倒映在潭面上，潑墨畫一般的山之影，交織成暮靄夕嵐。說它多美就有多美。

山嵐與水色分分秒秒不停的變化，潭面上捲起陣陣微風，吹拂在臉上身上好不讓人舒暢。

八田與小和田紀香談成長過程、談挫折、談教養、談忍讓之道及待人接物。

偶然談論太平洋戰爭，那時，美軍尚未大規模介入。

天邊尚未成烏雲的共產黨，在遊艇上的這對男女之間從未形成話題。

世事多變：誰又料到美軍介入戰爭？誰又料到迅速茁壯中的共產黨會影響國運與家運。

雙方的默契漸入佳境，好到知曉對方在想什麼，自然也容忍對方的缺點。

容忍對方的缺點前提是看到對方有缺點，在理智上知曉，在感情上溶為一體；這最是困難。

十一・寛宏豁達與互容才是愛情基礎

一個月後，八田邀請小和田紀香前往台灣知名的阿里山一遊。

兩人已脫離陌路之友而熟悉對方的每一眼神，從理念的交集談到彼此的生死觀。

雙方都很豁達：如果雙方結成連理，即使一方折翼，他方毋須單獨厮守。

『人生很短，心中若存靈犀一點通即不虛此生；死守一生多麼可笑！』八田這麼打開話題。

在阿里山的登山小火車上，遊客稀稀落落，小和田紀香小聲的為八田清唱日語《月來香》〔竹田子守唄〕、〔旅愁〕及〔**誰よりも君を愛す**〕。小和田紀香雖是清唱，但一樣迷人。

舞台下千萬隻眼期盼的燿燿之星，此刻卻獨為八田而唱，以之作為榮耀的賞狀，此生足矣！

打著節拍的八田誠二心中開始湧起『生而擁有此姝，此生還有何遺憾』之想。

不停打量紀香，心中躊躇著向她求婚的適當時機。

照說，是八田等待一個適當的關鍵時刻，但是，機緣之巧合變化，卻往往出乎八田的預料。

八田誠二成熟男子的一張臉，與東大校長矢內原忠雄或學者安岡正篤氣質神似。

那張臉應是具有領袖氣質的內涵！萬噸銀兩也買不到的領袖氣質。

女性若不依在優質肩膀上，豈會選靠庸懦者？

八田此人處事負責盡職，一次即臻完美、待人誠懇有加，凡事誠實以對，站在對方立場，不把女人當玩物，全然認真而執著，又無半絲市儈味；這種男性，五十萬人不得一人。

五十萬人不得一人？在紀香心中，並非任意五十萬匹夫可得一人；當今就僅八田一人！

因此，當八田含著深邃般眼神，如哲人雕像般動也不動望著小和田紀香時，她感受到一種溫柔的魔力，一種令人不戰而降的魅力，紀香也不是沒看過男人，但眼前這人太稀有。

西洋諺語云：『美好又稀有事物，等待多久都值得。』

終於，八田開口了：『小和田樣，台灣總督府後騰長官給我一個月的年休假，我明天即準備啟程回東京探視家父家母。我曾經在寫回家的信紙上，不止一次提到妳，家父家母好奇的想看看小和田樣有何魅力竟可深深吸引漂泊男兒；這趟返鄉之旅不知妳是否也好奇呢？』

小和田紀香正為女孩子的矜持有所思量，不該那麼快回答時，八田誠二加碼了：

『昨天晚上我思來想去，過去不是沒有日本女子趨炎附勢但⋯，妳的見識異於凡胎匹婦；也許，為妳而活是我的宿命吧。流雲般生命如果疏忽未注意妳，讓妳像慧星一樣凌空飄過，我的日子還不知怎麼開展。一生一世如果不盡心照顧妳，那一定是罪人八田誠二！

山盟海誓祇是騙子的手段，海枯石爛也不可盡信。八田無負東大教誨，無負妳的期盼！』

八田誠二正直誠懇的語音剛落，一張正直如東京帝大校長矢內原忠雄的臉浮現了。

小和田紀香在八田懇切的剖白下，心靈有種想法：五十萬人才有一人，不就是人中之傑嗎？錯過這個正直男人，今生今世，就像凌空飄逝的美麗雲朵，再也不會出現。

『錯過這個男人，不就是藝妲在「老大嫁作商人婦」的寫照嗎？而「商人重利輕別離」不就是藝妲失去死生契闊、失去真心真誠，陷入絲毫真愛不可得的夙命嗎？』

因此愉快的點頭答應八田一道去東京。

初次見過八田的父母之後，熟悉日本四島的八田誠二牽著小和田紀香的手，遊歷北海道著名的富良野大片薰衣草花田，紀香第一次受到「數大即是美」的震撼。五天後來到京都。

一路上八田十分風趣幽默，跟他在一起，有聊不完的話題，那貝齒的笑容可以綻放一整天。

紀香心想：『「比起其他男人：有錢有勢者，通常很少真誠，只想把女人當玩物。」

日本有些大將軍、大企業家不是說過「醒握天下權，醉臥美人膝」嗎？』

當然，社會上不能說沒有「真誠追求者」，但資質平庸或倖進之徒充斥者眾。

紀香正暗自欣賞貝齒八田充滿自信的嘴角時，一次又一次，小和田紀香感受到一位像個工頭般的官員，有著哲學一樣深度的智慧，這種種的卓越，不是平庸如五十萬人取一人的簡單算術，而是生命頻率能與真正的太陽共鳴。

加上八田內心的真誠不移，那就是小和田紀香心中真正的鑽石、永恆的太陽。

一位歌者、一位藝旦不論多麼卓越傑出，到哪去找心中真正而永恆的太陽？

古往今來，歌者賣弄聲藝人稱聲優、藝妓舞弄身段人稱魔鬼身材；藝妲人生座標之設定也頂多賣個好價錢、找個員外當個二姨太；想找真正的太陽怕是天方夜譚！

今日逝去的太陽與明日東昇的太陽在紀香心中並不是同一個！

他們回到北海道富良野，沐在薰衣草大片花田中，暮色將臨，他們找到了一家木造旅店。

在房間內，八田點起二十二根蠟躅，一場像是要為小和田紀香慶祝生日的佈置。

八田微笑說：「小和田樣，在日本，男人隨時可為鍾愛一生的女子慶生唷！」

同時要紀香遮住雙眼，八田像魔術師耍弄的障眼法，不知何時，紀香頸項上圍了一串白色珍珠項鍊。

紀香單手猶豫的撫握珍珠時，八田拾起她另一隻手，一瞬間，紀香玉手上多了鑲鑽戒指。

等候不到五秒的紀香，並沒苦候八田誠二的溫柔口令。

果然，第五秒她聽到「請張開眼！」的呼喚，同時輕吻她白玉一樣的額頭。

紀香有點驚訝，她並不是追求身外之物的女孩，這些身外之物到底能保證什麼？人世間，珠玉珍寶、鑽石瑪瑙金銀可以購買女人，但可以保證愛情的純度嗎？

十二・金玉鑽石珠寶既不象徵永恆亦不保證愛情純度

空言山盟海誓可以保證海已枯石已爛後真情永存？愛情真的靠珠寶鑽石而恆久遠嗎？古往今來，中國美女西施、楊貴妃、陳圓圓何人未獲贈金玉？誰的愛情又恆久不變？長久以來，鑽石、瑪瑙、金銀確是女人之最愛，以之收買女人心，是物化女性嗎？金玉珠寶不會言語，究竟是金玉珠寶物化了女性？還是女性天生將自己物化？昔時王寶釧不以金玉物化自己而以繡球選婿，可嘆平民夫婿不信有女可苦守寒窯十八年。

紀香不像一般女子般歡欣鼓舞，這並不是說她接受過千百次求婚而習以為常；而是，面對心中的唯一太陽，一生一世要託付的男人，紀香認定：當爛炬燃成灰燼之時，該消失者就如凋零之櫻花，何須硬要留下如灰燼如落花？項鍊及戒指並不象徵永恆。

永恆的是互信不變的心。

紀香取下那串珍珠項鍊，沉穩的開了口：『八田樣！你的求婚儀式很浪漫，你的文定情物也足夠供我半生所須；你的用心值得稱許而毋庸置疑。我最放心的，是你的誠懇，單單對我一人，是**For you only**；看得出今生今世不會改變。我是個從不相信誓言的人。也不相信金玉、珠寶鑽石、瑪瑙。八田樣你不用發誓，也不用這些貴重的文定情物，紀香能衷心在你身旁，一生一世跟著你，是我的幸福！』

八田誠二聽完小和田紀香嚴肅的宣言，一往情深的微笑說：『小和田樣！世間紅塵事對別人很嚴肅，對我們兩人卻很輕鬆：棄絕誓言，把訂情物丟入水溝都是輕而易舉。這些動作，只是博君一笑的［魔術道具］，我從沒把道具當永恆；從現在開始就叫妳“紀香”囉！』

小和田紀香哈哈一笑，從沒這麼開懷過，抓住八田誠二的脖子親吻一下。

沒想到：嚴肅的求婚事毋須搞成莊嚴的交易，也將永恆的誓詞刻在彼此心內。

英國詩人把愛情形容成［剃鬍刀**Razor**］，靈魂可能因愛得過火而淌血。

詩人又說［害怕夢醒的人，永遠無法掌握機會；在雪地下的種籽只等待愛的陽光］。

古典樂曲有一首［愛之喜**Plaisir d'amour**］，歌詞提到［愛是恆久的傷痛］；世間多少男女為之哀怨；愛若自始即如山海、包容對方何有傷痛？單方取而不捨即是愛之痛苦根源！

聖經哥林多前書說：［愛是恆久忍耐，愛是永不止息；凡事包容、相信、盼望；凡事忍耐］。

兩人心意相通，對愛情的本質有一些了解：［不相信永恆，只相信真誠。］

愛情雖真誠無價、無形、不可捉摸，甚至比撕毀一張紙容易，但祇存於真誠之心因而珍貴。

不悔之心寫在原本陌路的兩人臉上：設使心中沒有真誠與信賴，愛情何曾永恆？

化粧櫃鎖住金玉珠寶，不一定鎖住愛情；鎖不住真誠之心而愛戀遠飄者，何止千萬人？

在北海道富良野的木造旅店，旅店留聲機正放著義大利吉他演奏拉丁**Allegro**樂音，八田誠二與紀香雙雙都產生共鳴，兩人以［布魯斯］舞步跳出**Allegro**的漫妙味道。

正在此時，旅店的室外院落，響起一片莊嚴合唱聲，仔細傾聽，那是一群基督教徒的唱誦。

那詩歌唱得如泣如訴如怨如慕，聽之十分感人。見多識廣的八田誠二立刻就說：曾經在東京帝大宗教社團聽過，稱為［聖靈者聚會］，每週進行合唱排演。聖詩名『**主よみとに　近づかん**』英文『**Nearar My God to Thee**』，是描寫聖徒雅各以石為枕的故事。

又有誰知道『**主よみもとに　近づかん**』最後是描述誰的故事？

十三・熱血志士的困局

當年鄢語荷開始在九份的演唱大為震撼時，台下有一位低調的觀眾，是地下組織—台灣共產黨的頭頭蔡式法，雖然像個觀眾但目的並不是觀賞演唱，蔡某把這熱烈活動定位為「理性自發的」群眾運動，而以密電向香港聯絡人康生匯報；提醒康生應積極予以利用。

這份密電，被中國上校情報官吳星光設在香港的情報站截獲。吳星光透過第三方連絡人——新加坡的地方領袖李思琟，也與香港聯絡人康生搭上線；在情報界，行家都知道對方是哪一路的。

吳星光思潮澎湃，思索以一身之力，試著喚醒人民覺醒與反思；但檢點以一身之力是行不通的，試想以民間力量為之。吳星光在信函中示意康生：如果有效的聯繫上熱血群眾中的富紳、名士，再經長期努力，以期冰山融掉一角。詹恩騰等人長期不是這麼做的嗎？

康生把這建議信轉輾的遞送，轉呈給詹恩騰。身著黑色列寧裝的詹恩騰十分高興，當場在建議信上批了「吾道不孤」四字。詹恩騰並批示：今後由康生直接連繫中共中央，不再由新加坡的李思琟轉手，免得增添洩密機會。

知道建議信被詹恩騰批示「吾道不孤」吳星光像是找到知音一般；雖然兩人從未見過面。鄢語荷與八田誠二陷入熱戀，蔡式法透過地下組織台共之耳語，全弄得一清二楚。並向香港康生通報情資。

詹恩騰很快就掌握所有細節。

同一時間，詹恩騰不相信非中共中央系統，開始另闢管道佈設情資局站，這著棋下得高明。

綜覽世局：詹恩騰在呈給總書記及委員會的世界大事分析中，作了以下的報告：

『一九三九年，歐洲戰場開始擾攘不安起來。緣起是一九一八年底結束的歐戰，或稱第一次世界大戰，身負重傷躺在野戰醫院擔架上的一等兵希特勒，聽到德國被迫簽下[凡爾賽和約]的不平等條款後，雙手握拳揮舞，心中憤恨難平。但無人記下這個難忘畫面。』

『直到二十五年後的德意志總理希特勒寫了一書[我的奮鬥]才透露這個章節。

當時誰會同情這憤恨難平的伍長？』

『當年舉世何妨嫌棄或厭惡這伍長？』

『凡人只見殺人償命欠債還錢，凡爾賽和約支解德國乃天經地義；未曾綜覽世局之錯綜複雜，並非天經地義四字即可終結歷史的矛與盾。只因一夫獨撐民族主義！

總之，四分之一世紀後的一九三九年，横空出世的希特勒總理讓第二次大戰禍滾江海。

只因一人之志、一人橫眉冷對千夫指！

只因一人指導德意志，歐洲何止二千萬芻狗死亡？

超過一戰死亡人數，制定凡爾賽和約是否明智？是否天經地義？

誰的天經誰的地義？』

『天地不仁以百姓為芻狗；權勢者希特勒下了具體的解釋。絕非天經地義四字即可評說。

二戰初始一個月即以閃擊戰攻陷歐洲九國；法國在六週內投降，倫敦慘遭Ⅶ火箭空襲。

二戰末期，德意志投降，美國已從歐洲脫身；日本卻陷入泥沼。戰略概況勝負已分。』

對詹恩騰的理性分析，總書記及委員會同志都給予高度評價。

十四・愛之悲喜——美麗平壤的宿命與矢內原校長容顏

回到東京，再一次探視岳父母。

基本上，日本家族為人父母者，極少干涉兒女的婚姻，在台灣總督府當土木課課長的兒子早已長大成年，難道不須丁點的婚姻自主空間？因此，喜一郎對於八田誠二選擇小和田紀香，只是不停的微笑點頭。完全沒有不悅的表情。紀香用流利的東京腔向岳父母親問候。

告別了八田父母親，八田準備兩人的蜜月之旅。

八田想定一件事：結婚是兩人的私事。在日本，他們不是名人，無須大張旗鼓宣告天下。

因此，八田要讓紀香一個驚喜：到一個很少去過的秘境：高麗平壤城的安國寺及美川湖。

如果輕舟可以渡過鴨綠江，中國那邊的長白山及松花江畔，也是令人難忘的世界美景。

八田為了讓婚禮雋刻成永恆的記憶，挑選了知名的專業畫家：一位是炭筆畫家松山，一位是水彩畫家筱杉。

八田吩咐兩位畫家：八田與紀香不會刻意擺姿勢，他們只要隨興畫出一幅圖畫即是雋永。

在旅途中，八田談人生。談他最有心得的生死哲學。

八田曾在埜塾門下修行由導師鈴木大拙導引的禪宗，因此深深領悟禪學奧義。

大型渡輪緩緩的由下關駛向釜山港。

日本政府密令高麗總督府的日本官員：對八田課長不可怠慢；但八田並不知曉！

八田下了船，看到下級小吏畢恭畢敬，就嚴厲訓斥日本官員一頓說：『不要用奴才的眼神看我，也不要把高麗黨民當奴隸看。對殖民地愈是高壓，當地人民的恨意愈深；羅馬再強也崩毀了。日本地狹而資源有限，有可能超過羅馬嗎？』

紀香在一旁觀看八田的舉動，她首次看到八田以官員身份在台灣境外訓斥日本官員。那個宛似日本良心——東京帝大校長——矢內原忠雄的臉孔再度出現。原來，盧溝橋事變，矢內原在中央公論雜誌發表[國家的理想]，他說根據聖經箴言14章「公義使邦國高舉；罪惡是人民的羞辱」，說明國家的理想在主持正義，使弱者的權利免於強者侵害壓迫，他批判日本軍國主義的行為。昭和十三年發生南京大屠殺時，他在講演中在講台上吼出：「為要活出日本的理想，請先把這日本國埋葬掉吧！」一忍無可忍的日本內閣最後開除矢內原忠雄東大校長職。

矢內原被稱為『日本的良心』。

在釜山經漢城，開往平壤的火車上，八田對紀香解釋：『日本東條內閣，聽不見東大校長矢內原忠雄的忠告：以有限資源的國土，往南打到澳洲、往西征印緬、往北槓俄羅斯。

最近有跡象惹惱美國。如此，等於與美、英、中、蘇大國為敵。日本愈像強弩之末。』

火車暫停漢城車站，八田繼續說：『俄軍指揮官朱可夫消滅日本一個精銳師團；受教於美國維州軍校的中國印緬遠征軍孫立人殲擊日本軍，且愈戰愈勇，突破日本包圍解救英軍。』

『中國共產黨靈活運用人民戰爭，勢力如魚得水，日本到現在還搞不懂人民戰爭的對抗法。』

紀香不懂世界局勢及軍國大事，只是崇拜誠二懂得好多好多。

『雖說是戰爭情況，日本在中國南京對平民大屠殺就不高明，中國人的韌性驚人，連蒙古鐵蹄、滿族懷柔都消滅不了中華一族；日軍在南京進行大屠殺只會激起中國人更韌性抵抗。』

八田誠二憂心日本國政之路愈走愈窄而加以補充。

十五・哲學家八田誠二演繹禪宗[香嚴擊竹]

火車到達平壤站前，聽到紀香對他的讚語，八田謙虛的說：『影響人生看法的是禪宗哲學。』

到達平壤安國寺的當晚，八田講了導師鈴木大拙導引禪宗公案[香嚴擊竹]給紀香聽。

『在禪宗的許多公案中，《香嚴擊竹》對我的人生認知有莫大啟示。』誠二剖開心緒說。

『相傳中國隋朝前，天竺達摩大導師東渡中土，導引了《拈花微笑》祖師摩訶迦葉的禪宗。中國當時有個香嚴和尚詢問師兄：[我生到這個繁花世界前，自紅塵解脫之後，魂在何處?]

根據禪宗的定義：苦思人生苦痛之根由及解脫之道，必須親自苦思，旁人無從代勞。師兄早知答案但只有苦笑。而這香嚴和尚十分認真執著：他翻閱藏經閣所有的佛經，仍然找不到他要的答案，一氣之下燒掉所有佛經，然後穿起僧鞋，帶了傘與缽，雲遊四海去了。

一天，他來到一間門已破敗，神像也傾倒的無人破廟，準備採些野菜充饑。

他找到一把舊鋤頭耕除野草，無意間，鋤頭鏟起土裡的一顆小石頭，飛竄數尺，恰巧打中一顆綠竹，[鏘]的擊竹聲，把香巖震懾住了。

因這[鏘]的一聲，香巖停住不動，呆呆的望著竹子。好一會後他欣喜若狂：因為他頓悟了!他找到生前、死後，魂魄在何處的[答案]。

答案是：[魂魄祂永遠沒離開過]；[祂永存於世間]就像小石擊竹發出[鏘]的一聲一樣。

香巖毋須解釋的道理是：小石擊竹發出「鏘」的一聲，只有破廟竹林旁的香巖聽到。這表示：那鏘聲的一瞬，他香巖確實「存在」而毋須向旁人證明。因為那聲音之跡存在。

蜉蝣、螻蟻無聲遊動、匹夫無息苟活需要向誰證明牠的存在？

花叢一隻蜜蜂覓尋花粉突然竄出又倏然飛遠，蜜蜂確實存在而觀者何須向旁人證明？

『中國蘇東坡（蘇軾）曾以短詩「鴻飛那復記西東」描繪另一種永恆。』誠二再次舉例。

紀香追問：『東坡以宋詞聞名，誠二你提到的短詩，與「香巖擊竹」哲理有什麼關係？』

『喔！當然是情境類似唷！』誠二平常是機鋒愚鈍、深藏不露。

『我國漢學泰斗諸橋徹次先生曾讚許「東坡詩文頗有禪味」，在「前赤壁賦」已表露無疑。有禪味之詩：「人生到處知何似，恰似飛鴻踏雪泥，泥上偶然留鴻爪，鴻飛那復記西東」

紀香！蘇東坡短詩的意思是：泥土鬆軟而留下鴻雁的爪印。可是，潮來潮去之後，鴻雁的爪印已被沖沒。那一隻鴻雁哪裡記住牠到過什麼地方？踩過何方沼泥？留下什麼足跡？

香巖的石子，在綠竹上「鏘」的一聲，那顆小石子就如鴻雁，可曾記住吻上那棵竹子的臉？

不能！不能！豈有可能？

如果「香巖擊竹」的一瞬，被禪宗視為永恆之象徵，「雪泥鴻爪」的一瞬為什麼就不是呢？』

紀香聽到誠二的解釋如此細膩、如此生動，如此廣泛，像是哲學教授的演講。

即使八田演繹得如此平易近人，但要「頓悟」、要參透，不但須一點智慧還須點「佛緣」。

第二天，東方天空漸露魚肚般的白色。八田誠二牽著小和田紀香的手，紀香披著八點二公尺長的白色婚紗從平壤安國寺山門外走向正殿，請八十二位高麗女童托著而不落地。

不知為什麼，紀香牢牢記住「八十二」這數字。或許是八田誠二的前後字取一吧！

炭筆畫家松山與水彩畫家筱杉正揣摩著什麼角度描繪她倆最美。

在安國寺附近的玉器店，八田看中了一對漢白玉淺綠玉鴛鴦。

那對玉鴛鴦頸部稍加旋轉可以輕易取出。

八田要求玉器店，在雄鳥的胸前刻上[八田誠二]漢字；在雌鳥的胸前刻上[小和田紀香]。

旋轉頸部後在雄鳥的內部刻上[紀香]；同樣的，在雌鳥的內部刻上[誠二]。

這個動作因為反覆討論，忘也忘不了。

小和田紀香把旅日、旅韓的細節，全部依日期、順序寫在有木盒裝的日本製日記上。

十六・難忘天真爛漫的平壤兒童

在平壤的日本官員為了幫忙炒熱婚禮現場的熱絡氣氛，動員了200位小學生，每50人一組，「穿著淺紫色」的一組，輕快的唱著義大利的民謠“卡布里島 **Isola di Capri**”。

「穿著橘黃色」的一組，唱著日本童謠“「春來了」**はるがきた**”。

「穿著淡綠色」的一組，唱著西方民謠「啊！蘇珊那」“**Oh! Susanna**”。

「穿著蘋果白色」的一組，唱著義大利歌劇「善變的女人」“**La Donna e Mobile**”

炒熱現場的規劃者，仔細規劃每首歌曲的長短，配合每五十小學生的間隔，當八田誠一牽著小和田紀香的手，經過每一組排頭前，那一組的歌曲就會開始演唱。

紀香開心極了。她在九份舞台上演唱動聽的歌讓觀眾樂開懷，但從來沒人唱歌讓她喜樂。她看到天真無邪的平壤小學生跳著繞圈的朝鮮舞又唱外國民謠，彷彿是逗弄音符的天使。看著那些胖嘟嘟的臉露出的笑容，紀香跟著開懷大笑。

事後才從八田口中知道：這天衣無縫的一切細心安排，都是夫婿八田，聯絡到昔日東京帝大的同學丹下羽一郎幫忙籌劃。而這位羽一郎在學校時就是玩社團的高手，專精土風舞；尤其西洋民謠更是拿手。他被日本政府派到高麗平壤負責教育，恰巧幫了八田一個大忙。

告別丹下羽一郎，再次坐火車從平壤經漢城，終點站在釜山車站的漫長旅程，誠一再次向紀香解釋「香巖擊竹」。

他說：[香巖擊竹]哲學對生與死的領悟，有一種啟發的力量。

誠二詳說：[一個人在四下無人，只有自己一人獨處時，他即是永恆：生既永恆、死亦永恆。領悟者何必在乎死亡形式究竟是天葬、海葬、火葬？靈魂既永不消失，那副皮骨真值得膜拜嗎？』

八田轉到現況：〔紀香既然期盼與我心靈契合而共同廝守一生，不論十年或百年，我都會在妳身邊守護妳，無論生死。這不叫[承諾]，而是心靈的相知相惜。』

『[承諾]或許有價而毀諾，永恆的相知與相惜是無價的。』

『如果生命中遇見不可承受之重，而須另擇比翼者，只要紀香與另一比翼者心靈契合、為愛互信互繫一生，我誠二決不約束妳，生與死都一樣。』八田堅定的承諾讓紀香淚滴滿襟。

因為，她不相信，一個人洗滌心靈成淨潔後，還能餘裕容納另一比翼者。這絕不！絕不！

蜜月之旅完畢，兩人從日本返回台灣雞籠港途中，在輪船上欣賞海上夜景。

一顆明亮的慧星忽然劃過天際，筆直的向天際裙腳飄逝。

紀香驚呼：『好美的畫面呀！淺藍光暈殘留半邊天際，抹上夕陽殘紅，慧星像是搗蛋的頑童跳躍呢！』

慧星涑然劃過天際代表甚麼？又象徵甚麼？

早逝的青春？早逝的愛情？早逝的承諾？還是早逝的理想？

八田誠二藉著紀香好心情開口了：『紀香！妳是我一輩子的幸運，我告訴每一個細胞，守護妳變成我的基因。』

紀香也說：『天下貝齒男多如流星，誠懇男也多如過江之鯽，唯有誠二你值得等待！』

紀香頓了一下說：『多久都值得！』

八田又說：『西方人常說[以吻封印]，日本人覺得那太俗氣；日本文化很少羅蜜歐茱麗葉，但日本女人為男士殉情、為夫殉死的卻很多。此起西方祇有一個羅蜜歐與茱麗葉，日本人已將自己內化成無數羅蜜歐與茱麗葉；或許，日本女子把對方當成生命唯一的寄託吧！』

十七・革命者互信才能搭橋

在中國的詹恩騰寄了一信給吳星光。中間經由香港站的康生轉交。

事實上，並沒有真正的一個人交付一封信。

在那香港海隅一角的小旅店，大公報的送報生把一紙便條包在油條內，塞入旅店某間客房，牆上掛有一幅明朝畫家文徵明的複製畫卷軸內。

吳星光是情報老手。他不帶手電筒，進入客房也不開燈，只買了一包附火柴的新樂園香煙。他劃了第一根火柴，找到那幅文徵明複製畫的卷軸。

劃了第二根，仔細看了那紙。那信是用果汁寫成的字，遇光才顯現。

夾在油條內的那紙只有一句話：『光兄如唔：兄我為新中國一齊努力。　弟　恩騰』

吳星光看到詹恩騰以[光]單個字稱他，而以[弟]自稱方式肯定他。

火柴微光熄滅了。心中燃起的微光，卻久久不能熄滅。

吳星光劃起第三根火柴，把那紙燒了。

邊走出旅店邊丟掉火柴盒。前後不到一分鐘。

曹操[投死為國，以義滅身]自述之語，寫在曹操[述志令]上，捲住吳星光的靈魂。

中國抗日戰爭時美國[時代周刊]記者白修德，揚共批國說：人民的正義形成了。

遠在重慶的白修德評論執政者電報傳回美國「時代周刊」時，被吳星光截獲。但白修德一句「社會主義堅持形成自己新的正義。」卻在吳星光心中刻出一道深的印痕。「自己必將以新正義燃燒，犧牲財貨與生命，與中國新的烈士們共鳴。他是無比深信。

當劃起第三根火柴燒完那紙時，吳星光仔細端詳那火柴，期望照出不公不義。

十八・八田之星隕落了

各自回到工作地。紀香在九份，經由昇平戲院顏老闆轉述，人人都知道她已是八田夫人。

太平洋戰爭愈趨白熱化的同時，台灣總督府因物資緊縮，開始實施食物配給制。一棟房子換一隻雞的慘況時有所聞，經濟活動既已大減，以致於那些原本熱情的觀眾，大大降低參與演唱會的瘋狂。況且昇平戲院主角鄒語荷（八田紀香）懷孕了，昇平戲院找到一個休息的契機。

一年後的昭和十四年初，八田紀香生下一名男嬰。八田誠二非常高興，替男孩取名康男。原意是祈求上天賜予此男嬰康健久遠福報綿延。

昭和十五年，八田誠二除了全家到照相館拍合照，還返回日本東京，祖父母一看到男嬰，高興極了！口中喃喃唸著［康男！康男！］

八田誠二原本想規劃八田紀香與幼兒到嘉義施工所，尚在籌劃，接到日本政府陸軍省訓令：務必於昭和十六年四月返回東京，身為日本政府高級官員，八田誠二只有照辦。

四月返回東京後，五月搭乘［大洋丸］輪船至菲律賓支援水利工程。

分隔嘉義、九份兩地，八田誠二請求東京的父母，聘請年輕未婚女性前來九份，當起小嬰兒褓姆。八田祖父母疼惜年輕的紀香面臨丈夫即將遠行而單獨承擔起育兒重任。

八田的父母二話不說，立即禮聘鄰村山本小姐及黑田小姐遠赴九份，當起褓姆之生涯。

昭和十六年正值太平洋戰爭如火如荼，美國派了大批潛艇埋伏在東中國海。
十六年五月「大洋丸」輪船航行至途中，被美軍潛艇**Grandi**號以四枚魚雷擊中而沉沒。
戰爭之無奈、冷血與無情，設非親臨戰陣，無以想像其殘忍之慘況。大洋丸被擊沉亦然。
誰人深知八田對台灣嘉南大圳之貢獻？誰人深知優秀東大高材生新婚尚在，襁褓正入眠？
戰爭之受害者皆無辜之民。而戰爭之推動者為誰？

八田誠二遺體漂至日本山口縣。
那日的山口縣海邊，漁民森島發現海濱出現大批輪船的碎片及遺體，立刻打撈上岸。
其中一具遺體證實為八田誠二。『容顏不失英姿煥發，毫無懼色』山口漁民這麼形容。
八田遇難的惡耗，很快的傳遍全台灣。最難過及不捨的當屬八田紀香（鄒語荷）。
上天跟她開了天大玩笑，所有的共鳴、所有的相知相惜全都成夢幻泡影了嗎？
山口縣的漁民在八田誠二遺體口袋內發現一張字跡潦草的筆記，僅寥寥數語沒有簽名：
『紀香吾愛！此船即將沉沒，這是宿命無可逃遁；請接受、請節哀、請堅強。愛妳恆久。』
哭泣或捶胸頓足不能撫慰受創的心靈，不能幫助襁褓中的雛鷹，她自勉：一定要更堅強！

十九・紀香日記的第二件大事

紀香的日記寫著「我生命中極度黑暗的斷崖突然呈現在我眼前」

「昨日，收到總督府的電報通知」：『八田誠二搭乘的「大洋丸」已遭美軍潛艇Grandi號擊沉，八田誠二壯烈殉職；本總督府已呈報東條首相轉請天皇御令褒揚。』

『這是我生命中極度黑暗的斷崖。上天跟我開了一個大玩笑：不久前才與誠二心靈的頻率完成生命中不可代替的互信，他掉到懸崖底層，我掉到懸崖邊；這斷崖極度黑暗令我不敢正視，我是否該同時跳下斷崖與誠二共鳴？八田康男尚在襁褓而嗷嗷待哺，拋掉康男棄之不顧，到底是昭和魂女子偉大？還是艱辛把康男撫養教導他成功偉大？我心中沒有答案？』

『經過一日一夜的沉思：想起誠二的一句話：「一個人在自己一人獨處時，他即是永恆：生既永恆、死亦永恆。」；亦即「愛是忍耐，永不止息；凡事包容、相信、盼望；凡事忍耐」』

誠二又說：兩人心意相通「不相信永恆，只相信真誠。」愛情祇存於真誠之心。

『因此，死亡並不是撕毀永恆、真誠的鐮刀；死亡也不是剝奪康男生存權力的毒酒；日本傳統女子為夫殉死固然偉大，顯然沒有偉大到撕毀永恆、真誠或剝奪嬰兒生存權的地步。

我終於恢復了冷靜，得以把諸多愛恨情仇、危機轉機一字排開仔細檢驗：康男的笑容及哭聲讓我下了決定：雖然上天剝奪我當個好妻子的角色，我仍要扮演好稱職母親的角色。』

二十・以心中的微光踩上八斗子的蕈狀岩

在呈送公文向戴笠報告並經核准之後，吳星光才準備往雞籠港出發。

尚未出發，從各地匯來的情報都指出：八田誠二搭乘的輪船「大洋丸」已告沉沒。

依東方習俗：凡人死後四十九天前的一切計略皆避諱或延後。

中國成語曰「謀定而後動」或兵法說「多算勝，少算不勝」，吳星光是瞭如指掌。

因此，吳星光延後兩個月後才秘密登上開往雞籠的輪船。

雖然西裝革履、雖然頂戴是流行絨帽，踩上八斗子蕈狀岩，踩在基山街石板上的吳星光，看世界、看街景、角落，皆以情報者的視野觀之：只有成敗利鈍或生死輸贏的榮辱與黑白。

情報者沒有浪漫、沒有悲喜交集、更無愛恨交織；不論身處卡薩布蘭加或香港都一樣。

知名作家喬冠華曾在重慶中學演說時提到：

『情報者若兼具革命家的使命必達，將自身死生拋諸腦後，他就成了可怕的死亡天使。

革命家與死亡天使的界限何在？

革命原本以博愛胸懷愛人，卻使國家社稷藜民流血漂櫓；法國大革命帶來多少死亡？

發動法國大革命者之初衷，究是法國重生或同歸於盡的死亡？誰人可預知？

革命者拳拳服膺法國式博愛、平等，是以斷頭台下失去初衷的失序為代價嗎？』

吳星光從情報得知：日本名字八田紀香的鄢語荷剛剛失去摯愛八田誠二。

這種女性，在心理學上分析：短期內仍走不出誓言與愛戀交織的迷惘中。

「永恆」兩字不曾在誓詞外，迷霧籠罩下讓她看不清真實與幻境。

當然，值此哀傷時刻，男人，不論對她是有野心與沒野心的，皆無可窺其內心堂奧。

策略運用上，吳星光透過香港聯絡人康生，聯繫上地下組織台共頭頭蔡式法，以便獲取有關「八田紀香」的鄢語荷第一手資料。畢竟，強龍沒有地頭蛇熟稔本地一草一木。

吳星光設了一個局，觀察緣慳一面的真實；情報人員經常作本少利大之事。

吳星光以「蜜絲佛陀香港代理商首席代理」身份，邀請地下組織台共領導班子蔡式法、秘書謝銀妹、顏老闆及鄢語荷共四人在台北車站館前路的狀元餐廳聚餐閒談。

透過蔡式法瑞芳九份樁腳的不斷接洽，蕭條一片的九份昇平戲院旁，已經失業一陣的鄢語荷，同意與「蜜絲佛陀香港代理商首席代理」見個面。

吳星光說：『現在正值戰亂時期，茶葉、咖啡、香料都缺貨不說，連女人常用的化粧品都嚴重不足。如果從香港進口化粧品，必定有獲益。各位是否有意願代理呢？』

有益可圖的買賣，放棄不幹才是傻瓜。

蔡式法對做生意沒什麼天份，他深深了解：做買賣可不是人人都可駕輕就熟的。

狀元餐廳上乘的滿漢料理端了上來。

據說是清朝帝王才吃得到得燜燉熊掌，蔡式法極感興趣；並對每一道菜不斷翻攪，好似在挑精揀肥一般。吳星光卻注意到對方吃相：似乎對革命熱誠不如一席滿漢大餐很少有領袖人物初見面即大快朵頤，大肆翻攪而不顧形像。

猛吃大嚼反映此人內心的想法：生命中要住好吃好；別人是否有機會，他壓根兒管不了那麼多。吳星光做東請客，主人面子上不斷示意客人夾菜，以便雙方合作愉快事屬常理。

對於不小心曝出性格缺口，蔡式法竟未注意；或者說：他從未在意。

有朝一日若是鳥巢即將傾覆，他也未曾思索何以留下完卵！

當然，覆巢之下焉有完卵？

畢竟，做買賣有賺有賠、搞營生有盈有虧、上戰場有勝有負、搞革命絕無穩賺不賠。

吳星光吃過東洋墨水，與陳儀同輩，上有戴笠，再上更有蔣介石，他不得不察言觀色。

俗語一句「江山易改本性難移」道盡眼前翻攪而大快朵頤景像。

人們或許可以勸僧尼還俗；想勸饕客吃素是絕無可能！

二十一・鄢語荷偶遇生命中的新轉折

發展「自身有公義」願共鳴者在台灣的組織，並順利打進民間有影響力的士紳心中，是吳星光深層想法中的一個架構。

誰都知道九份有個鄢語荷；誰也知道鄢語荷的歌藝及樂團全台第一。若有哪個士紳、富賈見過舞台上躍動飛舞的鄢語荷而不被迷惑，那人可封為鳳毛麟角。

唯有吳星光例外。

心中只懷想黃土底層國民受苦畫面，若早伸張公義或可成事；但知路途遙遠非朝夕之功。天底下異凜之士如陳涉、闖王之運籌帷幄尚未能竟其功，凡夫深陷聲色犬馬何能成其事？

因此，既不對鄢語荷材貌也不對歌藝、舞藝有丁點興趣，更不想併購顏老闆的昇平戲院。

終於，桌前兩端四人面對面，不，吳星光是斜坐45度方式對著鄢語荷討論合作的方案。斜坐45度狀至輕鬆，就不會給對方造成壓力。當然，也可說當前談正事而不談風花雪月。

『香港那邊曾經傳聞：台灣北部瑞芳小村的九份，有個藝人鄢語荷，憑著歌藝舞技冠天下令人陶醉；就可驚動商界大亨，這種名氣是美國公司追求的。』吳星光開場白是談生意。

『有這麼自然受崇拜的人際關係，對於化妝品的銷售一定大有幫助。如果我從香港進口一批美國蜜絲佛陀化妝品及絲織品，當然是優先供給總經銷。如果鄢女士妳願意，就視同總經銷一樣獲取豐厚利潤。』

說著拿出印刷精美的「蜜絲佛陀香港總代理」授權書、香港商會高級會員證明及金質名片，在鄒語荷、蔡式法、謝銀妹、顏老闆四人眼前傳閱。

除了談到聘請鄒語荷當台灣北部總代理、聯絡北部各大經銷商之外，吳星光從頭到尾閉口不談「聯絡、經銷商」外的事，不提他上校情報官的真實身份，更不談他心中悶鬱之結。

聚在一桌的四人，吳星光把利潤給最有可能銷售，而獲取豐厚利潤的鄒語荷也是合理的。

語荷已失業一陣子，眼前若當個化妝品總經銷，有利可圖又無任何風險，拒絕是好主義嗎？

何況，合約的「逃命條款」是：只要鄒語荷不願意或沒時間，隨時可退出而毋須賠償。

在陪同者共四人的見證下，吳星光提供鄒語荷十萬日圓營業周轉金。

日據時代這是一筆相當於搭蓋一所小學的經費，對鄒語荷而言，真是一筆及時雨。

吳星光的盤算卻是：若能策動一群人對新理想淨土拳拳服膺，十萬日圓太伐得來。

吳星光態度誠懇，對每一詢問都真誠以對，連顏老闆都聽不出有絲毫虛假。就答應下來。

即將高陞少將的日本士官學校高材生，聰慧明哲、器量宏深，資度廣大，深不可測。

鄒語荷側看吳星光：雙眼如鷹炯炯有神，嘴角及法令紋浮現出堅定的意志，加上雙矔微凸、天庭飽滿，似君王將相類屬的那種氣質，既不輸英倫納爾遜大將亦直追德國俾斯麥首相。

『怎麼看都不像生意人！』是鄒語荷對吳星光第一印像。

生意人具有玩弄對手的酒色財氣甚至煙味，在吳星光身上完全聞不到。

雖然擺出一份非建立經銷網不可的態勢，當然不會真有其事。

這種虛實之拿捏，也只有將軍級的情報家能導會演；傳說中，川島方子、戴笠等人不是演得絲絲入扣嗎？

二十二・九份昇平戲院歇業了

鄢語荷沒有忘記九份這地方偏僻鄉鎮的本質是灰姑娘。祇因日本人發現金礦而引進技術、資金大肆開挖，九份才忽成暴發戶式的繁榮。

［先送九份再送台北］的生氣蓬勃，全是拜金礦之挖取所賜。

鄢語荷一向明智聰睿，並沒有被九份虛幻似錦的繁華沖昏頭：她讀過美國大文豪馬克吐溫［Missisipi河上的生活］小說：『蒸汽輪船載來數百人光臨小鎮：這群客人來時，岸邊歡騰又忙碌；當這群人上船之時，又見門前冷落車馬稀。』馬克吐溫寫出那種無奈的繁榮。

『目前是因太平洋戰爭，食物採配給而致門前冷落車稀；他日，也許日本戰敗而撤走資金，一旦金礦採挖停止，九份的大限就如同［廢墟宣言］般，榮耀歸於平靜而廢墟無從避免。』

就如馬克・吐溫筆下般的蒸汽輪船客人，不再光臨Missisipi岸邊一樣；九份的礦業如果停止，休想指望採礦工人及服務者，再踏進九份昇平戲院。

鄢語荷走出協商桌子一角，邊走邊思量：［人無遠慮必有近憂］。

與八田誠二的愛戀已隨著大船沉沒而逝。整日思念或以淚洗面無助於未來之局；如果不籌劃沒有誠二的人生，還有康男尚須珍視。昇平戲院設若一蹶不振，九份決非久留之地。

想著想著［人無遠慮必有近憂］，如果嚴冬季節來訪，母親故鄉山城銅鑼也許是應許之地。

二十三・施比受更享有人生

另一早被遺忘的家：父親林義芳在嘉義州的皇民宅院。面臨日本食物配給時，聽到嘉義州日本官員說：「皇民化的台灣男性，若是娶了日本女人或入贅日本家庭，願意回到日本國女子家，食物配給依日本法律會加倍。」

林義芳原本就入贅日本的小和田家，在日本的戶籍也改名「小和田義芳」，符合配給規定。

『誰知道這場戰爭還要打多久？誰知道食物配給還要實施多久？』林義芳心中如此思量。人性，誰不逐利而居？誰又願居這殖民島嶼過這苦日子？

林義芳像是遇天降甘霖喜逢大赦般，賣了嘉義州的房子，攜了細軟與妻女回日本。

食物配給制像是照妖鏡吧！把人性照出原形。

凡夫與聖哲在饑腸轆轆下，不食嗟來食者究有幾人？

林義芳早就搬離嘉義州。偌大嘉義並無鄢語荷可投靠之地。

吳星光離開台北車站了。一團疑問並未離開。

八田己逝、昇平戲院若想東山再起，看來局勢並未賜予良機；眼前並無當少奶奶的良機。

鄢語荷並未閒下來當少奶奶。

鄢語荷瞭解到戰爭時期，台灣總督府管制物資而採配給制，人民生活自然困苦不堪。

『人生幾何？禍福難料；如果盡一己之力而能幫助更難捱的底層人民，義舉何不趁時？』

放掉世俗的財富羈索，讓精神自由吧！如果不被金玉珠寶綑住，豈非獲得大自在？

這天，鄒語荷帶著山本小姐，走向豎崎路、基山街有泉水處，看到一些洗衣婦，會停下來問候這婦人生活情形：才知曉這洗衣婦，是代人洗衣維生。

每天每天，天剛亮就揹著一簍又一簍的待洗衣服，把這些衣服一直敲打搓洗到天黑，一大簍祗賺一日圓或五角錢舊台幣。

看著有些婦人手指都脫皮變形，不斷的屈著上半身而呈佝僂狀；六個孩子整天無人照顧，大孩子跟鄰家男孩打架，更小的小孩攀爬而跌倒受傷、繼而嘶吼哭喊是常有事。

鄒語荷深感難過：九份、金瓜石一帶的艱苦家庭還不少。

悄悄的整理綽號及住址，在餘力許可下秘密協助。

在戰時情況下，開一小片善門要極其小心，以免善門難關。

有些個別農家或漁家悄悄的把農漁貨挑到市場賣，到了中午還賣不出也是常有的。

鄒語荷帶著山本小姐中午過後走到基山街菜市場，遇有賣不出的農漁貨就買了品相較好的，回家後清洗、烹煮；再請山本小姐、黑田小姐按冊分送：但謹守一天一次，僅送一家原則。

黑田小姐在山本小姐帶路情況下，攜帶木盒裝、烹煮好的熱食，以日語親切的向受惠者問候說：『今天早上，我與女主人曾到過妳們家，女主人交待我們，這盤吃剩的送給妳們。』

當著受惠者面打開木製食盒，取出熱騰騰的整條魚、整盤肉，其實根本沒吃過。

窮人也領會了：富貴之家連正眼都不瞧；她家女主人為顯示與底層沒距離才說［吃剩的］。

一個月之後，九份、金瓜石一帶那些艱苦人都知道：一個月會有一次有魚肉的日子。

『這真是令人匪夷所思的外地人，將沒吃過的整條魚、整盤肉送到艱苦人的家門。』

九份派出所的河野所長在派出所門口跟長子悅司這麼感嘆。

河野長子就讀九份公學校六年級，把這事寫在聯絡簿上，老師十分感動。就向校長通報。

『師長、同學們！我是柿島校長，人性的共通性是發揮善性遠離惡性，做人謙虛遏止傲慢。

凡人生下來大都厭惡受苦；有一毛一定要利天下，正是教育的意義。宣揚正向理念，指引同學們走出校門之際，往善良之途堅定前行是我主掌的原則；施捨一毛讓艱苦人家受惠，本村竟然有人做到了；現在正值戰爭年代食物仍採配給，我期望同學們發揮人飢己飢精神，就是天皇最好的賞狀！』

柿島校長不點名施善者，也是考量善門難開；況且，施捨之際，女主人並未現身在艱苦人家前。再說，鄢語荷回想：打從她認識八田誠二的過程中，感染了八田的認知與想法：禪宗的生死觀與永恆的寓意。

人，只是鴻鳥（大雁）般的過客：鴻鳥帶不走爪印；匹夫化成灰燼時能帶走什麼？

既帶不走金錢與權勢：留下的一切與鴻鳥的爪印相比，似輕如東坡佛印論辯之口舌！

因為崇拜誠二、發現誠二深層想法實屬人中之傑，毋須誠二告訴她人生存在有捨才有喜。

鄢語荷看見從豎崎路、基山街一雙雙伸長黝黑之手及眼神感受出：施，真的比受有福！

二十四・美軍全台大轟炸前的貴客

曾經許願『設使公義遍佈大地，燃燒自己至五馬分屍也甘願』的吳星光，眼見不平者萬千，願捨身者幾稀？曾夜讀杜甫詩的吳星光，內頁中夾了一張紙［若為秦王故，捐軀亦所願］；意思是：仿照兩千多年前，秦王朝時代謀略家張良，在中國博浪沙雇用力士以鐵椎突襲秦始皇車隊前深思：『設若突襲失手被捕，結局是頭斷身死。』革命絕無穩賺不賠之理。

隨著太平洋戰爭日趨白熱化，從截獲的各方電報加以分析：吳星光聞到了美軍即將對日軍台灣基地大舉轟炸的火葯味。藉著職務之便，他拿到了美國空軍島嶼空照圖二十八幅，赫然有雞籠及九份。

這一消息非同小可。

這意味，九份以及鄢語荷母子都將埋葬在美軍大轟炸的瓦礫下。

他因此排除萬難，在兩天之內即由中國到達雞籠；雖是軍人，吳星光他有的是辦法。

曾經留學日本士官學校礮科，對戰陣有體驗。即使獲知美軍不久將大轟炸，吳星光深知［泰山崩於前而色不變］的將之道；即使深陷戰陣，老僧入定的他，臉色也不會慌亂。

吳星光告訴鄢語荷：因為日本對美國宣戰，因此，對美國運到香港的一切貨物，視為戰略物資予以扣留；《蜜絲佛陀系列化妝品》未能倖免，被日本駐香港檢驗官員扣在海關倉庫。

『如果戰爭沒結束，發回〝美國貨品〞幾乎不可能。』吳星光耐心的解釋。

吳星光隨即話鋒一轉，委婉向鄢語荷透露一項驚人的、不開心的噩耗。

『根據可靠的美軍情報：駐紮在中國重慶的美國轟炸機群，極有可能在半個月或十天之後，轟炸全台灣及澎湖的日軍基地，還包括學校、大都市等人煙稠密、商業繁榮的地區都在所難免。』

攤開二十八幅標有「中央情報局CIA搜集」的美國空軍空照圖，鄢語荷真的嚇到了。

『妳看看：這一份空照圖有九份、金瓜石、太子賓館、九份小學在內。因為妳是蜜絲佛陀化妝品的聯絡人，也是我的重要夥伴，如果不通知妳，眼睜睜看著妳受難，真是於心不忍！』

被嚇到說不出話的鄢語荷腦中十分冷靜，當場質疑吳星光『你怎麼那麼清楚？』

『你從哪兒弄到這些空照圖？』神情十分認真。

閱歷甚深的吳星光，早就料到對方有此一問，不慌不忙從公事包掏出兩張證件：第一張是「美國中央情報局駐香港站站長」，上面有美國中央情報局局長的英文簽名；第二張是中華民國外交部註記的中文認證：「本件認證與原文無異」。末尾有「中國外交部部長蔣廷黼》的鋼印。

兩張證件在「美國中央情報局」的老鷹標幟及邊框都有鍍金，國家識別極為莊嚴。

第三張不是證件而是公文，載明「極機密　重慶基地全力配合陳納德志願軍轟炸任務。

中華民國最高統帥部『蔣介石』關防」

當然，這些證件與公文由中國軍方情報部門仿製，一點也不困難。

吳星光解釋：『從飛機投下的重磅炸彈比子彈更不長眼。

況且，日軍在台灣架設了數千門德製高射砲。美軍要避免猛烈的地面砲火，一定動用號稱「空中堡壘」的B-25同溫層重轟炸機，在一萬公尺高空投彈。』

這樣一來，炸中學校建築物的同時，傷及無辜是難以避免的。

世上的炸彈都不長眼。即使本人沒有被波及，身邊的好厝邊、好鄰居、親朋好友都身首異處，被埋在斷垣殘壁中必與外界失去聯絡；妳親眼瞧見災難現場也是蠻難過的事。

而且，大範圍的道路被炸毀崩裂，妳想逃離災難現場也寸步難行而淪為難民。

妳絕對不可以向任何人提到美軍大轟炸這件事！包括顏老闆！

因為日本已訓令總督府特別軍令：凡散播謠言者必嚴厲處置。洩漏機密必定波及到妳！』

『吳先生，難道你無法說服美軍放過九份嗎？』鄢語荷天真的問。

『這是美國總統基於三軍統帥而決定的大事。中央情報局只能全力配合。』吳星光苦笑。

一臉正直嚴肅有如八田誠二的正直面容出現。這陌路人一點也不像生意人！

鄢語荷沒再追問他是代表美國或是代表中國？

再看九份美軍空照圖右下方標有[**Central Intelligence Agency of USA**]證實：千里迢迢跑來九份的吳星光不是開玩笑、證實情勢確切嚴峻，不是遠在天邊跟自己無關的事件！

原先懷疑吳星光不是生意人的她，從這人談吐不俗、處事的鎮定、穩重，更確定異於常人！

當下決定在一、兩天內離開九份，搬回兒時故鄉苗栗銅鑼。

與其說遵守對吳星光不洩密的承諾，不如說保護自己不被美軍大轟炸波及。

帶著鎮定的微笑，遞出一張美國花旗銀行支票說：『現在是戰爭時期，什麼時機會用到金錢誰都說不準。戰爭即使結束，世界仍陷混亂時，除了黃金，就屬美金最管用。』

『美國中央情報局有鑑於亂世才是培養海外顧問的時機。妳要不要當顧問匯報本地情況，由妳決定，這張支票是中情局支付的雜項經費，妳現在及未來沒有義務、配合任何要求！』

鄢語荷思量：『依照吳星光堅定的承諾：只要太平洋戰爭結束，扣留在香港海關的美國貨物獲得解禁，自由流通到台灣來，作為經銷商或連絡人而恢復「蜜絲佛陀大使」的作用，目前估算自己並無損失；反而因吳星光專門從香港兼程趕到九份通知她：九份即將面臨空前浩劫。若是傻乎乎加以漠視，單單看那二十幾張專為轟炸用的空照圖，就足以令人毛骨悚然、驚駭莫名。因此，圖謀之良策，祇有先疏散到鄉村再說。』

這位中央情報局駐香港站站長、天上掉下的救援者沒有大費周章先行破費來騙她的道理。視他為貴人應不為過。

二十五・善有善報的一點回報

鄢語荷靜悄悄的，不對任何人透露遷移的緣由，就請山本小姐、黑田小姐整理好行李，牽著兩歲半的八田康男，搭上往瑞芳鎮的公車。

由於戰爭影響，工商農漁活動不活躍，搭車的人極少，公共汽車既少開動就更少保養了。這公車，才行駛了一公里到八煙坑就故障了。鄢語荷祇好帶著三人下車。

一輛載豬隻上山販售的回頭車下山了。運轉手夫婦是九份一帶的艱苦礦工，經常受到鄢語荷的食物接濟，下山途中路經八煙坑，一眼就認出路旁等車模樣的，是接濟過他們的鄢語荷，就熱心的引導她們到貨車上；正要開口感謝鄢樣過去對礦工的幫助，尚未開口，剛剛故障的公車好像修好了，超過貨車加速而去。

似乎，車上只有司機一人。

貨車上的礦工夫婦又聊到食物配給的日子實在辛苦時，忽然，眼前那輛公車一陣剎車聲，只見公車已衝到百公尺深的懸崖，瞬時車裂人亡。

目睹這悲劇的語荷不禁毛骨悚然：還好沒續搭這死亡公車，還好礦工夫婦好心載她一程。

中國有句俗語「善有善報」。或許平日樂善好施的鄢語荷，不計回報正如佛經的經文所云：「無相布施、無我布施」的冥冥回報。因為施善之初，她壓根兒沒想要貧苦礦工們回報。

二十六・優勝美地勝興車站

一行人在鷄籠火車站搭了開往銅鑼的火車，卻因太勞累睡著而錯過銅鑼站，當她在三義車站前醒來時，火車已緩緩的從三義站起動，鄢語荷只好決定在下一站的勝興火車站下車。

一夥人拿了行李，站在勝興車站月台上，發覺勝興車站周遭風景真美：良田好池、視野遼濶、沃野千里、阡陌縱橫、鷄犬相聞、一望無際真如人間仙境。

遠處有一座斷橋，據說是昭和九年、一九三五年的關刀山大地震所震斷的龍騰鐵橋。

人世間之事與物就那麼奇怪：平凡存在的事與物毫不珍惜；崩毀消失忽覺珍貴起來。

這座龍騰鐵橋，底座是日本磚製成：堅固可承受火車高速重壓，但不敵八級大地震。

一條平凡的紅磚橋，不過是頭與底開濶、中腰稍細的支撐架，未倒塌崩毀前無人多看一眼。

昭和九年後鐵橋就坍塌在勝興三義之地，旦與夕間，只日月星辰輝耀，與清風明月的嘆息。

『那麼美的景色，為什麼我從小沒來過這裡？早知人間仙境躲在此山中，一定帶八田誠二來這寧靜之鄉走走；瞧這微風徐來、稻浪翻風，是多麼賞心怡人啊！』鄢語荷感嘆著。

勝興火車站的野田站長知道旅客是總督府土木課八田誠二的夫人，就愉悅的以日語交談東京現況。那時候，東京尚未遭受美國的侵擾報復。

同樣的，鄢語荷對野田站長絕口不提美軍即將轟炸台灣的大秘聞。

北上火車終於到了銅鑼火車站。

鄢語荷在車站搖了一通電話給母親，說已到達銅鑼火車站。

兩部三輪車嘎然停在她們三人之前。

車伕踩了十來分鐘就到達那田園中的宅院。

那宅邸藏於田園中央，四周被高聳的孟宗竹包圍，宅邸內有點像三合院；中堂卻有一方少見的扁額——御賜「青蓮垂訓」四字橫掛於廳堂正上方，這顯然是一方有文化的人家。

語荷的母親站在門口熱烈歡迎她們；初見祖母，未取漢名的兩歲半八田康男，聽不懂外祖母的客家話，嘰哩咕嚕在說些什麼；一遇有人要抱他，康男總是躲在母親身後。

當時的台灣仍是日本統治時代，康男當然在日語環境下耳濡目染，學了不少日語對話。

又因為，一旦戰爭結束，鄢語荷認為可能帶著小小的康男回東京的祖父母家住居，不把日語說流利是不行的；因此，康男從小就會聽、會說日本語。

但是語荷的母親卻認為：如果天不從人願，康男被迫留在台灣，那就非得有個漢名不可。

依客家習俗：若是天降災禍、瘟疫蔓延，小孩不易養大，應取名低俗平庸才能躲避瘟神。

因此，語荷母親請教漢文師「文若」先生，將小孩取漢名「蠅伍」，意思是：與蒼蠅為伍。

鄢語荷剛返鄉不打算與娘家的母親衝突，就接受「蠅伍」這名字；但在家仍喊他「康男」。

搬回故園銅鑼不到十天，美軍果然對全台大轟炸，銅鑼國小也被炸中。

語荷毫不後悔返回銅鑼之行。十天前，若不是吳星光的專程通知，下場一定跟九份人一樣。

從歷史觀點看：不少台灣人也沒積極協助日軍，就被美軍空炸而死。冤屈又向誰泣訴呢？

歷史的詭異卻是：同樣造成大量死亡，不少台灣人痛恨二二八首謀，卻無一人責備美國。

「殺人不過頭點地」之革命情懷，對同樣是蓄意屠宰生靈之定位不同，是有人挑弄嗎？

語荷在銅鑼娘家整理八田誠二的遺物，發現除了炭筆畫家與水彩畫家的作品，八田誠二向台灣總督府申報的結婚狀外，還有一張八田紀香（鄢語荷）不知的「緊急出入國狀」。

這是日本高級公務員，在殖民地例如台灣的配偶才有這種附加權利。

這種權利可准許官員配偶在各種天災、戰爭等緊急狀態時，申請「入日本國」者，祇要報上殖民地區、官員官職姓名即予以准許入境！日本總理府自有官員名策可資核對。

雖是必有權利，但是八田誠二認為：不須以此拿來當作誘餌或交換條件，因此選擇不說。

二十七・走向農漁養活自己

在銅鑼娘家的鄢語荷，為了養活自己，避免坐吃山空，想了又想：到底什麼行業既可不花費太多勞力而又可獲取利潤？在美軍大轟炸之後，戰爭尚未結束而百業仍蕭條。一時之間，還想不起來創立何業。

不過，她的人脈及共事經驗，在戰爭進行中的艱難時節，微妙浮現在她腦海。

商界大亨辜宗禾與昇平戲院的顏昆倫在九份喝文山包種茶時，圍著艱難時刻創立何業，可獲取利潤議題打轉。

辜老闆說：『不景氣的時候，想要蓄勢待發的人，更要把握住機會。激發出戰鬥勇氣，把設備擺置架設得完美，把核心人員訓練得熟門熟路並專業至上，如此一來，當景氣恢復就會成功！因為機會是給準備充分者的座椅！』

喝著喝著，辜老闆突然發現什麼寶物似的，坐正了身子說：『喔！我說昆倫兄呀！幾年前我到美國紐約，那個國家的上流社會紳士，喝咖啡可是不加糖唷！

這種自討苦吃還樂在其中的咖啡文化，什麼時候才能在台灣流行呢？』

把辜老闆這兩句話反覆思索，語荷突然豁然開朗：就要趁不景氣走咖啡店這條路！

位於公館、銅鑼、通霄交會點的丁字路口，語荷決定開店於此。

店的左方，外觀是仿台灣總督府紅磚建築的銅鑼派出所；右邊，是三百年歷史的大天后宮。

鄢語荷心中閃過另一個唸頭：

不景氣的另一選擇，是二十四小時不停生長的鷄、鴨、豬、牛、羊及魚的圈養。

究竟咖啡店取名為何？才能出奇制勝？她決定取名為「文林飲冰室咖啡店」。

南至彰化北至基隆的商界大亨及士紳，久聞鄢語荷的天后名氣，是自九份之後仿文君當爐，加上聽聞她引進紐約人喜歡的新飲料，是其苦無比的黑咖啡。好奇心驅使下，無不想嚐新一試。因為，咖啡不祇是一種飲品，還是一種異國文化；喝咖啡彷彿是追逐品味與身價。

士紳們之間口耳相傳：面不改色喝下苦咖啡才算是男子漢！

太年洋戰爭末期，食物配給使大眾生活節儉，人們對觀賞藝文表演的消費能免則免吧！

鄢語荷為了順應景氣變化，把「飲料價格」降為原價三分之一。這招使客人上門熱度不減。有智慧的對應行動，證明她的格局與視野，與萬千之傑八田誠二具有相同睿智。

二十八・農漁蓄牧的生財之道

鄢語荷仔細觀察到：美軍雖停止轟炸台灣，日本對殖民地仍採令人痛苦的配給制。

鄢語荷想到：連日本政府都不敢斷言美軍不再轟炸台灣；更不知是否轟炸日本。

換言之，戰爭何時結束？配給制何時結束？都在未定之天。

鄢語荷的外祖父，也就是把［青蓮垂訓］扁額掛到大廳中堂的秀材，常提起［文君當爐］的故事：［古中國美女卓文君，是個富家之掌珠，偏偏嫁給窮酸文人司馬相如。

卓家父母一氣之下就切斷經濟援助。傲氣滿腔的卓文君，穿起圍裙，擺起爐灶當起家來。］

鄢語荷想：［為了生活，富家掌珠卓文君可以擺灶升爐；那麼，在戰爭影響下，我又為何不學學卓文君呢？］

況且戰爭既不知何時結束、配給制也不知何時結束，一棟房子換一隻鷄的交易時有所聞。

何不在娘家舅公舅婆協助下，試試飼養牲畜的念頭呢？

舅公是典型的傳統客家人，沒有十拿九穩，他是斷然不願冒險。

語荷用客家話跟舅公說：『舅公！您種田沒收入的損失，我全部負責；舅公也不必下田辛苦！山地部份：我放養牛羊雞，您完全沒損失；我還幫舅公除草、牛、羊糞便還幫土地施肥。重點是：賺到的錢您拿六成，比租給佃農還划算，您說對不對？』

舅公原本擔心的［血本無歸］一掃而空，加上母親的遊說，終於同意借出五分地。

經過舅公及有經驗幾位舅舅的農家規劃，出現令人驚豔的可愛農場：

第一．西湖溪畔飼養二十頭水牛，可供騎乘的[遊憩區]佔了半分地。

第二．把一百頭左右的豬糞、豬尿集中到挖深的水泥槽，發酵後生成的甲烷素，可取代舅公、舅舅的家族的柴木燃料，省下不少經費。而百隻豬大約佔了兩分地。

第三．牛與鷄、鴨的糞便比較單純，收集過濾後可餵食草魚。

第四．再說這兩分地的池塘：挖深五公尺的池塘呈現三層斜梯狀；第一層是貯水後以五公尺的高度沖下而產生氧氣。第二層是鵝卵石、第二層是細沙。

魚池本身鋪了半滿的布袋蓮；這布袋蓮既可提供草魚遮蔭又有氧氣產生，可說一舉兩得。

當時，因戰爭影響及食物配給影響百業不振，到處是失業工人。

語荷起初僱用約五十人，隨著規模擴大，又再僱了五十人。

這些工人，有的飼養牲口、有的劈草餵牛、有的割地瓜葉餵豬。有的負責騎乘水牛安全。

語荷叫了三大卡車的孟宗竹，委請工人劈竹製成柵欄，把鷄、鴨分別隔開：雞隻滿山放飛；鴨子則圈養在有鵝卵石，既可休息又可游泳的仿天然環境的水塘。

語荷這才發現，孟宗竹這麼好用：一根孟宗竹剖成四片，把竹皮柔滑的一面朝上，在專家指導下，編織成傾斜有寬縫的[鴨子床鋪]：鴨子的糞便經由沖水，再經寬縫落入池塘中，恰好是上萬條草魚的食物。沖水後的鴨子床鋪，風一吹來就乾燥了。這竹床使用經年很是耐用。而草魚吃的水草也大有講究：從日本進口的水草長得快、品質既嫩又肥，是草魚的最愛。經過九個月的飼養期，語荷很清楚：雞鴨魚長得既肥又大；牛、豬也穩定茁壯。一樣的畜牧飼養，何以有人成功有人失敗？

原因是善待工人，尤其善待工頭。

語荷把畜牧場工人分成五類：品管的、養牛、豬的、雞鴨魚的、水質清潔的及劈竹圍籬的。日本來的水質專家小淵告訴語荷：水質清徹程度可以由蜻蜓幼蟲生長情形看得出來。飼養了將近一年，雞、鴨、魚都長大了。苗栗鄉親們發現有這麼好的上等貨，就大量訂購。經由畜牧飼養站穩腳步的鄢語荷，為永續經營，決定獎勵工頭。因為工頭們是很精明的。語荷給工頭的額外獎賞是「日本禮品」每個工頭都不一樣；再給工頭們一個大紅包。漸漸變成老闆的語荷，告訴工頭們：善待每一位工人、拜訪工人家庭、噓寒問暖才能永續。工頭們都很聰明：語荷鼓勵工頭們：善用手中大紅包又待人和氣，彼此都受益。景氣在大蕭條時，鄢語荷已經打出一片天，從畜牧飼養獲致收入十分可觀。畜牧飼養的成功，使語荷沒有忘記：這是舅公的土地，也不忘舅舅們的付出。因此，舅舅們有一份雙倍於耕種的收入；而工人們的薪資、福利比郵差更高。對家庭困難的人，可先預支13個月薪資，但不准拿來還賭債。工人簡直把她當菩薩膜拜。

二十九・時局及財貨都急轉彎的年代

當報紙及收音機的廣播，報導美軍節節進逼，日本在各個戰場逐一失利的消息傳來，鄢語荷立刻把畜牧養殖收入換成美金，並專程到台北的花旗銀行及瑞士銀行，替自己及康男開了兩個美金帳戶；並準備說服舅公及舅舅開外國帳戶。可惜他們聽不懂而作罷。

因為鄢語荷的先見之明，得以從容的避掉通貨膨漲危機。

鄢語荷以契約向花旗及瑞士銀行作出明文約定：她的花旗帳戶，她本人在世界各地包括日本，祇要提出護照號碼及[緊急出入國身分碼]，加上與銀行約定的密碼，她都有權支配。

作出明文約定不是沒緣由的：日本逐一失利、美軍節節進逼的最終結局，她必須未雨綢繆。

除了這些畜牧養殖事業，她看到苗栗郡的小學都有[遠足]課，普受小學生歡迎的戶外課。

鄢語荷她腦筋飛快的想像：『如果她作出一種設計：[遠足]來到[語荷動物農莊]的小學生們，現場分高、中、低年級，即席回答五題與動物相關的題目』。例如：

低年級題目是：一．偶蹄類動物都反芻嗎？二．海綿是植物或動物？

中年級題目是：三．科摩羅大蜥蜴怎樣繁殖？四．騾子與驢有什麼不同？

高年級題目是：五．蜘蛛是不是昆蟲？為什麼？六．豬籠草會不會發光？為什麼？

最難而有鑑別性題目是：什麼蜥蜴或身軀多大的蜥蜴敢攻擊水牛而啃食？

大部份的題目都很簡單，但不是人人都會。

現場還有長戢大兜蟲、馬來貘、盲眼蛇、小貓熊、食人魚照片讓小朋友配對猜謎遊戲。六題答對三題的，男生送獨角仙、女生送鴿子。

如果這種設計可以把[語荷農莊]活化，吸引小朋友遊玩就成功了一半。

這個[遠足兼猜謎]的有獎活動太有趣了，全苗栗郡的小學生，有不少學生抱回雞鴨，口耳相傳的結果，把喜悅的氣氛也傳出去；彷彿不來一趟[語荷農莊]，這六年來的小學生涯就如同空白一樣。

就因為這[可愛動物區]太迷人，農場由七分地擴增為兩甲半，並且請了上百工人整修。擴增的部份分為：露營區、乳牛區、螢火蟲培育區、台灣鬥魚區、烤地瓜區、插秧區。

在戰爭末期的不景氣年代，開創新事業而不失敗是相當困難的。

鄢語荷告訴兒子蠅伍：細節很重要！注意成本控制，絕不能弄到虧本。

善待工人：別虧待任何一位工人。不管他地位多低微，否則後果難料。

過年節要瞭解工人的困苦、借貸問題；如果偷塞給困苦工人小紅包，那人感激終生不忘！

蠅伍那時才唸小學校二年級的懵懂年紀，但母親鄢語荷耐心的一一解釋。

『若要事事完美，一定要自己親自動手。』蠅伍點點頭表示基本的了解！

『靠山山會倒。一切要靠自己：世界上最不可靠的還是人；祇能相信自己。』

由於孩童是生氣最蓬勃、笑容最燦爛的風景；生命中充滿喜悅與希望，給予少許而真誠的鼓勵，即知奮發向上，而不畏挫折而堅忍勇毅。

孩子從小即不畏挫折而堅忍勇毅，當不易走歪斜之路。

恰好在[語荷農莊]投入許多人力建立[可愛動物區]，苗栗郡的不少小學生遠足到此，孩子們不是親自撫摸到鷄、鴨、小牛、小羊，就是可以抓到蜻蜓、青蛙、獨角仙、天牛等昆蟲；走入十公分深的小池塘摸泥鰍及蛤蜊，喜悅呼喚聲此起彼落。

這些小學生興奮大叫之餘，把喜樂過程一傳十，十傳百，連鄰近的台中州、新竹州都在佩刀的日本老師帶領下，來此農莊見識歡樂伊甸園。

空氣中瀰漫日本語、客家話及閩南語；一隻動物有三種不同的稱呼語。

例如[蜻蜓]：閩南語稱〝蟬匿呀〞；客家話叫〝洋咪呀〞日語叫〝とんぼ〞。

孩子們在兩甲半的農莊追逐嬉遊。生命的樂章及喜悅的五線譜在農場各地敲擊演播。

一個年輕失婚女人，面臨的環境是處於戰爭陰影下，在沒先例可依之景況，竟可憑空擊出全壘打，創造農村一片榮景。當年時空，不是沒有模仿者，但模仿者都失敗了。

這是因為模仿者想從中牟利：設關卡收門票。

但是[語荷農莊]既不設關卡也不收門票，小小的消費者自然湧向免費的農莊。

[語荷農莊]的睿智遠見，與其說是鄒語荷，不如說她受到八田誠二的潛移默化。

[販賣部]有各種動物的布偶，有駝鳥蛋、鵝蛋，鴨蛋還有成串葡萄以及南瓜雕刻成的各種奇怪造形。[販賣部]還有自日本引進的彈珠汽水、**DROPS**（トロブス）涙珠形糖菓。自南美引進的印弟安布偶及絲織品，都是很可愛的兒童作品。

這些都由生活極端困苦工人家屬所擺設。語荷不但無息貸款給他們，店租還不收一文。

三十・榕樹蔭下鶯燕巷的悲歌

自日本大正年間開始，銅鑼分駐所前的一條綠蔭大道：是灑下蓬蓋樹蔭的百年榕樹。其旁之木屋群落，不聞艷名遠播自有蜂蝶群繞。

綠蔭盎然的整條街，除了綿延百尺的榕蔭大道，不聞鶯聲燕語，亦不見乳浪臀波。那木屋群落的家家戶戶卻釘死門窗，整個群落宛如一座死城。

遙望偶見一、兩位女子走出那死城，傾倒滿盆污水外，不遠處的野廟：供奉圓長石的《石母廟》，也不見有這等女子前來膜拜。似乎暗示求緣得子的「石母廟」，正是她們這行最深沉的痛楚。

黃昏時刻，卻有衣著不整的男士走出這神秘聚落，證明那尋芳客找到解放之地。

那鶯燕聚落旁百尺不到，卻是銅鑼分駐所。在種種紅塵囂煩事背後，卻有藏污納垢：分駐所既無法摘奸發伏，更無法彰顯公義，敢說受難的鶯燕聚落「姐妹」們，完全無法仰望這宛如小型「台灣總督府」的司法象徵。

因為，邪惡就藏於司法象徵的「小型總督府」內。

這宛如死去的象徵，背後藏有什麼故事？

這聚落既不聞鶯聲燕語，當然，舉目不見一塊招牌。

聚落另一頭既在榕樹蔭旁，就管它叫「榕樹蔭茶室」吧！

相對於「醉翁之意不在酒」，這茶室自無人喝茶。

鶯燕聚落窄巷的鄉民阿合叔、士昌伯、阿水伯經常光顧榕樹蔭茶室。起初，辦完事，穿好衣服，左右搜尋沒熟人就閃了。沒人注意警察也逛窯子這事呢。

『後來，時日一久，同一位警察逛窯子狂嫖次數一多，才發現警察也好此味！』，阿合叔點一支新樂園，吐了煙圈繼續形容茶室老板娘自顧的抱怨警察白嫖成性，阿合叔模仿的口氣與警察居然沒兩樣。『不同的是，他們是分文不付！』

三十一・二次大戰末期日本軍部的大失算

世事多變，在美國與日本強權生死之鬥的背後盤算，日本決定戰至一兵一卒的「寧為玉碎」念頭，導致東京大毀滅、廣島與長崎原爆死傷枕藉禍延後代，和平竟如此慘烈。

亞洲盟軍司令麥克・阿瑟在寫完「為子祈禱文」後，對兒子暢談日本對美戰略不以為然：

『美軍強攻硫磺、塞班島日軍死守而玉碎，美軍死亡亦近萬，導致我國杜魯門總統奮怒指數爆炸，若不使出關鏖手段何以向美利堅國民交代？』

『一九四五年某晚的東京夜空，我國兩架重轟炸機投下宛如「阿里巴巴記號」的燃燒彈。類似死亡記號的阿里巴巴標幟，正是宰割全東京的夜間照明標記已奪取制空權的我國，可以多等一秒嗎？那無情的燃燒彈在全東京劃出一縱一横十字架。

沒錯，那宛如國家公墓墳場一望無際而貯立的十字架，如今標幟出東京全市區。

制空權喪失的日本軍部尚來不及思考何謂任人宰割？日本軍部何以愚蠢至此？』

『我認為：整個東京市區在美軍空中俯瞰下，即將變成十字架遍佈的墳場。這是錯不了的！

戰爭之殘忍是：即令有人知道燃燒彈劃出十字型代表的意義，也已為時太晚。

我國對日本的爭鬥豈有仁慈、同情可言？』

『戰爭之噩：不是只有日本可以蠻横蹂躪；戰爭的摔角場上，美國豈可向日本乞憐？

B-25空中堡壘轟炸機地毯式的來回蹂躪東京市，日本死亡人數超過廣島長崎原爆總和。

日本軍事內閣中熟稔西方文化者全被逐出總理府，真是令人惋惜。』。

『我曾經深思：如果日本事先預知以二十壹萬東京生靈塗炭及硫磺、塞班日軍玉碎加上廣島與長崎原爆大屠殺二十萬生靈交換一萬美軍生命，而思考代價極慘時應深自靜思；但是日本文化的武士道寧為玉碎精神害他們失去冷靜慎思的可能：失去冷靜之時也失去理智。

美軍全殲硫磺、塞班島日軍我軍也付出慘烈人命代價。我國杜魯門總統別無選擇，祇好使出殺手鐧：動用剛研發成功的核武』

『我理解日本人不會同意：未曾對非戰鬥區的平民百姓，何以用核武對付？但日軍難道不也對中國南京非戰鬥區的平民百姓實施大屠殺？』

麥克・阿瑟兒子麥克・阿瑟四世回信反問父親：

『我敬愛的父親：二十幾萬原爆死亡的容顏中，多少是襁褓中的嬰兒？多少是抱著嬰兒、充滿希望、歡愉的母親？多少是剛念小學、踏在晨曦田埂而歡愉上學的小夥子？

又有多少是懷抱希望的年輕情侶？多少是苦熬戰亂迎向朝陽的平民？

東京大轟炸全毀滅他們的明日！

如果日本轟炸華盛頓平民數萬，毀其容顏與未來，父親你同意嗎？

至今，無一人、無一政府為此道歉，更別談賠償。

敬愛的父親：請問上帝的道理是這樣教導的嗎？』

『就我所知：萬千埋在瓦礫的生物之一，小學生佐佐木：他的父母、哥哥、兩個妹妹全死。

世人豈能以日本無辜嬰兒與母親之死，作為日本政府無知愚昧或蠻橫的代價？』

紐約時報記者庫克報導：『大轟炸及廣島、長崎原爆或許提醒日本：美國比日本強。日本蹂躪亞洲時代已終結。以B-25轟炸機蹂躪東京市民，不派出陸軍決戰，有人責備美國懦弱！

杜魯門總統全然不作此想！戰爭雙方皆有轟炸機或重戰車，皆有蹂躪戰場能力。戰爭就是為了求勝，如果不以暴制暴、不以更殘忍對付殘忍、更無情對付無情，何以求勝？

杜魯門總統估量：五十艘航母、五千飛機，若不把本洲夷平炸碎，如何向美國人民交待？』

『繼東京大轟炸後，又投擲核武，迫使日本投降。依照開羅宣言：台灣必須歸還給中國。』

三十二・令人束手無策的警界老鼠屎

日本統治時代，透露出警界也有敗類：藉勢藉端者又是誰？不止市場買賣藉勢藉端，警界還流行一句話「在這種不敢聲張的地方，不白嫖才是白痴。」

但是，日本殖民的台灣總督府警視課嚴格規定：「在警界任官，不准欺壓善良、白嫖白喝。」

奇怪的現像是：從東京、九州甚至沖繩派來的警察都戰戰兢兢，深怕犯了錯，顏面掃地的返回故鄉將永遠被瞧不起。犯錯的警察大都是島嶼本地的。

但日本已敗戰而遣返公務員，眼下並無日籍警察，陳儀治台時偏鄉警察就更無法無天了。

警界流傳「死豬不怕開水燙」，據說是形容「在大都市犯錯的警察『貶調』至偏鄉只有兩、三萬鄉民之分駐所」，因為偏鄉已宛如十八層地獄了，犯錯的警察就算調至島嶼偏鄉，也全然無懼懲處，白嫖白喝又能拿他怎樣？

阿水伯模仿警員的口氣說：『敢跟老子收費，老子絕對會讓妳們連脫褲子的地方都沒有！』

阿合叔模仿另一位島嶼警員的口氣說：「跟我要錢？也不睜眼看老子是誰？老子只要叫個混混，三更半夜放把火，把妳們窯子燒成一片廢墟。妳命好就拎著內褲亂竄，命不好就燒成焦屍。焦屍還會來討錢嗎？」不看那警察制服，還以為是黑道小咖在恐嚇。

但是，日本警察口氣雖嚴厲，不講情面，很少作威作福或出言恐嚇的。

鄢語荷聽完阿合叔的描述，神情悲悽不發一語。

三十三・台灣南丁格爾普施仁愛

她不是救世主，無法伸出慈善之手普施甘霖。

她不是處理善門大開如潘朵拉蜂擁的高手。

她不是正義使者，對社會無法無天的態樣難置一詞。

鄢語荷能做的，只是關懷；社會的畸形若不整容，豈靠女人在怡紅院單手撐天伸張正義？

半年後，經語荷多方奔走，接洽了銅鑼火車站前，兩位年輕的劉醫師及江醫師。

兩醫師都同意親來無招牌的榕樹蔭茶室診治。當然，醫療費用全由鄢語荷支付。

確定醫師肯作醫療後，鄢語荷帶同山本及黑田，開始關心分駐所前，榕樹蔭旁的女人國。

語荷在輕敲每一家戶木門之前，為避免恩客們誤以為有新貨色來此，還先額外付費給老鴇；否則，老闆們的「賺錢時間」被語荷干擾而打斷而造成損失，有誰會願意讓妳進入呢？

處理這辣手問題，不但要靠人和、靠人脈、靠手腕還要靠點智慧。當然，一切非錢莫辦。

給了老闆們雙倍的「損失補償」。鄢語荷讓老闆們個個和顏悅色開了木門。

鄢語荷曾在公學校的國（日）語課本讀到：十九世紀的克里米雅戰爭時，巡視英、法前線帳篷的護士南丁格爾，提著燈具逐房巡視病牀而有「提燈天使」封號。

此刻「暗仔間」的燈光微弱，語荷三人為避免恩客們弄混而騷擾，三人都穿著繡有紅十字的背心，戴著紅十字的帽子及紅十字的識別臂章穿梭其間。

模仿南丁格爾，語荷三人進入暗仔間也都提著燈具，身後跟著雪白醫師制服的年輕醫師。

這項義舉之慈悲為懷，古今中外從沒人想過；這些榕樹蔭旁的姐妹們也睜大眼全然質疑。

醫師逐一為姐妹們診治的消息不脛而走，顯示鄭語荷不是玩假的。

由於受惠的女性來自公館、三義、通霄、大湖各地，她的慈悲之舉傳遍了整個苗栗。

語荷在巡房之時，也會逐一與「女病人」話家常，這才發現還有一些藏在黑巷的故事。

瑟縮躲在木門後面如棄婦而哀泣的，是一位客家婦女。

在語荷細聲而誠懇的關心下，說出她是苗栗公館人。

淪落他鄉至這步田地，是因為日本強制徵兵將她的男人徵調至南洋；家中生計全靠男人之際，她一個女人如何養活自己及四個小孩？

身為母親，從她腹中所生，卻有永不可卸下的慈愛重擔。

為了四個小孩的生存，只好到卑賤、不敢讓子女知曉的黑暗角落營生。

講到四位子女：是丟在公館偏鄉生滅與流浪狗無異的塗炭生靈⋯⋯。

鄭語荷輕聲用客家話詢問這哭泣的女人：什麼樣的悲痛壓抑心中？

那女人邊哭邊訴說：『我家那男人在南洋戰死了，只拿到一個月的安家費。』

『活下去為了那四個像流浪狗的孩子。除了在這裡賣皮肉掙錢，我一個女人，既無姿色亦不年輕，還有什麼辦法好想？如果不是那呀呀學語才兩歲的兒子，我早就從西邊河壩的木橋上跳下去了！』

說著說著就泣不成聲。語荷也不禁紅了眼眶。

站在一旁的山本小姐及黑田小姐不知其故，經過語荷用日語翻譯，她們才深深了解：由於日本發動戰爭，使得千里之外的日本殖民地島嶼，妻子失去丈夫、子女失去父親而無依無靠，日本這種徵調兵丁政策真是不可原諒。還好日本已不再殖民台灣。

兩人細聲詢問並建議語荷：何不將四位小孩接到語荷娘家撫養？

語荷畢竟見過世面，當場阻止說『善門一旦打開就再也關不上！』

『而且，撫養至少是半輩子的事！妳們能想像：養了三、五年就逼她們流落街頭嗎？』

歷經八田之死以及美軍轟炸後的重新站起，早已不是青澀模樣的女主人，處事穩建有守。

鄢語荷再詢問她：［四個小孩現居何處？現在有多糟？］邊問邊遞了手帕給哭泣之女。

擦拭了眼淚，女人說：『小孩住在公館。離公館教會祇隔一條巷子，祇有四處流浪檢拾餿水吃；深夜披著簑衣探視，看到她們像狗一樣睡在廢豬寮內，自己又無能保護就好想死。』

輕拍女人肩膀，鄢語荷細聲說：［大姐別哭！別哭！我來想辦法！我來想辦法！］

女士見第一次有人跟她說話、第一次有人稱她大姐；掉在深淵中的她彷彿見到微弱星光。

像女流大將、像巾幗英雄一般堅定的語氣，結實有力的拍在顫抖的肩上，女人停止了哭泣。

第二天，鄢語荷放下手邊的事務，一個人到了公館。不是去找四姐弟，而是先找公館教會。

開門的是牧師娘。牧師娘見這陌生少婦：年輕但脂粉未施，如村姑一般樸素。

氣宇軒昂呈現在她眉宇間，自信十足，不像乞食者般垂頭喪氣。

依照基督教會《四海之內皆兄弟姐妹》的信條，牧師娘綻開笑容但不問《小姐妳有何事？》而是以關懷語氣說：《主內姐妹，我可以幫妳什麼忙嗎？》語調平易，宛如自家姐妹。

【不！不！是我來幫你們的忙！】鄢語荷笑得燦爛可掬。

牧師娘聽得一頭霧水，但至少弄懂她此行不是來教會乞討求救的。

牧師娘扯開嗓子向門後的牧師高喊：《約翰！你的天使來幫忙了！》

三十四・神的使徒：肯塔基來的盧牧師

這間公館教會，牧師是遠從美國肯塔基州來的約翰．路易士（John.Louis）自稱盧牧師。

盧牧師待人和藹親切，一副慈祥之相；私底下，卻是美國中央情報局ＣＩＡ籌劃處志工。

打開ＣＩＡ籌劃處的秘密履歷，赫然發現：美軍轟炸台灣苗栗時，John.Louis是轟炸員。

這是怎麼回事？盧牧師是為贖罪而奉獻餘生給教會嗎？

盧牧師走了出來，看見美麗大方的女士，竟說要幫忙教會，就用美式幽默，假裝責備師母說：『嗨！上帝降下愛心天使降臨教會，為何沒有一個天使座位呢？』

師母笑咪咪的端來三張椅子，並說：「天使請坐在使徒約翰旁邊！」

三人坐定之後，師母隨後倒了三杯白開水。

語荷因為是客，就不打啞謎，開門見山敘述昨天見聞：

『公館小鎮有位女士，丈夫因赴南洋戰死；在銅鑼淪落風塵只為四個孩子而堅強活下去。我最近有機會扮演南丁格爾護士角色，聘請醫師給她們一一診治，才有機會了解墮落風塵的女人，有多辛酸、多痛苦。這位女士說她來自公館，就住在公館教會附近，四個孩子像流浪兒一般沒人搭理。我還沒機會去找這四位落難天使，因為尚未與盧牧師與師母洽詢，想聽聽兩位的意見。』

盧牧師只聽語荷自已的形容，不了解她內心真正的想法；因此進一步詢問：

『南丁格爾天使，妳希望我們怎麼做，才能符合妳的構想？』

『我想單獨幫助這四位小孩，提供他們小學至初中三年的費用，包含服裝、鞋帽費。但是經費不知要交給誰保管；剛好四個孩子的母親說：[四個孩子住在公館教會附近]；因此我就來拜訪公館教會，看看經費交給教會是否最恰當可靠。』

盧牧師終於聽懂了。他完全同意語荷的構想。

由於雙方都心懷慈悲，三顆良善的心交談起來毫無障礙，因此，當盧牧師提議走出教會到街上去找這四位小孩時，很快的就在有應公廟前一塊空地上找到她們。

每個小孩都被太陽曬得黝黑：十一歲的大姊帶著兩位妹妹、一位弟弟在玩耍。最小的兩歲弟弟還全身赤裸無衣可穿。

『早餐、晚餐都沒得吃，只有中餐是好心鄰居把吃剩的飯菜拿給我們吃，但不是每天都有。』大姊跟盧牧師這麼說時，表情平靜，彷彿是訴說別人的故事。

因為不確定噩運會遠離，自述的苦難再多又有何益？

『因為剩的飯菜份量不多，我通常是把剩飯菜先給弟弟妹妹吃，因為她們餓壞了，個個都用狼吞虎嚥的，最後只剩菜湯給我。』

盧牧師與鄢語荷打量瘦得像皮包骨的大姐，像是從俘虜營走到公館偏鄉的餓莩。

從一眼看到瘦削單薄而懂事的大姊，鄢語荷臉上的淚水就沒有停過。

她只是兒童吔！這麼悲慘的景況，有生以來第一次見過。

向鄰居打聽結果是：這四位小孩既沒熱水也沒肥皂可洗澡；鄰居擔心遊民入侵引火烹食，乾脆把她們的房子大門鎖住。這樣一來，四位孩子只能睡在廢棄的豬舍。

可想而知：夜晚沒被子蓋。

沒被子的晚上，大姊只好摟著赤裸的兩歲弟弟佝僂而睡。弟弟睡著了，她卻很難入眠。這種非人所能忍受的苦楚，還要多久才能看到結束的曙光？

語荷再次淚湧如泉。

三十五・因為有妳：拍立得相機才有意義

語荷與趙師母不願再刺破人性醜陋面，兩人很有默契不問起「媽媽的血汗錢」流經何方？

趙師母蹲下來跟瘦削黝黑的大姊說：『大姊姊！這位阿姨見到妳們的媽媽，媽媽在外地工作，一直想念妳們，並沒有拋棄妳們。阿姨願意收養妳們。

從現在開始，妳們都住到教會來，不會讓妳們在街頭遊蕩了！

大姊姊妳先去把弟妹的書包、課本帶來，妹妹與小弟弟隨我回教會。』趙師母慈祥的說。

大姊低下頭跟妹妹、弟弟輕聲講了兩句，自己則找鄰居拿鑰匙開門拿書包、課本。

一行人回到教會後，語荷因為常幫蠅伍洗澡，因此幫兩歲小弟弟洗澡顯得駕輕就熟。

趙師母幫小妹妹洗完澡、穿上牧師娘女兒的舊衣後，她們好像獲得新生命般喜悅。

趙師母帶著四位小傢伙到公館街上買新衣服、新鞋帽，明天就要開心上學了！

盧牧師恰好有一台美國製的「拍立得」（**Polarid**）相機，正好把小孩集合在教會大門前：牧師坐中間，鄢語荷坐左邊，師母坐右邊，小孩坐在語荷及師母膝蓋上。

四個小孩經過溫馨吹拂，全都綻開燦爛的笑容。拍立得相機神奇的吐出一張張照片。

多久沒聽到天真爛漫的笑聲呀！

人世間，無煩無憂的兒童嬉遊聲，不是平常不過的事嗎？此刻為何顯得如此奢侈？

鄢語荷帶了一張「拍立得」相片，準備帶回銅鑼交給那位苦命女士作為見證。

離開公館教會前，捐了十萬日圓及十萬舊台幣。語荷臨走前還囑咐：每年一定會回來認捐。

很快的，語荷回到銅鑼，找到魂縈夢牽在四個孩子身上的女士，把那張與盧牧師合照的「拍立得」相片，拿給女士，到這時才知她姓賴。

「拍立得」相片上顯示四位子女容光煥發：不但換了新衣裳，新鞋子，還理了頭髮，油垢黑泥也不見了。四張臉龐都綻開許久不見的笑容。

賴女士見到這張照片就哭了。這哭，帶有多複雜的情感。嘆息自己的命苦：獨子的丈夫死在南洋不說，娘家兄弟個個生活困苦，竟無一人伸出援手，以致於她孑然一身孤立無助，像荒漠中的乞丐般祇能等死。

這回，偶遇一個外人鄢語荷，竟捨得花錢延請正牌醫師為她們診治之外，還千里迢迢跑到偏鄉公館，只為實現一個對陌生人的承諾，找回輕如螻蟻般的小生命，不只讓她們溫飽、受有教育、還留有尊嚴；讓賴女士及四位子女活在充滿希望的光線下。

這年輕少婦對賴女士一無所求。賴女士反覆思量：「天底下，怎會有這種好人？」

忽然好運降臨，讓她有點不信：「這是真的嗎？我是在做夢吧！」賴女士心裡狐疑著。

但照片上的笑容綻放得如此自然，不由得她不信。

三十六・榕樹蔭茶室陷入冏境的日、奧女子

再次進入榕樹蔭茶室，鄢語荷再次扮演南丁格爾，同樣關心淪落天涯的不幸者。

這次的發現比較辣手，因為榕樹蔭茶室的女兒國裡，竟有兩位外國人。

一位是遠在天邊的奧地利女子，一位是日本女子。

奧地利女子梅特涅，男朋友是德國技師亞道夫。太平洋戰爭時期，德國技師的職務：是協助日本在台灣的日軍基地架設新型高射礮。不久前，日本軍部聘他到菲律賓架設高射礮。

因為梅特涅與亞道夫兩人並未結婚，不能視為德國專家的「家眷」，也就不能跟隨亞道夫到菲律賓。

但德國男友留給她的盤纏只夠用半年，這使她的危機感湧上腦門。

當她獲悉榕樹蔭茶室有容身之地時，梅特涅找上老闆娘比手劃腳的商量：如果她半年花光盤纏，德國男友又沒能返台接濟她時，她就到榕樹蔭茶室下海了。

太平洋戰爭結束了，德國技師亞道夫不知所終。

另一位辣手人物是日本來的松竹女士。

太平洋戰爭如火焰張開，松竹認識一位能說善道的日本推銷員中村。

中村在推銷界打滾不下二十年，善於揣摩對方心思；對女人就不用說了：是肚腹內的蛔蟲。

開口閉口吐出「今生非松竹不娶」七字真言，三寸之舌哄得松竹芳心大悅。

「假話講千遍也成真」是政客、推銷員生存的不二法門；松竹懵然無知；也不去打聽這位自稱中村的推銷員所言真假，更不知對方在日本是否早有家室，就貿然與這男子同居。

這騙子中村常年賤賣低價化妝品，行走於全台灣的鄉村妓院，專門賣什麼「花露水」一類的香水給妓院老闆娘。太平洋戰爭時期，中村向老闆娘誑稱：「我已經向日本的資生堂總代理三宅會長，訂了一批新貨。」說著，拿出一盒包裝全新，打開來真的非常香的《道具用香水》並開始在老闆娘跟前表演：「這批新貨要價二十萬日元。我已經湊足十九萬五千元，剩下的一點尾數，我以松竹女士作保證，向老闆娘質借，三天內如果我還沒返還，松竹女士就是老闆娘您的人了。」

「就是老闆娘您的人」這句講得特別小聲而神秘。

松竹女士在門外，並沒有在現場聽到這惡棍騙徒的花言巧語。

老闆娘算盤一打，覺得怎麼都划算，在「借據」上畫了押，就借給中村五千元。

另一頭，一身都是如簧之舌的中村卻向松竹女士說：『松竹！因為日本資生堂化粧品株式會社極為欣賞我的行銷及經營能力，因此聘請我到資生堂總社當行銷課長。

由於株式會社担心我不答應，因此聘請了好幾位實力相當者當「備胎」；株式會社規定：最先到達資生堂總社者，表示對公司的忠誠度最高。』

『因此，我明天一大早搭第一班飛機到日本總社，登記後立刻飛回台灣接妳到日本。』

『妳先在這位好心媽媽桑這邊當貴賓吧！為了證明我對妳的忠貞不渝，我把珍藏多年的十克拉精美而稀有的鑲金鑽戒送給妳；後天我倆回到日本，我倆立刻結婚。』

說著，從包裝精美的禮盒中，掏出閃閃發亮的鑲金鑽戒，像求婚般套在松竹女士的手上，還深情脈脈的看著她。像松竹那種初出茅廬的菜鳥，不被那假裝真誠高明段數而感動者，想必是鳳毛麟角。

可憐的松竹女士涉世未深，對中村繁複多端的狡詐騙術一無所知，祇能像白痴般信任他。那十克拉的鑽戒事後經人鑑定，是顆不值錢的蘇聯鑽；那騙子人間蒸發從此不見踪影。松竹她大夢初醒時，已無多餘旅費回日本，只好被扣在茶室以皮肉維生。

當她們把求救眼光投向鄢語荷時，語荷深感擋人財路之事不宜介入，不發一語掉頭就走。約半個月後，鄢語荷有備而來，先是跟日本駐台使領館及奧地利領務局接洽，得到兩國官員同意支援後，請求苗栗縣警局會同外事單位，一舉將兩人救出。

雖居功厥偉，鄢語荷從頭到尾都沒出面；此後也鮮少踏入那榕樹蔭茶室。

劉醫師及江醫師依契約持續到榕樹蔭茶室服務，但鄢語荷不再親自進入。

醉心於大自然農場的鄢語荷，設立了[語荷農莊]，引入可愛動物區，吸引許多小朋友前來，也帶來湧泉般的歡笑。這是其他行業無法比擬的。

鄢語荷因應金融危機早把舊台幣及日圓現金，換成美金，並在花旗銀行開了美元帳戶。

由於鄢語荷以八田紀香的日本國民身份在花旗銀行開戶，祇要有護照號碼及[緊急出入國證]，加上與銀行約定的密碼，不論在世界何地，她都可以動用自己戶頭內的存款。

在經營[文林飲冰室咖啡店]及[語荷農莊]的同時，語荷也沒忘記對兒子的日語教育。因此，借來公學校國語課本，囑咐山本小姐及黑田小姐：教導蠅伍唸出正確的發音。

鄢語荷原本的計劃，一俟戰爭結束、非破壞式和平到來，帶著兒子八田康男及山本及黑田小姐一同返回日本生活；因此，流利的日語是康男（林蠅伍）返日的必要條件。

三十七・在客家苗栗的意外假期

滿六歲的康男原本準備唸公學校，因戰爭結束、日本戰敗，所以日籍老師必須遣返日本。同樣遭戰火波及的中國，同樣未從砲火廢墟中站起來，中國接收台灣，一時之間無法立刻派出約六萬小學老師來接替日籍老師，學校只好暫時停課，造成康男無所適從。

由於康男遷到外祖母家快四年，早已跟客家小孩打成一片，自然學會了四縣客家話。小孩們很親切的喚他[Furuhata]，因為他外祖母就是客家人，小孩子都把他當客家人。

學校沒有老師，大部份時間無課可上，已改漢名林蠅伍的八田康男，跟著一群客家孩子們在野地上崎嶇草原的陽光下追逐。

在樟樹村、九湖一帶的田野中，孩子們撈了一些俗稱[龐僕辣]（Ponpura）的蓋斑鬥魚。

到了三義鄉前的竹圍仔，那兒是西湖溪上游；牧家在溪潭中飼養了不少水牛。

客家孩子們個個都有騎在水牛背上的本事，讓林蠅伍羡慕不已。

水牛是一種溫馴的動物，只要不激怒牠，哪個孩子騎在牠背上，牠都不反抗。

客家小孩騎著水牛，林蠅伍也跟著騎上那龐然巨物；溫馴的巨物慢慢移動，最後竟走入半個人深的溪潭中。

溪中有一種深綠水蛭，外層皮膚像蟾蜍背部一樣粗糙醜陋；每隻都像小指一樣粗得嚇人。

這種水蛭就是令水牛失血的[水牛蛭]客家小孩只敢用竹尖把水牛蛭搓下；林蠅伍卻敢用手指把水牛蛭從水牛身上硬生生拔下來。客家小孩紛紛封他為[水蛭王]。

樹上若有美麗的星天牛，大夥都不吝把它抓下後互相傳遞把玩。

飛翔在西湖溪天空，十二公分長的巨大藍白相間蜻蜓，極為美麗而罕見；能在童年目睹是永生難忘。

林蠅伍撈到蓋斑鬥魚及紅目小鯽回家。外祖母說：紅目小鯽只活在流動的水中，靜水難養。

反觀蓋斑鬥魚，只要兩隻放在一起，說也奇怪，鬥魚立刻呈現五彩斑爛色，令人訝異。

在客家鄉村環境親身體驗，是林蠅伍對大自然最好的認知與試煉。

苗栗客家人受環境所迫，囧住山城、生活困苦。男男女女個個咬緊牙關與惡劣環境博鬥。

打石店的阿合叔，老妻阿合嫂僅用木製雙丫字叉架，就把七十公斤重的整塊石材，從百公尺深河床，架到背上繞山兩公里才揹到打石店。由此看見客家硬頸堅韌，正以無聲展示。

打石店對面的打鐵店，鄧家老師傅一手推拉鼓風爐一手打造農具，一雙粗手獨幹粗活，養出傑出才智之士；第六子鄧興增不負老父期望成為文中校長，以嚴管嚴教作育英才無數！

艱困的環境，從不曾打倒山城苗栗的客家人。他們樂天知命、祗知死命鬥天才有出頭天。

蠅伍小小年紀從客家環境就仔細觀察到：不管一群人或一個人：迎著狂風巨浪無情鞭打轟擊，咬著牙、忍著痛，前仆後繼堅持到最後才是勝利者。

戰爭結束前，蠅伍只會講日語及客家話；戰爭結束後，日本人全數撤離，日語似乎無須學習。但鄢語荷卻認為：台灣交通、教育、醫學醫葯的現代化，日本是一股推動的力量。

何況日本已治理了五十年，已將台灣形塑成日語環境，短期內暢通無疑。

東京大學教授湯淺良一戰後沒多久，曾比較日本與台灣制度而寫道：

『典章制度已上軌道的日本社會，菊花與禪宗的精神獨創一幟值得台灣模仿。

如果一個體制，一個家邦，因有公義之士不為財、不留青史、不愛作官而無私奉獻；或有烈士因以公義，投死台灣島不惜身死家破，培養無我情操、甘願犧牲奉獻。』

可嘆斯時斯人何在？

一向主張公義的姉齒松平教授評論：

『轟炸後的東京，瓦礫曾埋葬不少人；但日本人普徧正向、有禮有節的價值觀並未深埋。』

視野若轉向中國：廢墟中的廣塋之國，復建中國之志是否全國一心呢？

在重慶，抵抗日本而苦撐的蔣介石，在抗日戰爭結束後，是否安枕無憂不受挑戰呢？

當時沒人知道答案；即使答案是苦澀的，四萬萬中國人民也祗得吞下。

俗語說：臥榻之旁豈容他人酣睡；顯然有不少人亟欲躺在他臥榻之旁！

一心只迷信武力的委員長智計遠遜總書記；抗日戰爭結束竟提出裁軍而犯下大錯！

中國派了行政長官及有經驗的福建財經官員來台灣，印象最令人沒齒難忘的，是以四萬元舊台幣兌換一元新台幣。這使得鄢語荷以外的島嶼庶人都受到金融匯兌損失。

三十八・日本不堪的戰爭結局

華盛頓郵報記者魯斯克在日本投降前夕來到東京，向郵報發回以下的報導：

『二戰的最後強權倒下了，但倒下的身影不夠瀟灑。

日本軍事內閣缺了智慧者。內閣逞匹夫之殘勇而失去投降最有利天時。之後的東京大轟炸，美軍夷平東京，內閣倘若智慧如海迅即投降，國可太平、民可安康。但是內閣自信太過，以為可用大陸軍決戰美軍，玉碎本洲島讓美軍付出重大傷亡代價，原意是逼使杜魯門總統三思代價，結果魚死網破，不得不接受波茨坦宣言投降。

戰後的日本政府因食物短缺而採「配給制」因應。

野心家發動戰爭讓人民受苦，誰能追究他們？

雖然帝國崩毀，但典章制度猶在，日本政府徵調全國食物分配，井井有條，絲毫不見慌亂。』

八田誠二父親八田喜一郎的戰後處境，鄢語荷，不，八田紀香十分清楚。

因此，在東京大轟炸後，她想盡辦法在東京市場購買了毛毯、香皂、陽傘、拐杖、止滑墊及新棉被這些老人用得到的物品。總之，是恢復二戰前的日用品數量水準。

八田紀香帶著康男親自將毛毯、香皂、陽傘、拐杖、止滑墊送到八田父母家。

彼此談到那晚的大轟炸，驚恐與顫抖彷彿歷歷在目。

老人家因顫抖而哭；活著的感覺是幸運的，活著還有人攜禮物慰問更是難得。紀香對兒子康男嚴格要求：因此一口日語相當流利，與祖父母溝通毫無障礙。例如祖父母問他：『你叫什麼名字？』康男回答：『我是八田康男。』

祖母問：『你父親、母親叫什麼名字？』

康男回答：『父親八田誠二，母親叫八田紀香。』

祖父再問：『長大時打算到哪就學？至哪就業？』

康男回答：『長大時打算到東京大學就學。如果成績優秀就爭取到日本政府任職。』

祖父母見他小小年紀，回答得有模有樣、不見羞澀如同高校生，不禁哈哈大笑起來。八田紀香用輪椅推著八田父母親暢遊東京明治神宮及皇居。八田康男坐在祖父腿上。

當然，山本小姐、黑田小姐也趁這時回到日本故鄉。

山本小姐、黑田小姐一年休假回日一次；八田紀香帶著康男探望祖父母一年有三次。有時帶公公婆婆到醫院檢查身體。毫無疑問兩位老人家把她當一家人，甚至盼望她的出現。只要八田紀香攜帶禮物到來，就是快樂到來。一股生氣蓬勃，妙語如珠，到處洋溢笑聲。

三十九・台共眼中的二二八評說

二二八事件剛過幾天，主要是大都市的暴動及流血事件。但並沒有波及銅鑼。地下組織台共謹慎而低調的活動持續著。

這天，銅鑼天后宮後門陸續有三人進來；就是沒人從正門進入。正門口前的大榕樹上，廟祝林頂立正四處觀望，是否有著中山裝者探頭探腦。原來的廟祝林頂地是林頂立的兄長。美軍大轟炸時，林頂地心血來潮走到百公尺外的彭新嘉同學家聊天。不巧被美軍重磅炸彈波及而身亡。廟祝一職只好由林頂立代理。

林頂立因對中國與台灣國土規劃有興趣，因此秘密加入「軍統」，担任軍統「島嶼站站長」。軍統在台灣的頭頭，沒打聽清楚這廟祝是台共幹部，因此，林頂立知悉軍統內部運作。

這天，台共三位幹部走進廟裡，既不膜拜天后媽祖，也不焚香祈禱，只高喊「頂立！頂立」同一時間，林蠅伍與孫同學、離廟旁不遠的張嘉海同學正在天后宮玩「躲迷藏」遊戲。因為三個小不點才唸小學二年級，身材瘦削：一人躲在屋頂上，一人躲在媽祖廟大神桌帷幕下、更創意的，是躲在媽祖神像內部。這三個小不點玩的是「膽小鬼」遊戲。

三人剛躲好自己的位置，突然有三個大人陸續走進廟中；詭異的是：他們由不同側門進入。這一切作為，當然是防範軍統的突襲逮捕。

這四人，把供桌搬到廟埕中央，各搬一只小椅子，四人就東南西北四面，背對背坐了下來。四個面各坐一人，目的也是防範軍統；在緊急時各尋生路。

林頂立以外的三人，是應大湖鄉做醮的劉啟光邀請，到他家吃拜拜。吃完拜拜，順道參訪大湖的養蠶繅絲工廠。

話說大湖的養蠶，是日據時代就規劃而在大片大片的青綠土地，種滿了桑葉，一片桑海的波濤比那陌頭楊柳多一份顏色。微風徐來，賞心悅目好不舒服。

張士德見多識廣，知曉銅鑼天后宮是清朝道光年間的古蹟，就提議到天后宮坐坐。

『諸位來自各方，見多識廣。你們說說看，島嶼人民全島大串連到底為了什麼？』

說這話的是担任「台灣義勇隊」隊長的張士德。

『你們看過馬克斯．韋伯的書寫了「絕不該迴避客觀存在的事實」嗎？』

說這話的是，一聽就很有學問。原來，他是留學日本東京帝大的左傾青年陳逸松。

『台灣人民沒幾人懂洋文的呀！西洋文翻成日文，也只在日本看得到，本島沒賣的。』

提出在地島嶼人民意見的是老台共王天登。

『台灣人民從沒自己的觀點。百年之間只能仰望美國、中國鼻息。傳統的島民嚮往有皇帝、有總督高高在上、鞭笞天下的雲霧天帝，從沒想到住民革命，由自己當家。

魯莽的草寇林爽文，沒留下住民革命論；同樣，明治天皇時，拋盔棄甲的唐景崧也沒宣揚抵抗理論，以致日本鐵蹄在台北街頭鏮鏘作響時，並無文人敢口誅筆伐之。』陳逸松說。

四人漸漸談到長官公署陳儀清廉不貪是公認的。

長官公署陳儀為了根留島嶼，他找了不少有經驗的福建官員。

四人談完長官公署，又聊到局勢。

『逸松兄！光復初期，台灣民眾都張著燈、結著綵歡迎中國政府接收本島；為什麼短短兩年不到，會發生二二八這麼難堪的局面？到底是人謀不臧，還是施政不當？』

陳逸松不愧是喝過東洋墨水的知識份子，一針見血的說：

『今日這局面，不論是誰來掌理島嶼，二二八是台灣無可逃遁的宿命：即使不在二二八這一天，也會在三二八或四二八爆發。』陳逸松下了一個註解。

『因為，燎原的星火早就在全島四處點燃。』

陳逸松抽了一根[新樂園]香煙，吐了三個煙圈接著說：

『光復當時，台灣人幾乎陶醉於〝回歸祖國〞的狂喜，從無一人思考[台灣自己的方向]。』

『天登兄！如果你拿朝鮮跟台灣相比，不難發現：朝鮮原是一個完整的國家，有自己的軍隊、自己的旗歌，自己的國民意志、自己的文官制度，人民以光復朝鮮為榮。

大清政府與日本簽訂馬關條約時，台灣不是一個國家，沒有自己的軍隊、沒自己的旗歌，不存在自己的國民意志，更重要的：不在乎誰來當台灣的主人。這就是成敗之鑑。』

博通古今、引經據典的陳逸松忍不住援引六十年前的甲午戰爭結局。

四十・安危他日終須仗　甘苦來時可曾共嚐？

『唐景崧在倉促之下成立台灣國，自印黃虎旗、自封為台灣國總統，但失去清朝國力，除了丘逢甲響應，並無人跟隨。勢單力孤而彈盡援絕的清朝統軍劉永福只得返回中國。

古今中外，大凡領導者，下自伍長上至師團司令，情願投死滅身以義報國，世人無不悲喜交集而一掬同情之淚。面對簽訂馬關條約的敗局已定，百姓既不在乎誰來當島嶼的主人，怎會抱持革命者情懷？既無革命火種、身體內未曾流動革命血液，想在台灣建立什麼樣態的公義社會？』

注視三百年前媽祖黑臉神像的陳逸松，向媽祖拜了拜，繼續說：

『台灣可能有隱身之志士，但心中未知公義社會形貌是什麼？當無拋頭顱灑熱血之可能。唐景崧只是文官不是武將，在日軍十吋巨炮震懾下驚慌逃竄，只能承認失敗。被後騰新平譏為「貪財、怕死」的台灣百姓，除了譴責丘逢甲的逃命，島民何曾在砲火下捐錢捐軀？是否因為貪財而失去捐錢熱情？是否因為怕死而失去捐軀的熱血？

生命共同體的概念從未在移民社會生根發芽；屈服在高壓下是台灣人的宿命嗎？

丘逢甲在敗逃之前，唐景崧業已驚慌逃竄，丘逢甲仍選擇必敗的對抗，他是瘋子或騙子？

三百年前由福建漳州、泉州的羅漢腳渡海來島，祇知苟苟營營為生，不知革命為何物，保家衛國若只靠匹夫之勇暴虎馮河，不知棋盤之謀略，何能成事？這島嶼，知曉戰爭遠略、放眼未來者少，僅圖安逸營利者多，甚麼大氣魄、甚麼大格局在島民心中全無概念。』

翹著腿抽著新樂園的陳逸松，望向天後宮對面大榕樹上，有頑童攀爬，不禁微微一笑。

『清軍業已撤光，為國之謀者如丘逢甲，置兵糧、購武器、聘顧問，屯基地在在需募集大批金銀。台灣島之民對此一無所知不是罪；指責丘逢甲［趁亂貪財、與巨奸大憝無異］怎不令人寒心。因此，五十年來幾人為爭革命而捨身取義？幾人為台灣頭斷身死？

清季林爽文、朱一貴雖不知台灣土壤早無革命水土，僅憑恃暴虎馮河而敢，但名垂青史。

所以，自一八九五至一九四五的五十年間，乖巧柔順之島民對日本統治全無置喙餘地。

但是一九三七年，日軍無端挑釁中國宛平縣，軍官吉星文橫眉敢對日軍發砲還擊，八百壯士帶兵官謝晉元死守四行倉庫、新四軍葉挺守土負死皆可歌可泣永留青史。

島民不願自身流一滴血；這亂世正如英倫哲學家羅素（**Russel**）所云［寧赤毋死］，換言之：島民骨子裡只要被日本總督府衙門僱用，全不在乎台灣島的自主性。』

說到這裡，陳逸松緊握雙拳對空搖晃，激動的說：『朝鮮人就是願意。』

陳逸松接著說：『島民從未想到要寫一首震動民心的歌曲例如［熱血］；例如［巾幗英雄］。

例如振奮民心的［抗敵歌］、例如委婉的［賣花詞］句句動人肺腑！

也許島嶼無音樂人才，也或許不覺得有此需要；舞動民心有何用？難道是貪財、怕死嗎？】

這時，隊長張士德提出一個假設性問題：『逸松兄！如果島嶼光復次日，即由島民當家做主，就不會發生二二八事變嗎？』

陳逸松似笑非笑的說：『這牽涉了三個層面的問題：

第一．如果一九四三年十一月的開羅會議，蔣介石在會議中絕口不提［廢止馬關條約效力］，島嶼現在仍屬於日本。

當年身著戎裝、手扶軍帽、足蹬高筒皮鞋的蔣介石既已提出「廢止馬關條約效力」，並經美英首腦同意後，三巨頭發表開羅宣言。當時東方祇有中國的贊成聲音，未聞全島士紳抗議之聲，如何拒斥中國的力量？島民憑恃什麼鬥志而能當家做主？

第二．日本在殖民台灣期間，不准被殖民者研修政治科系、不准培養政治人材；極度聰明之士如杜聰明只能唸台北帝大醫科當一位醫生。這樣一來，台灣雖回歸中國統治，但島內完全沒有治理政事的人材：別說總理級人材，連鐵道部、電信部、財政部，島嶼一個也沒有。實際上，老老實實想為島嶼做事的人少之又少。如果光復當初，有人喊出由島嶼人當家做主，任由一群參彳不齊、良窳不一的島嶼人吆喝，想也知道台灣會亂到什麼程度。台灣是治好呢或亂好呢？

第三．基本上，島嶼光復前，是處於太平洋戰爭狀態。而戰爭特色是百物奇缺、經濟蕭條、萬物飛漲、社會秩序不穩。如果沒有一個大國，以母國有經驗的財經首長派來島嶼，維持並引導財經秩序，台灣島民的痛苦只能是不斷延長。

原殖民母國日本已戰敗被逐，另一母國只能是中國；因為，五十年前的母國就是中國。

有些人天真的以為：將台灣交由美國託管成為第五十一州是最佳解決方案。

但是，開羅會議的開羅宣言，比聯合國成立時間更早；開羅宣言的國際法效力毋庸置疑。

中國既是美國同盟，付出死亡兩千萬人命代價，號稱四大列強，美國絕無可能過河拆橋。

二戰後的中國，法治觀念薄弱，治理方法粗暴不人道；但中國至少有人材，有能力止亂。

陳逸松手上的煙已燒到煙屁股了，他只好改喝林頂立泡的濃茶。

林頂立一邊遞了一杯濃茶，一邊問陳逸松：『一個法治觀念落後給島嶼，國家平均現代化也輸給島嶼的中國，有什麼道理治理這島嶼呢？』

『中外歷史上，向來是強凌弱。秦始皇統一六國就治理了六國，成王敗寇沒道理可言。甲午戰爭，清敗日勝就割讓台灣島又有什麼道理？』留日學生陳逸松回答得好不含糊。

『日本被美國打敗，憲法由美國制定，國土硫球有美軍佔領不走，形同威嚇又有何道理？歷史上，中國在一八九六年割台予日本達五十年。雖然「割讓者」與「繼任者」分屬不同朝代，但在島民眼中總覺得「被祖國拋棄」。這種受害者心裡，一時半刻是無法平復的。如果中國接收大員能理解這層道理，即使無法溫柔對待島民，至少模仿原殖民者的態度，萬事好處理；可惜，中國大官素質差、高高在上的態度，宛如主奴，這就避免不了悲劇。】

林頂立又問：『中國地大物博，人材輩出。難道找不到像胡適、嚴復、蔡元培、蔣廷黼這類名滿天下的人材來島嶼服務嗎？』

『請問：台灣是中國首都嗎？』陳逸松反問『名滿天下的一流人材怎麼可能派來島嶼？』

陳逸松喝口濃茶繼續說：『中國治理台灣，不是《有或沒有》道理的粗淺問題。』

『我曾看過一位美國記者白修德批評蔣介石說「不了解革命的本質是什麼」；「反而是把革命當作必須加以粉碎的惡靈」。即使蔣介石他受惠於中國革命。

對付來勢洶洶的共產黨，焦頭爛額心力交瘁。自顧不暇的蔣介石怎可能派一流人材東渡？』

林頂立說『小弟曾看過長官公署陳儀詩作的前兩句：「事業平生悲劇多，痴心愛國渾忘老」意思是「陳儀他這人為中國衷心耿耿至死不渝，不料，愛國竟是一生以悲劇告終」。』

陳逸松再補充：『依檔案記載：長官陳儀妻室是日本人氏，並沒有跟隨陳儀移居來島嶼。

陳儀竟然因公務繁忙，時常忘記匯寄生活所須費用給上海的日籍太太，以致她生活困頓。

因為陳儀家無存款更無房產，說他兩袖清風不為過。只是連累太太，不是稱職的丈夫。』

陳逸松引經據典，說明陳儀為人光明、廉潔、大公無私但生不逢時。

到過以色列的德國鏡報記者施德諾在二二八事件發生兩年後，來到台灣寫了以下評論。

『二戰結束，追究戰爭發動者刑責：歐洲有紐倫堡大審，亞洲則進行東京戰犯大審。

戰爭剛落幕，蘇聯佔領東德、盟軍空投柏林及韓半島分裂，吸引了全世界的關注焦點。

沒有一家世界性大報，關注懸在中國東南方撮爾島嶼發生的二二八事件。

這是大國弈棋之間利害、獲利、榮辱棋局下，台灣島嶼的宿命嗎？』

『二戰之時，六百萬無辜猶太人：男女老少一概被德軍屠滅，火焚六百萬屍體而留下的眼鏡、手錶、柺杖、假牙、皮鞋等遺跡，在在引起關注，其景況之悽慘方引得世人譴責。

但是並無眼鏡、手錶、柺杖遺跡的二二八事件，如慧星般在天空劃下驚嘆號後倏然而止。

日本已無權關注；共產黨全力衝刺爭國柄、舊中國芒刺在背無暇東顧；島嶼人只能嘆息！

驚嘆號之後沒增創意的驚嘆號，徒增問號般的漣漪波紋！歷史誠然不可遺忘，事件要追究什麼？轉型正義是什麼？』施德諾除了在鏡報嘆息還能做甚麼？

陳逸松引述了德國鏡報記者施德諾的報導，留學東京的陳逸松在讀賣新聞讀到這一段。

這四人講了兩個半小時，時日已近黃昏。孫同學趴在屋頂上，因為大腿被蚊蟲叮咬一口，癢得受不了，就把腳挪動一下；一不小心就把瓦片碎屑給掃了下來。

神經緊張的林頂立以為「軍統」情報人員追踪他們，就喝問「誰」？

林頂立隨手拾起碎片往屋頂擲去。不料，竟把築巢在瓦與樑間的麻雀鶵鳥給打了下來；同時一隻碗口粗的蟒蛇也因這一擲而避走橫樑，往屋頂遊移。

眾人以為是雀鳥餵食鶵鳥時，單純的引來蟒蛇湊熱鬧而已。

此時張士德提議：「兄弟們！時候不早了，我們該回去幹活了！」三人約定：「絕不從大門走出去」，而是從左右廂門踩踏長竹梯，再攀樹而出。由於角度的關係，三人都沒發現屋頂上有個瘦削的小孩趴著。孫同學等三人走遠，與林蠅伍、張嘉海三人從屋頂爬出，第二天向老師報告。由於內容太多太龐雜，他們三人說不清楚，老師也不知同學們說些什麼。

四十一・清鄉氛圍下逃竄的公義者

『四・六學潮後，與美國達成骯髒交易，國際壓力暫歇，蔣介石推動清鄉毫不客氣。台共地下組織雖算不上首惡元凶，但有個共產黨的『共』字，也列入清鄉之列。被通緝成甕中之鱉，被逮捕是遲早的事。在當局佈下天羅地網之際，想插翅兔脫是最難之事；脫逃後想長期隱形更是難上加難。』略聞此事的情報處軍官吳星光深知：想插手此事難辦！

既不能明說也不能[暗說]，還能如何通知？或許只能打打啞謎了！

吳星光寄了張卡片給天主教的矮神父提摩太，卡片寫了**Merry Grismas**但M與G放大；此外無隻字片語。沒半字中文，郵局眼線能如何？

提摩太矮神父從沒收過吳星光的賀年卡，突然接到這卡，覺得有些唐突：因為聖誕節已過。寄一張過時卡片而無隻字祝福，如一張無字天書似乎[話中有話]。

提摩太神父略知：吳紫榮是日本東北高工化學科畢業，戰前即受聘文中當理化科老師，但他不是教友；女兒吳佳音才是虔誠天主教信徒。

神父就以拜訪教友吳佳音名義到了吳紫榮家。

吳家日式庭院的前院寬敞潔淨，院前兩棵蒼綠龍柏，顯出這宅院百年古蹟之氣勢。古中國歷史上，只有曹操玩過[空禮盒]、[空劍盒]的藝術，不以文字而作出暗示。

但是對於深知化學奧秘的吳紫榮，十分清楚這張卡片絕不是一張空白紙。

吳紫榮檢視這卡片發現：**Merry Grismas**的M與G用蠟筆加厚而發亮。

用蠟筆加厚、發亮，不就是引人注意M與G兩字真正用意嗎？M與G合起來是Mg鎂。

也就是說：這張宛如空白紙的卡片與Mg鎂有關。

到底有什麼關係呢？吳紫榮雖具化學專業，十秒內想不出這詭異問題的答案。

吳紫榮再詢問神父：寄件者是誰？神父回答是素未謀面的軍人吳星光。

吳紫榮突然拍了一下大腿：我懂了！這軍人要告訴你的秘密，只能用Mg鎂粉書寫來暗示。

而Mg鎂粉書寫的文字、圖畫，非尋常人肉眼所能勘知。

那是因為Mg鎂粉書寫的文字，須要一台X光機器照射才看得出來。

說著，吳紫榮走到穀倉，翻找了好久，才找到一台三十年前留學日本時，日本老師保田榮男獎勵優秀學生而送的舊型X光機器。

厚厚灰塵下的機器背面，還註記[大正五年製]、[東芝電氣製作所]字樣。

X光機器運轉了。把卡片放上去，白牆上清楚顯示：『以下諸人務必在十日內歸案』

第二行列出名字：『台共林頂立、陳逸松、張士德』，『黎滿香、李柏賓、劉竹笙、吳紫榮』。

第三行列出公文字號：[警衛捕字第0025號]，表示由南到北少說25筆。嫌犯千人不止。

吳紫榮與提摩太神父終於了解：原來吳星光用這種方式告訴神父：執政者的清鄉黑名單。

『逃得了一時、逃不出一世』是追緝者的口頭禪；這些黑名單者齊聚一堂苦思破解之道。

一位聰慧絕頂者想到了瞞天過海、偷天換日手法，這怎麼可能？

四十二‧紅白黃橘綠紫六龍鬥蒼鷹的絕秘

這位聰慧者是吳紫榮的么兒吳攀龍，他想到了苗栗市的六支舞龍隊：每隊顏色不同，每龍長五十米。每隊二十五人：共有紅、黃、紫、橘、白五色；第六隊是綠鳳隊。

全隊舞動時，是五龍把綠鳳團團圍住，五龍順時針舞動，綠鳳隊逆時起舞，煞是壯觀。古時有雙龍搶珠；這五龍一鳳姑且稱為『五龍戲鳳』吧！

不過，雖說是鳳隊，但[鳳頭]足有二十斤重，女性是舞不來的；因此，隊員是男扮女裝。客家族的[採茶戲]演員多半是女人；因此，綠鳳隊男扮女裝的變通法也被客家人接受。

除了銅鑼天后宮，只有銅鑼武聖宮前廣場足夠六支隊伍飛舞。

這晚是元宵節，武聖宮前還搭起野台演出客家採茶戲[桃花過渡]，伊伊呀呀好不熱鬧。十位被通緝志士準備在元宵節當晚躲入武聖宮內之密，鷹爪們不知何故也瞭如指掌。

可想而知：國政當局早就佈下天羅地網、派人監視被通緝志士，想在鷹眼下輕易逃遁而不脫層皮，可不是簡單的事。

精明刁鑽的吳攀龍想盡法子將計就計[反突破]。

吳攀龍臨機一動，將六隊一百五十人的臉譜，塗成同一圖案同一顏色；當然，吳攀龍的構思是：為保護公義十傑，他們臉上也塗成同一臉譜。

沒人知曉每條舞龍隊竟有兩位高中生。

五龍圍綠鳳的擂鼓大戲登場了。

五隻龍隊圍著綠鳳隊緩緩在武聖宮前廣場蠕動，吸引了上千人圍觀。今晚是元宵節。鼓聲咚！咚！咚！咚！的敲響，人群不斷的朝這有史以來最大規模的鬧元宵丟擲鞭炮。擂鼓動地及鞭炮聲中，總指揮吳攀龍眼睛盯著六條人龍，同時也盯著武聖宮內公義十傑。

公義十傑家屬替十人綁好同一色系頭巾、畫上同色系臉譜後，靜候吳攀龍的手勢。

半個小時聲勢浩大的五龍戲鳳舞龍結束，滿地的鞭炮屑，空氣中煙霧迷漫。

五龍隊伍緩慢繞行武聖宮一圈。

武聖宮前只剩綠色鱗片閃動的鳳隊演出「狂鳳搶珠」舞碼。這是吳攀龍分散焦點的傑作。

咚！咚！咚！咚！咚！咚！的擂鼓動地聲始終沒有停過。

另一頭，吳攀龍引導每條龍帶進武聖宮內十傑中的兩人至舞龍隊，同時換下舞龍隊中的兩位高中生到武聖宮內。這是三國諸葛才有的頂尖智慧。

五龍繞完武聖宮，公義十傑已混在五條龍上行走，武聖宮內的聚會桌只剩十位高中生。官府鷹犬只當作是舞龍隊員累了休息，沒注意到這換人的一幕。

同一圖案、同顏色的臉譜配上同色系頭巾，十傑除了一顆生肖大戒指，沒人認得出誰是誰。

五條龍遊行到天主堂，再次藉著換人戲碼，把等候在天主堂的另外十位高中生替換上場。

也就是：五條行走而準備結速表演的狂龍，每條龍都有兩位「不勞而獲」的高中生。

那公義十傑已無聲無息躍入天主堂旁邊，一條兩公尺深的淺水溪圳內，隱沒在黑暗中。

邊匍伏約八十公尺長的淺溪中，十傑都知淺溪上是縱貫鐵路鐵軌，邊擦掉臉上的圖案，聽到火車減速進站聲就迅速跳上火車。

李柏賓、黎滿香因為年老難以跳躍，須要林頂立等中壯年的摻扶才上得了火車。熟門熟路的他們在三義站前百公尺跳車，隨即走到有百級階梯的建興國小側門等候接濟。

吳攀龍沒等他們等候太久，隨即開了兩輛運豬車：一輛北上至竹東大雪山林場，一輛南下至台東成功漁場。途中將有編號的大布袋交給十傑，內有衣服、毛毯、金錢若干以避追緝。

五龍戲鳳在鑼鼓喧天及鞭炮聲、人聲鼎沸聲中結束，官府鷹犬才準備去武聖宮內拘捕公義十傑，桌上十人雖在，仔細一看全是稚氣未脫的高中生，鷹犬才知中計上當！

左思右想，鷹犬們就是想不透公義十傑如何突破重重樊籬揚長而去。

清鄉活動中，仍有不少人遇難。唯有天主教的矮神父因獲吳星光信任而收到一張怪誕的卡片，加上吳紫榮的機警、吳攀龍的運籌帷幄才能圓滿脫險。

其他無此機緣巧合者，屍骨只埋在荒堙蔓塚中，是非成敗與榮辱交由歷史公斷。

四十三・戰略失策的日本士官生

吳紫榮獲罪的機緣，是他在文林初中教務處講了一堆牢騷：

『明治末年，大清帝國曾派出一些人留學日本士官學校。其中一人姓蔣。眾所周知：日本士官學校不會教授戰略課程，反之，美國軍官學校就不同。中國文士自曹操、王安石以來，無人敢寫出〔沁園春〕的大膽，格局寬廣大有睥睨當世名流之慨，未入正規軍校卻深黯兵法、泰山崩於前不改顏色。帶領徒眾走過荒野二萬五千里，竟未被政府軍消滅。此人出身僅是北京大學圖書館管理員。創先民未有之堅毅，北大圖書館管理員並非平庸俗夫，即或不以成吉思汗彎弓騎馬射鵰為傲，亦敢睥睨山林敲敲鐘鼎聲有多響！』教務處有老師撇過頭去，明顯對之不以為然。

吳紫榮繼續說『抵抗日本的戰爭結束時，一國領袖對廢墟之土地如何復原：當思如何團結軍民為一心。』

『聽不見戰略遠見的士官蔣介石，不思〔普遍佈施仁愛〕救亡圖存政策，宣佈大量裁軍。看到那士官畢業生率爾操舵投出保送球，選球眼力不下於貝比魯斯的那北大圖書館管理員仔細琢磨，心中十分欣喜：此士官自認天縱英明卻獨欠自知之明，不知何謂剛愎自用！

被裁之軍人並未輔予返鄉復原計劃；〔仁愛佈施〕從未在日本士官畢業生心中；國家財政又有孔宋禿鷹虎視眈眈，這形同宣告無視彼等百萬軍人之生滅。』教務處老師吐口痰！

『自古評價姦雄、英雄自以仁義遍施與否；倘若大統領仁義不施，豈能以英雄稱之？

設若武士斬將搴旗，非但無赫赫之功，大統領反將他掃地出門淪為喪家野犬，可乎？

從人性之需求只求溫飽看：武士有冬衣可穿、有大米可吃、有一個龍銀可拿於焉足矣！

古語說[士為知己死]；以致平原君、信陵君、春申君、孟嘗君各有食客數千。

食客既有物可食，有衣保暖則鷄鳴狗盜無所不為。

武士穿了衣、吃了米、發給龍銀一只，給他一把槍棒對付誰就不重要了。

『若是全然無視他們南北奔逐戰場逾年，功與苦皆寫在斑斑胸膛傷痕上，國家豈可棄之敝屣？千年之前的淝水之戰，大統領前秦符堅誇言[投鞭百萬，長江斷流。]』

『百萬前秦兵員當時心理狀態如何，史未詳載不得知；但沒聽過大統領符堅苛待兄弟們。

當時身處絕望無助之上百萬兵員，忽聞『老蔣不要，老毛要』不啻遇荒漠甘泉絕處逢生！

自秦末世，陳涉風雪中行軍逾時，秦二世未念陳涉等人勞苦竟以死威嚇；秦國以致傾覆。

明崇禎不奬勵秣馬將士之勞，反而虐殺大將；其國已破、其人身死煤山；崇禎豈能說無過？

蔣介石之舊中國參贊謀士竟忘記斑斑可考之興亡史，又踩踏上無聊懸崖！國破山河失。

當百萬兵員正面臨無處安身立命之時，站在蔣介石戰場對立面的在野頭頭們，適時的喊出動人的口號『老蔣不要，老毛要』，竟吸引這上百萬兵員投入在野敵對勢力。

理由無他，有飯可飽、有衣可暖、有餉可關而已。』教務處老師離席但啟動錄音機。

『兩千年前之西漢，年輕文士賈誼，手書銘文[過秦論]：傳之千古。細數秦之過。

賈誼雄文書寫八字[仁義不施　攻守異勢]不就是[老蔣不要，老毛要]的現代寫照被挫返鄉之百萬行伍，抱持被棄之冤氣，衝冠一怒何止百萬雄獅，其怒氣怨勢誰曰可擋？

頭戴八角帽、手持AK步槍的原有兩百萬勢力，突獲百萬神兵為伍；這結果又何待蓍龜？

減少百萬兵的皇糧軍，人數已遠遜敵對一方的八角帽，以致在數次包圍戰中佔不到便宜。政府軍氣勢頓失之時，無人翻閱古人賈誼的「過秦論」，無人檢討「仁義不施」何義？』不以為然的文林初中老師向軍部檢舉了吳紫榮。

四十四·多有考量的老二哲學

在二二八事件發生後，中國爭鬥雙方尚未對決，不知誰勝誰負，故而在黑白棋局中，吳星光只能延緩對島嶼商界大亨、文壇巨擘說服、宣傳之時機。

況且，二二八事件業已造成島嶼人民既深且遠的創痛：「一竿子打翻一船人」的狹隘觀念，使得島嶼人民認定「外省人」都是毒蛇、猛獸；都是壓制者、蠻橫不講理的惡霸。

「識時務為俊傑」的真正含意，使得吳星光體會到「退步其實是向前」。

因此，默許將「ＣＩＡ香港站站長」頭銜，透露給他人知道，以便日後的號召有一定基礎。

當基隆港口踏上一批批軍隊時，吳星光依多年情報軍事歷練，即研判出島嶼在三月初必有一場腥風血雨。因此，秘密通知了鄢語荷，並囑咐她：這場腥風血雨絕對是件大事，應低調為之。當然，吳星光不會笨到親寄信件、不會親赴鄢家告知。

思索過一陣子的鄢語荷：仔細思索吳星光的話題嚴肅性。

想在虎口下拖出羔羊，與虎口拔牙何異？想與當權者為敵，想必是《與虎謀皮》。

困局中鄢語荷想到一個辦法：當權者再凶狠也不致羅織外國人。

她找到了天主教，人稱「矮神父」的加拿大籍神父提摩太，簡單講述前因後果；以及「ＣＩＡ情報局香港站站長」拿給她看的第一手資料；文件中顯示當局有軍事鎮壓的必要。

如果明知鎮壓必有流血而置之不理，有良心的人是說不過去的。

『那位CIA情報局香港站站長強調要低調，不要大肆張揚，以免當局順藤摸瓜進行報復。』

鄒語荷提醒神父：現在離鎮壓很近；雖然舊中國敗走台灣後不再以大戰爭手段經營島嶼。

中國雖在一九四八年底結束內戰，屈辱的打擊超過了深究自身腐朽的緣由；崩毀的皇室以屈辱收場，是以，看不見結構已腐朽；這種無顏與屈辱，不是軍人出身的蔣介石所能忍受。

提摩太神父想了一想，他做了兩件事：

搖一通電話給公館基督教會的盧牧師。

搖另一通電話給記者工會的頭頭袁何笙。此人騎二十八吋腳踏車，十二分鐘到達。

盧牧師接獲電話騎了一部藍美達（**Lambta**）機車，繞道龜山大橋，十五分鐘就到了天主堂。

為了避免因記者報導而洩露內容及行踪，鄒語荷在提摩太神父搖電話前就離開了。

主人提摩太神父與盧‧約翰牧師及袁何笙三人走到天主教的地下室，關了燈、鎖上門、點了蠟燭開始協談救贖之可能。最後找出幾個結論：

其一・商界大亨、士紳聞人由神父以電話逐一提醒：一個半月躲到深山，勿留家中。

其二・學校校長、工會頭頭、示威抗議隊伍的帶頭者，則由盧牧師提醒。

其三・盧牧師、提摩太神父共同付《廣告費》，請求袁何笙在幾家報紙刊登。

這是一則很奇特的尋人啟事：

甲・「阿晉伯！你在山上放羊嗎？羊群最近消失了嗎？別找了，快離鄉吧，因為颱風來了。」

乙・「阿煥哥！你還養鷄鴨嗎？你的鷄鴨群還在嗎？別找了，快逃走吧，因為大洪水來了。」

丙・「柑隆校長！已經畢業的莘莘學子仍想念你。他們在遠方玉山等你，請自備乾糧。」

丁．「阿松伯！你的稻田都枯萎了嗎？太陽狠毒，趕快離家到大雪山一個月半吧！」

這些又像尋人啟事，又像警告信；再請駐在地記者深夜打電話給」阿晉伯、阿煥哥、柑隆校長、阿松伯》，只提醒他們翻閱明日各大報；其他緣由一概不說。

果然，經常放言高論的工會頭頭、士紳聞人、商界大亨及校長們都躲了起來；至少，他們信得過外國神職人員的良心。

再次見到鄢語荷的盧牧師，對這樣一個弱女子十分欽佩：她大可將燙手山芋置之不理。

在寫給美國肯塔基家園美以美教會的一封信中，盧牧師說「**She is the greatest woman I ever see**」意思是「她是我見過最偉大的女人」。盧牧師還在自己的日記記敘：『因為手無寸鐵：毫無對抗的資源卻有對抗的勇氣；反過來說：他若撇下救人之事也毫無可責性。』

『「萌生這麼強烈的勇氣有如聖女貞德（**Joan of Arc**），本身就令人佩服。」』

『經由美國的管道傳播：有一位叫「辛德勒」的德國商人，拯救了不少猶太人而名垂青史。

僅憑一人意志，既無人力又無管道可出手的鄢語荷，找到對的人做對的事。

堪稱「台灣女性辛德勒」（**She must be the female Schdeller of Taiwan**）無疑。』

盧牧師在自己的日記如此一筆一筆刻劃這女性的天使特質。

四十五・幼年蠅伍對斷垣殘壁的日本印像

太平洋戰爭後期，因應美軍大轟炸實施的配給制，未因大轟炸暫停而結束；對日本老人、嬰幼兒帶來相應的痛苦。母親牽著蠅伍幼小的手踏上東京土地，親眼目睹斷垣殘壁及受災戶漫長等待，在蠅伍小小的腦海中所產生的同情、公義、悲天憫人等的格局與視野，與其他小孩真的不一樣。

在銅鑼國民小學，蠅伍以日語與台籍老師溝通，並描述東京大轟炸斷垣殘壁慘狀，讓老師十分嘉許他的日語與分析力；進而提昇了自信，期許自己將來與眾不同。

在母親諄諄引導下，蠅伍體會日本的國家氣度、典章制軌確實超出臨近國家許多。

日本曾出版一本名為「二哥」的書，母親鄒語荷輾轉讀到：「在戰爭後期，一個日本兵在南洋奉命撤退時，眼視所及整個部隊依然井井有條、進退有序；不像是一支打敗仗的隊伍。」

作者安本是這位日本兵的幼弟。目睹日本部隊撤退的當年，幼齡僅僅七歲，不知何故，當年隨「二哥」入伍從軍。多年後寫就此書。

『日本大和民族是看得起自己的一群人！』母親鄒語荷如此解釋。

『看得起自己才不會讓人瞧不起！』母親進一步說明。

『什麼才叫看得起自己？』蠅伍詢問。

母親詳加解釋：

『別以為在四下無人時可以胡作非為。就是宋朝大學者朱熹講的〔慎獨〕兩字。四下無人時無法慎獨，也就是無法好好處理作為有教養之人的品格，他就瞧不起自己。』

『日本自明治以來，日本人即養成『看得起自己的習慣』；因此，由許許多多個人組成的一個部隊，細切出每一個人，當會發現〔每一個人〕都看得起自己；不須指導者細說、不須吆喝，不須鞭撻管理，人人知所進退、井然有序，絕無爭先恐後情形：這是長期教養所致。即使滿目瘡痍、慘不忍睹的斷垣殘壁，日本建設復原的速度有如拚命三郎。』

轟炸後到過東京被這種氣氛感染的蠅伍，回到銅鑼小學，逢台籍老師必說『看得起自己的習慣』』，因而期許自己與同班同學不同，甚至要超越全校，而成為全苗栗縣第一。

由於僅唸小學一年級，不知東京與苗栗熟大？他內心想法是〔全東京第一名〕！全東京第一名？那不就是八田誠二在東京帝大土木系的成績嗎？

了解兒子林蠅伍（八田康男）想法的母親鄒語荷諄諄告訴小不點：

『日本學制之善，立足於根基，自明治以來百年不墜：投身於工作謹小慎微；投身於戰陣則效忠天皇而不惜犧牲。此種樣態的日本青年無怨無悔者眾，八田誠二即是其中之一。』

在銅鑼國民小學，最令林蠅伍難忘的兩件成就是捏陶土及歌唱比賽。

一般同學只捏單一件的動物或靜物，林蠅伍是捏了整整兩個長桌的東京大轟炸殘破景像。斷垣殘壁加上肚破腸流、死屍遍地令人觸目驚心。

死去的人物、斷垣殘壁、倒下的木質電桿擺滿了兩桌、排列十分符合傷痕美學。

老師們先是驚訝繼而讚嘆，除了得到全苗第一，還獲全台特別優秀獎。

銅鑼國小的李玉垣老師親眼看到美軍炸中銅鑼國小，對林蠅伍作品感觸良深。為了撫平受到戰爭創傷的心靈，李玉垣老師特別教了〔松〕這首歌。

『北風呼呼，空中迴盪，　轉瞬又是冬景像，

花草樹木不慣寒冷，　有些凋落有枯黃；

只有大無畏的百尺松，　既能耐雪又耐霜，

四季蒼蒼、氣慨昂昂，　和梅竹爭榮光。』歌詞有隱含勉勵林同學奮發之意。

林蠅伍唱得很慢，句句咬字清楚；中氣十足而語音嘹亮，獲得全三年級第一。

最意外的口頭獎品是：李玉垣老師說：你是我教過學生中唱得最好的一位。

提起林蠅伍獲獎的揑陶作品，李玉垣老師別過頭去拿出手帕拭淚。

『李老師！你怎麼了？是不是砂子吹進眼睛了？』

從來沒有小男孩那麼體貼的關心老師。

『不是！不是！老師是看到你那件揑陶作品，想到我祖父、我大伯一家人都在美軍空襲中喪生；空襲前一天晚上他們還慶祝祖父生日快樂，隔天陰陽殊途，人間慘事誰能預知呢？』

因為林蠅伍四歲時，母親帶他到東京看到空襲慘狀，才揑得出兩桌的悲情作品。

四十六・重作馮婦的鄢語荷

具大無畏精神，細膩低調的處理，鄢語荷逐一拆解了潛在的危機後，靜觀其變是唯一智慧。觀察了半年之久，二二八後社會不再風聲鶴戾，稍稍平靜時，才決定在銅鑼媽祖廟，人稱天后宮前的廣場上，雇請工人將三大卡車的孟宗竹，架起八十公尺寬、五十公尺長的舞台。

關鍵點是聘請老東家——九份顏崑倫老闆為顧問，以聯絡寶塚歌劇團與樂界共襄盛舉。

重金禮聘號稱日本吉他第一高手的木村好夫，是顏崑倫老闆的首選。

這木村好夫在日本吉他界打遍全日無敵手，曾奉召到裕仁天皇御前演奏。但木村並不自滿。為了學那打動人心的古典吉他，木村好夫特地遠赴西班牙，師事吉他大師薩拉沙特。

從西班牙回日本後，木村再度獲聘皇宮，表演[阿爾罕布宮]（**Alhumbra**）。

這首迷人的曲調，竟可用低沉的古典吉他把音符挑出琴弦外，令裕仁天皇大感欣喜，數度起立以示致敬。

皇后本人年輕時也學過吉他，被木村的古典吉他感動，她要求拿出自己少女時代保管完好的一把義大利吉他，請求木村好夫重彈一次時，自己跟隨木村指法輕撫每條琴弦。

當木村好夫在皇居依皇命重彈阿爾罕布宮]完畢，最後音符嘎然而止，右手高高舉起以示彈畢同時，木村站立、欠身，向皇后深深一鞠躬。

一瞬間，皇后竟喜極而激動，因著激動，彷彿回到少女彈琴之際，音符跳躍感動而含淚。

日本樂迷送給木村[阿爾罕布樂聖]封號。這是百年難得一見的封號。

能聘請到國寶級的木村好夫，單以高價是辦不到的；透過寶塚坂東團長的面子才行。

寶塚歌劇團為了協助這次演唱會，情商年輕歌手森進一、橋幸夫、舟木一夫、美空雲雀及千昌夫這些實力派名將，千里迢迢來到苗栗銅鑼演唱。

昇平戲院顏老闆則自中國聘請吳鶯音、李香蘭、潘秀瓊、靜婷等知名歌手助陣。

寶塚歌劇團與九份顏老闆密切合作。畢竟，幕後作業及利潤的分配、演唱前的行銷，不是鄒語荷的專業。

那天，為了讓全日本家喻戶曉的演奏家、歌唱家盡情暢快表演，下午五點半即開鑼表演。

昔日昇平戲院顏老闆舉辦演唱會，一個月前即通知鹿港以北的士紳、商界聞人共襄盛舉。

這日，顏老闆故技再現：許多舊雨新知對二二八事件之後尚有國際級演唱，都極為驚訝。

演唱會開演了。

一如預料：木村好夫準備了三把共三十萬美金的義大利吉他、兩把小提琴、一把尺八洞簫。

一開始彈奏古賀正男的[の慕]。

第二首：法國名曲[禁忌的遊戲]；第三首Try to remember及Over and over

第四首：布穀鳥（Cococket）第五首・Historia de an Amour（我的心裡只有你沒有他）

一陣陣掌聲過後，壓軸曲即是阿爾罕布宮：如泣如訴、如怨如慕。

觀眾屏氣凝神，此曲只應天上有，深怕漏聽一個音符要等下輩子，就連鼓掌顯屬多餘。

這是值得天皇大悅一聽再聽、皇后撫琴而泣的樂音，認定悠揚之音符此生不應再有！

最後一個美妙音符結束，耳朵似留住三日的繞樑餘音，每個音符把凡人的細胞都征服了。

全場爆起掌聲久久不斷，觀眾懷疑自己身處這窮鄉之地，怎能有天上之曲仙樂飄飄？

緊跟著是森進一的「影の慕」。

後起之秀的森進一以細舌捲唱此曲，宛如棄婦徘徊門外，淒淒苦楚無人能比。

『おぉ こいゆうき（喔～～喔 小雪）！』是「絕唱」最後一句。舟木一夫唱出日本文學巨擘西條八十苦澀之心情。

「哀愁波止場」是一種男女港邊離愁，嘆息又嘆氣的唱腔，由美空雲雀演出就是不一樣。

橋幸夫與千昌夫的功力，比原唱更有感染力暴發，令人不可思議。

新聘的十八歲台灣島嶼新秀文夏，以獨特的顫抖嗓音上台演唱閩南語《黃昏的故鄉》與《媽媽我也真勇健》，擄獲聽者之哀悽。

遠自中國的吳鶯音演唱「明月千里寄相思」及「斷腸紅」。

靜婷揮灑「秋水伊人」

真是如泣如訴，悲悽之情，讓人心慟！。

潘秀瓊以「五月的風」、「情人的眼淚」喚起故園的回憶。

壓軸曲由鄒語荷獨挑大樑：由日本名曲「蘇州夜曲、「何日君再來」到「又見炊煙」、「春天為什麼要遲到」等中國名曲。尤以「春天為什麼要遲到」如泣如訴，挑逗男人的神經。

台上的鄒語荷以一襲孔雀彩羽白色珍珠綴繡拖地舞衣演出；唱到「春天為什麼要遲到」時，舞群中有日本波多野與香港小野貓露出誘人大腿，這是寶塚的標準動作，不足為奇。

四十七・舊思維軍官橫行如蟹

在如痴如醉的觀眾當中，名牌繡有「趙武勝」的軍官，情慾或許被挑逗起來，直趨舞台。

一股腦兒跳上舞台的趙上校，伸出鹹豬手就準備摟腰共舞。

這個突兀的舉動把波多野與香港小野貓嚇得花容失色，不住地往後退讓。

由於事發倉促，在戒嚴令頒布、軍權獨霸的時代，一時之間無觀眾敢出面，後台工作人員更是不敢得罪軍人。

突然間，「砰！砰！砰！砰！」每三秒一聲槍響劃破夜空，全場被這震撼而愣住。

大家朝開槍者看過去，發現是一位金髮碧眼，頭戴扁帽、身著淺綠色制服的美國陸軍少將。

此人叫威廉・蓋茲，駐紮在苗栗大坪頂的重裝師；嚴格說：他是國務執政官透過ＣＩＡ克萊恩局長私聘的政治顧問。

國務執政官留學蘇聯，為了防止部隊長有不忠誠行為，就引進蘇聯政戰制度。又為了爭取美援攏絡美國，就釋出監國權力聘用美國政治顧問。

簡單說：這私聘的政治顧問可直接匯報給國務執政官。甚至可使用保密局電話。

蓋茲少將巡視軍民狀況時，使用兩輛軍車：

一輛是俗稱四分之三的吉普車，車上搭載了輕機槍；改造後的輕機槍可由副駕駛操作。

另一輛是俗稱兩噸半的軍用卡車，車上搭載了五零重機槍。兩車駕駛都是美國人。

這兩位駕駛來頭可不小：都是美國特戰隊退役准將；凡事臨危不亂、遇事可獨當一面，眼神與矯健身手都不是普通士官所具。

恰巧蓋茲少將遠遠看到有千人聚集，只是單純想看看怎麼回事。

因為不久前，島嶼社會才發生二二八滋擾事件對掌權者負評不斷；擁兵之軍人，其權力足以壓榨人民，國務執政官請託蓋茲少將對之尤須防範。

執政官眼睛大睜、耳朵伸長以防範胡作非為、不受節制的軍人。

舞台四周插滿了中國國旗，蓋茲少將在視覺上不太能適應。

美國人到處都開演唱會，主辦人沒插過星條旗。即或偶見星條旗，也是觀眾自行攜入。

「不自由的地方連呼吸都受限制！」蓋茲心中十分不認同滿天的舊中國旗幟。

日本勢力撤出台灣，舊中國政府派員接收的心態是：為防復辟，必然是把日本的舊勢力、旗幟、年號等舊事務全部清除。同時，中國符號要填滿一切；當然包括演藝事業。

中國古詩說：「南朝四百八十寺，盡在樓台煙雨中」說明了一切。

一代又一代的朝代更迭就是這麼回事。

朝代既已更迭，日本元素僅可能淡出；語荷為減少政治麻煩，只能順應局勢插滿中國國旗。

蓋茲正要離去，忽然看到舞台上跳上一位中國軍官，正作勢要強行摟抱女舞者。

蓋茲見到這異常狀況，先是用軍用無線電撥給苗栗大坪頂營區的柏震圜師長。

『貴營區是否少了一位上校軍人？』蓋茲講的是英語。

柏師長正在召開全師軍務會議已半小時，一眼掃過會議室，確實少了一位趙上校。

『**Yes!**』柏師長知道：若非事有蹊蹺，蓋茲少將絕不會打這通軍用無線電。

得到肯定回答的蓋茲認為：[受人之託忠人之事]此事若不加以有效處理，國務執政官交付的任務就無法有效達成，對美國協助重建這島嶼、財務、交通、防務不論，在政治民心力求安定這塊缺損，國務執政官的安邦定國拼圖就不算完整。

僅花一秒鐘的思考，蓋茲立刻用命令的口吻以英語下令：

『**Come here immediately at 5 minutes!**』（五分鐘之內立刻趕到這裡！）

『這裡有隻欠揍的蠻牛有待處理！

若是貴師長五分鐘沒到，本將軍向你保證：國務執政官一定會接到我的電話！』

柏師長真的慌了！立刻拉著司機跳上車，以百公里時速衝向銅鑼天后宮，不到五分鐘。

在柏師長到達前十五秒，蓋茲拔出手槍對空開了數槍；每槍都有刻意的盤算。

第一槍用意是震懾大眾，沒有明顯針對性。

三秒後再開第二槍用意是針對舞台。告訴舞台上的騷擾者及被騷擾者：停止一切活動。

又過一秒，那上校仍在女舞者前面，雖有遲疑，仍不死心的搜尋槍手位置。

第三槍嘶嘶作響。就打在上校腳前一公尺，舞台惡棍終於發現戴扁帽的美國軍官。

心裡正盤算[你以為只有你有槍？老子就沒槍？]的趙上校，正伸手想掏槍。

戰陣經驗豐富的蓋茲，依美軍[步槍兵戰陣教範]：子彈打在對方腳下的最嚴厲警告失效，仍堅拒在兩秒內棄械投降，就表示對方準備頑強抵抗甚至寧死不降。

蓋茲見這傢伙堅不退下舞台已超過二秒，左手一揮，大榕樹後架有五零重機槍的吉普車看見蓋茲的手勢，『噠！噠！噠！噠！噠！噠！』五零重機槍朝舞台上方放槍。

有經驗的戰鬥兵立刻可判斷出槍聲遠近：聽這子彈呼嘯而過，其實距趙上校頭頂不超過十公分。這是極嚴厲警告！

古代權臣所謂『先斬後奏』就相當於機槍子彈從頭頂三寸飛過；這與槍決其實沒兩樣。

頹喪的趙上校沒有選擇的放下鹹豬手。因為那『噠！噠！噠！』聲一直沒停歇過。

三百公尺外的柏師長正用擴音喇叭強力播放［戰場清理］號角：［把烏！把烏！把烏！把烏！］向天狂嘯怒吼！趙上校一聽就知柏師長來了！

百公里時速的柏師長［戰場清理］狂嘯聲畢，五秒內已衝到舞台前，觀眾早已一哄而散。

柏師長跳上舞台，叭叭兩聲輕脆的打在趙上校臉上，輕聲咒罵［你丟臉丟大了！］

隨即命令兩名武裝憲兵將趙某上銬，一左一右把他架他上車。

柏師長恭敬的向蓋兹少將行舉手禮，用不純熟的英語報告：［一定用軍法懲治他！］

蓋兹傲慢得連禮也不回；只用一個字反問：［**Really**］（真的嗎）？就驅車離開現場，讓柏師長的手僵在那。

這是強國對小國的最好寫照：肩上同樣掛壹顆星星，武力身價卻大大不同！

經過這次惹起美軍干預的奇異亂事，至此之後再也沒人敢跳上舞台演鹹豬劇。

四十八・似清鄉的日子，空氣都不能自由呼吸

自從在天后宮發生詭異的、前所未見的騷擾事件後，鄒語荷就減少大規模演唱而致力於西湖鄉的雞鴨牛豬的畜牧養殖，收入也穩定的增加。

一如以往，語荷每隔一段時間就存入花旗銀行。

這時舊中國大江南北翻江倒海，台灣無可避免捲入爭鬥；把人民當成是萬惡匪黨盯著！最狠的一句話是「小心！匪諜就在你身邊！」形同割裂親子、同學、朋友關係而監視。

任教文林初中的吳紫榮告訴長女吳佳音，他見到了一些怪事：

『佳音！妳知道嗎？頒布戒嚴令後的文林初中校園，職工徐仁誦與姜增白扛著一張長桌，走進教務處。因為空盪的舊教室，高懸牆上的蔣介石相片與籃球框一樣無人瞻仰，校長吩咐把它請回。「拆下總統玉照前，務必向玉照行三鞠躬禮。」校長一再吩咐謹小慎為。

那張桌子很重，抬它百餘公尺也是蠻累人的，不發牢騷真是聖賢轉世。

職工徐仁誦埋怨了一句「真像扛死人的棺木一樣重啊！」

姜增白立刻向縣政府人二室報告，說是徐仁誦觸犯「侮辱元首」罪。

「上有好焉，下必有甚者」，自古以來像符咒般靈驗。』

『徐仁誦鄰居胡元龍同學就讀文林初中三年級，當時正研讀「柯旗化新英文法」。

文林初中的另一職工劉竺笙，因家中高齡母親無人料理餐食，劉竺笙買好便當，委託胡元龍同學到教務處代拿便當回高齡母親家。

胡元龍的手上拎著一本［柯旗化新英文法］。［柯旗化］三字十分顯眼。

劉竺笙把手中便當交給胡元龍時，描了一眼他手上的書。

『拜託你啦！咦？你唸書很煞忙唷！』

客家話把［用心認真］說成［很煞忙］。

不久，軍部因為有人告發，偵訊官詢問劉竺笙：［你還認識誰？］

劉竺笙看過胡元龍同學的［柯旗化新英文法］封面，就直接回說［柯旗化］。

事實上他與柯旗化根本不認識，更談不上瓜葛。

惡毒的偵訊官如獲至寶，呈報軍部後，不需法院介入，立即將［柯旗化新英文法］作者柯旗化打入大牢。

名氣大、廣為人知的柯旗化入獄，才被報紙披露而受外界公論。

其他默默無聞的匹夫小卒，即使冤死也無人知。

［上有好焉，下必有甚者］國家政策推至極致即是白色恐怖。】

『佳音妳要注意一言一行，這是亂世！身處亂世沒有規則可循。』

李伯濱則向劉竺笙敘述『抗議示威的背後，總是有一隻看不見，宛如幽靈的手：它可以是陳獨秀的口，可以是李大釗的墨，可以是郭沫若的筆，可以是喬冠華的紙，更可以是魯迅的鬼魂。這一切的動力源頭，就是一張張看不見的廣大人民面貌。』

說著說著，角落裡一隻看不見的手，正記錄劉竺笙與李伯濱的談話。

四十九・知曉時局悄悄變化者竟無幾人

一六四四年是何年？正當無人憶起三百年前歷史典故時，一篇「甲申三百年祭」在抗日戰爭時期的中國重慶報刊上寫道：一六四四年曾有大明崇禎皇帝上吊煤山之往事。

一六四四年是甲申年，一九四四依然是甲申年。人人皆知：時隔三百年。

洋洋灑灑借古諷今的真意，當然是期盼現政權垮台以祭奠亡者。

此文當時未指名哪個政黨、未指名哪個領袖名流，雖心懷叵測但也無法論列是非。

一九四四年之中國重慶對日戰爭勝負未定，皇權尚不敢以粗暴手段攘除姦凶。

一九四七年後的中國，什麼沈崇事件、什麼聞一多事件在在迫使皇權焦頭爛額。

清華梅校長抗議「此何等仇恨何等陰謀，殊使人痛惜而更為來日懼爾」之警語重擊掌權者。

華盛頓郵報另一記者凱勒近距離觀察台灣島抗爭、示威的教授、學生而寫道：

『一九四九後舊中國退守台灣島，以為用幾支「反饑餓、反迫害」的標語，發動「四・六學潮」就可迫使舊中國之掌政者一樣兵敗如山倒的教授、學生們何其愚蠢？

天真的教授、學生們以為退守東南一隅者，如雄獅幻化成小貓不足為懼，實則誤判人性。

不談人性之醜陋：若視雄獅為馴兔係錯判情勢，美、日與台灣複雜的關係並不算是非題。

一九五〇年底，朝鮮風雲緊。韓戰迫使美蘇中介入，麥克・阿瑟元帥師老無功被撤換。

戰爭之需要，美國舉事有求於台灣。這表示教授學生們噩運當頭而被蒙在鼓裏。。

歷史經驗血跡可考：大凡抗爭、示威，沒有美國說三道四不會成功。反之亦然。

韓戰爆發，有求於台灣島就對「民主、人權」睜眼閉眼的美國，秘密的與當權者進行骯髒交易：暗示「只要不鎮壓、不流血」都好談。島嶼之執政官發出惡夜緝捕令。』

記者凱勒評論可謂一針見血。

五十・情報官的最後一次冒險

在未發出深夜追緝令前，吳星光從情報總處知曉這項閻王令之後，心懷公義的他急得不知如何是好。一遍又一遍的在辦公室蹀著方步。

他深切體會：國務執政官剿滅教授、學生們的同時，當政者的心思必有防內奸計劃。

北方國境大統領史達林曾說：「哪隻鴨子破殼而出、哪根草從地下冒出，我全都知道。」

此刻，史達林高材生青出於藍：將密諜情報發揮得淋漓盡緻，他正將地獄幔帳緩慢捲起。

設想發動學潮之教授、學生及校長、醫生、議長等首謀者皆未到案，若非內奸豈能辦到？

吳星光即了悟棋局前十手：設使首謀者皆未到案，國務執政官抓捕情報處之內奸像是甕中鱉易如反掌。

棋後之局又是什麼？

刻不容緩之際，蹀著方步終於想到通天之路：

其一・閻王令既下，鷹爪四出，非要幾隻巨鯊大鰻落網的針對性太強，其勢銳不可當。

這是時代悲劇，只能留給歷史論斷。

其二・低調之手段只能用徐志摩新詩格式，暗示小咖逃命；若小咖參不透，休怪造化弄人。

畫在折扇、手帕上的三首詩以毛筆的隸書體寫成：

1. 柿子紅透天邊，愛柿者喜摘不挑，快快下山吧！（暗示：教授、學生別當紅柿子！）

2. 夕陽美無限，黃昏已近歸人勿留戀！（暗示：抗議日子即將終結，黑暗之魔將掌控大地！）

3. 黃昏已到，小小羊兒們　快快回家？（暗示：惡夜即將帶來噩運，羔羊你快逃吧！）

郵政局的眼線曾截獲這三首詩而回報，但情報處知道吳星光喜歡寫新詩，此詩並沒有藏頭，因此不以為意。

何況，這三首詩是畫在折扇、手帕上，不是寫在信紙上。

就像眾目睽睽之下，表演超高難度魔術的大師一樣：吳星光既要把玩奇技至完美無暇，又不能有丁點失誤，這須要北京天橋把式，翻弄三十年的高超絕技；敢在虎口喉內取刺之大膽，俱有戲弄死神的才略超群者莫屬。

不愧是大內高手中的狀元郎，吳星光辦到了！

他把第一首新詩，用細毛筆繪在已有「蝶戀花」為背景的折扇上。

第二首詩繪在湖南絹絲質料畫布上。這項作品有屏風那麼大，只宜收藏不宜攜帶。

他的第三首詩，有點特色：是寫在「耶穌被釘在十字架」的既有版畫上，寫了「小小羊兒要回家」，對照天下萬民是羊群，耶穌是呼喚羊群的牧者，在基督教義不是很貼切嗎？

想躲過郵局內「專屬眼線」的查核，「藝術品」並不直接寄給收信人，而是轉了三手。

第一手：寄給銅鑼永樂市場的菜販周罔市。想也知道：吳星光不會笨到自身寄信。

第二手：周罔市同步收到附有「小額走路費」的掛號信，內有留言「折扇請交山本小姐」。

山本小姐收到折扇同時，扇柄一行字「請山本小姐轉交鄢語荷女士」。

第三手：再請鄢語荷轉交給公館教會的盧牧師。

同樣，第二件作品的屏風式絹畫由記者工會的袁何笙轉交天爵寺女住持。

第三件作品由周罔市走到天主教會，直接交給提摩太神父。

三項「藝品」經由不同管道傳遞，執政官的查核人員沒那麼多工夫一一追索。

提摩太神父搖了電話給公館教會的盧牧師，判定執政官在美國默許下即將展開整肅清洗。兩位神職人員雖分屬不同宗教，但是對教徒的關愛則無分彼此。天爵寺因善男信女多屬［散客］，來去自如，因此名冊厥如，自無法經寺院系統通知。矮神父及盧牧師經由鄢語荷告知：只有［美國中情局香港站站長］有這份能耐截獲執政官最高機密，但可能不方便親自出面，才使出間接手段。

正牌［美國中情局苗栗站長］的公館教會盧牧師恪守CIA保密規定，不糾正對方是否冒牌。

隔天的各大報刊出這樣的廣告：

『主內兄弟姐妹：時局紛亂，革命無非拋頭流血。曾經對公署大聲嚷嚷或嘶吼的，你們吃了什麼湯圓，請三思後遠離的遠離、當躲的躲藏吧！』

為凸顯廣告［公信力］，廣告末附有提摩太神父、盧・約翰牧師的簽名。

神父與盧牧師確信國務執政官不敢動兩位外國人的出版自由。

廣告未指涉政府行動，也未勸止誰；更未預測政府何時行動、亦未指涉抗議者是誰。

有如白色恐怖的［清鄉］果真如期展開；一如預料，首謀者紛紛落網。

年輕的公義吶喊人，依神父與盧牧師廣告示警，一一奔走相告，攜食物飲水躲入山中暫避。

莫可奈何的困窘時局下，吳星光以無可如何的智慧，靠著鄢語荷及兩位神職人員不眠不休配合，才得以成就。在國務執政官眼皮下無聲無息而能救人，這不是簡單的事。

五十一・十字架上烈士的末日

一九四九年底翻江倒海的中國變局，竟使戰國伍員的復讎心思重現；被新中國驅離的國務執政官透過島嶼綿密的情報網路，在一九五一年破獲台灣地下組織，捕獲頭頭蔡式法。

只顧盤中美味而大肆翻攪的蔡式法，尚未大刑伺候，光把刑具在他肩上臉耳上磨蹭，就讓他抖得魂不附體。老練的偵訊官不費吹灰之力，就迫使蔡式法把吳星光供了出來。

曾思索孫文所言『安危他日終須仗』的吳星光，對於完卵終有一日降臨，絲毫不感意外。瘋狂的國務執政官指揮軍部逮獲吳星光時，他面容安詳、心情平靜，眼皮不眨半下。孫子兵書上有云：『泰山崩於前而色不變』正是他的寫照。

想要剖析吳星光這義人顯非易事，因為他的肉身在行刑後已被機槍子彈打成蜂窩。即使他行事果決、心思縝密、慎謀謹言、不隨波逐流，喜怒不形於色。但墓碑無字。敢在執政官眼皮下像隻耗子般躲閃而僥倖一時，天網哪天罩下，才知什麼叫大無畏！作為中將軍官，他不經手重要情報、不透任何口風、不留下字據；亦無私下會晤。檔案、文件皆清白乾淨，找不到絲毫叛變記錄。

只有被槍決前的拘留所，寫下一首七言詩：

『天意茫茫未可窺，悠悠世界更難知，憑將一掬丹心在，泉下嗟堪對我翁。』

行刑現場出現國務執政官[監斬]的少有情形。吳星光全然無懼。

行刑士官長依例詢問，可有什麼遺言時，吳星光大聲嘯叫：

『中國人民站起來了！』

多熟稔的一句話啊！原來，一九四九年十月的天安門廣場閱兵台上，有人在台上喊過。這句話深深刺痛國務執政官的心；心中憤怒的焰火被這話點燃，眼底冒出厭惡的血絲。那厭惡的眼神、嘴角代表執政官的意志：彷彿此人屍骨不存方能稱了伍子胥復讎之仇。

執政官動一動四根手指，把行刑士官長叫了過來，輕聲吩咐：[別讓死犯吳某輕易解脫]。比出V這個手勢：表示[兩箱機槍子彈]；長年待在執政官身旁的士官長點點頭。

執政官左右手各伸一隻食指，士官長瞪大眼注視著，只見兩根食指在空中縱橫成十字架。士官長會意過來：那交叉手勢代表把罪犯綁上十字架。

不斷注意執政官手勢的士官長，再發現執政官的手勢：是食指輕扣三次有如點按摩斯碼。那意思很清楚：機槍一發一發點放，別連續掃射才不讓吳某輕易解脫！

執政官光靠手勢、一語不發就交待他要的死亡過程。

在陰鷙俄羅斯呆過的執政官，以背向士官長的習氣一一表達了死亡手勢。

沒人見到國務執政官容顏的喜與怒；這是標準俄羅斯深入骨髓的教範，是畫不出來的。

陽光照在無辜刑場黃土地上，今天隔外刺眼；因為一具白色木十字架，緩緩的運了過來。

遠處山下淡水河風帆點點，天空一側白雲以藍天當投影牆，映射出無辜者人格多麼潔白。

天際飄來數堆雲朵，十字架無聊的拿來襯托作為背景，彷彿成為哀愁者的記號。

雜工臨時找不到墊血的抹布，就扯了倉庫箱底的舊黃青天白日旗墊底；但執政官沒看到。

一隻不知情黑烏鴉飛到十字架頂，呀！呀！呀胡啁幾聲，不一會就識趣的飛到屋角一隅。

自有人類歷史以來，叫嚷人類不幸，為何是烏鴉的夙命？

數千年前，秦國丞相李斯腰斬咸陽市，烏鴉的狂叫首次被寫入史書。

西晉八王互斫千年，流的血竟漂了櫓；烏鴉棲息在帶血的搖櫓上，一個勁兒的狂嘯猛叫。

十字架擺平又再次矗立後，木架上已綁上一個活人——被國務執政官痛恨的吳星光。

『天意茫茫未可窺』的七言詩仍在案牘上；執政官想起『中國人民站起來了！』這刺耳噪音，一顆藍頭穿甲彈的嘯叫聲把烏鴉嚇得哇哇亂飛，國務執政官躲在水泥柱後掌控一切。

『大丈夫當不為病死，不為情死，當手殺國仇而死』黃花崗之役首領黃興之言，浮在吳星光壯烈之心上，絲毫不懼被綁上十字架的驚心動魄。

年輕女書法家張宜和以隸書塗寫黃興之言，至今還藏在吳星光故居的書閣中。

百感交集之心靈跳動，藏在滔滔熱血中；吳星光心知新中國成立的因果得失：既然有成就者，其必有失意者；貪腐誤國者不知反省，舊王朝焉能恢宏舊業？

昔日明鄭據台一隅，空言生聚教訓，仍以小朝廷格局虐殺施琅家，負隅內訌焉能頑抗百代？

『罷！罷！罷！王權爭鬥之歷朝歷代受苦者是誰？亂絲在亂世何以糾纏難解？

一人之皮囊正如蛻化之蟬殼何足為惜？中國舊王朝以利相濡者多，洗心革面者稀少，士農工商交相利；僅學生交織熱血，國事如此麻木，則國之興亡匹夫何責？』

綁牢十字架上，正思索歷史公義間，那顆藍頭子彈朝腳跟飛來，吳星光微微一笑，彷彿向昔日告別；那冷笑又彷彿譏諷貪婪之家族：守成、清鄉之拙政焉能開天闢地？。

『何妨舉世嫌迂濶』刻在王安石故居庭園樹皮上，時時昭告天下：普天匹夫醉時獨醒者本無幾人，醒者又能惹何塵埃？

一箱機槍子彈打完，祇見十字架上僅剩一副綑綁的血肉髑髏骨架。

執政官似仍憎惡自己污穢的靈魂，沒注意當墊血布的舊黃青天白日旗，竟與他同腥臭。

刑場士官長回頭斜看執政官，那官搖搖頭，似乎對帶血髑髏骨架仍倨傲屹立而憤恨難消。

太陽照在淡水河上，河上白色風帆依然悠然自得，不理會淡水河濁成什麼樣子。

那舊黃的青天白日旗幟被染成滿地一片血，洩出廣場那腥臭，不知是旗臭還是人心之臭？

見那官仍搖頭，毋需言語即深刻了解執政官深層想法的刑場士官長，想到「碎屍萬段，剉骨揚灰」八字方能洩他心頭之恨。

如今屍首已碎成片片肉屑，要想再剉骨揚灰，士官長他力有未逮。

士官長搖了一通電話給特戰總隊的侗少將，請他派出精銳的狀元狙擊手上陣。

狀元狙擊手到場後本想搖頭以拒，想起大明屈死之袁大將軍，此官心臭與昏君崇禎何異！了解其人日暮途遠的狙擊手，一發一發「雕琢」這髑髏，每雕一次就瞧一下執政官的眼神。

死豬不懼開水燙；已成髑髏骨架的烈士又何懼湯火加身？狀元狙擊手無奈之餘只能瞧盡這官心態如虎狼狠毒之醜！心中全無半絲敬意。

滿懷復讎心結的執政官終於見到白色十字架上，最醜陋的藝品消失，地下只剩一堆繩索。

狀元狙擊手眼中，最醜陋的，難道不是國務執政官之心？

那官從柱後走出。阿Q的認為：與一九四九年天安門上發出『中國人民站起來了！』話音的同一幫「匪黨」終於徹底剷除了！剷得一骨不剩。

那官手一揮，一輛專屬吉普車立即跟上，駕駛一踩油門就開回雅築官邸。

太陽照在淡水河邊，水染濁了，那帆船頂了風依然遊戈，對山上捲起的血腥布幔一無所知。

照耀刑場一下午的太陽西斜了。

屋角那烏鴉很有耐性的欣賞這殘忍的畫作，但甚覺無趣，就『嗄！嗄！嗄！』三聲長嘆後振翅長飛，一轉眼不知飛到哪去了！

長嘆的三聲在山林的天空迴響，不知那嗄！嗄！嗄怪聲能向蒼天控訴什麼？

也許是控訴人間的千般無奈！

也許是嘆息人心何以其臭無比？

心懷「人間縱使白了頭　敢向閻王討是非」的吳星光，或許對槍刃戳骨全不在意吧！

「碎屍萬段，剉骨揚灰」真能使舊王朝恢復帝國昔日豐采？抑或無聊格局讓國士看輕？

五十二・失去強力護衛臂膀的鄒語荷

軍部封鎖一切消息，假裝薄海歡騰、普天同慶。島嶼社會對吳星光之死，一無所知。一向被動等吳星光的通知的鄒語荷，完全不知吳星光是軍部情報處的將軍。吳星光死了，不再連絡；昔日那位「美國中情局香港站站長」不再出現，她也一無所悉。

失去一隻隱形臂膀的保護，是鄒語荷生命中無可奈何的事。

無可奈何的戰事或間接的戰爭，令多少生命、生靈與家庭陷入無可如何的塗炭？

據說島嶼有個暗夜哭聲此起彼若落的寡婦村，是誰的戰爭？為何而戰、又留下什麼悲愴？

距離初次在銅鑼天后宮廣場演出已隔了四年，鄒語荷正準備再次舉辦野台歌唱表演。先前，在九份昇平戲院前的演唱，尚有顏崑倫老闆多方保護。

可為了躲避美軍大轟炸而遷移至銅鑼，就少了對表演者的保護。

絕世美女少了男人的保護，鄒語荷就與任人欺凌的寡婦無異！

身為傾城絕色、身為眾星拱月的表演者，鄒語荷太了解男人的深層想法。認識她的想佔便宜而不想負責任；不認識她的則想伸出鹹豬手。

為了防範可能的不軌之手，她顯出八田曾教過的智慧：

仍在日據時代，以「八田誠二遺孀」名義，寫了一信求助總督府土木局的八田誠二同事轉呈總督府長谷川清，內容大意

是「本島土豪劣紳常藉機騷擾；請求長谷總督嚴加整飭。》

申請者「前土木課課長八田誠二遺孀八田紀香」。總督府沒讓八田紀香失望：立即訓令當地派出所加強巡視；苗栗郡警方三天兩頭不定期巡查。總督府警政課並出面將苗栗郡、新竹州、台中州一帶可能的土豪劣紳請到分駐所談話！

這麼一來，即使是土豪劣紳本人，也以為遭到鎖定而減少騷擾活動。

一九四五年年八月日本戰敗，九月政權更迭。語荷有點担心不法之徒有薄倖機會，因此寫給長官公署陳儀：

「長官公署陳長官儀鈞鑒：省民林氏聽聞　貴長官治理閩省期間，典章法度皆燦然大備；閩省大治有目共睹。條理井然，百姓感恩戴德，雖不載史冊自流芳百世、陳長官功不唐捐。

小民乃守寡守節之弱女，唯因本島初始由日本國佔領，尚未聞華夏之芬芳、孔孟之遺緒、聖教禮儀皆未普降本島。唯請公署陳長官以治閩之典章覆之蓋之，則萬民可待！」

由於文辭優雅言語懇切，陳儀下令各級警政官長，注意土豪劣紳一舉一動，嚴禁至苗栗銅鑼騷擾「文林飲冰室咖啡店」的鄒語荷。

可是，陳儀的官威及權利所覆壓，僅及島嶼地方政府及軍部人員，不及蔣氏後人。

五十三・辱沒了青天白日勳章莊嚴的蔣介石

客家鄉民都知道：鄢語荷此女雖守寡八年，但仍豔麗傾城，若掂量一切能耐，是惹不起的！

但蔣氏後輩，人稱［鬼見愁］的文生．蔣，出生就口咬金湯匙，天不怕地不怕，拈花惹草是家常便飯；何況，大家長肖像掛在學校教室、掛在各分局派出所；有掛國旗處就有大家長蔣介石肖像，是台灣真正的權力者。以白話說是：手握生殺大權！

不久之前，曾有軍團大將軍在中國內戰中戰死沙場，因獲頒青天白日勳章以資表彰。

若干時日之後，將軍家的後人因殺人罪被司法定為罪無可逭，依軍法將赴法場槍決。

奇蹟發生了！蔣介石的一張赦免令：［敕以青天白日勳章代以死刑］，換為無期徒刑！

自斯時斯判之始，青天白日勳章欽定為［免死金牌］之稱不脛而走！

自公平性來看：司法之天秤原繫於法典與檢審、法曹依［王子犯法與庶民同罪］法則宣判；但是司法天秤自蔣介石一人之志而變，難怪文生．蔣認為蒼生鬼神皆應臣伏在祖父膝下！

『既然祖父不曾怕過任何人，我在台灣還須臣服誰？』他如非這麼認為，天下怎會有事？

文生．蔣早聽人說過苗栗銅鑼有個扎手貨，雖守寡多年仍美豔動人。

文生．蔣又曾聽聞：想一親芳澤者多如過江之鯽，不曾聽聞有誰成功過。

天生就不信邪的文生．蔣從不相信：天下女子，傾國傾城或國色天香，沒有他弄不到手的。

台灣島撮爾偏鄉，他不信、偏偏不信有誰不讓他大顯男性功能？

他偏不信蔣介石三個金字在這撮爾偏鄉，怎可能一點鳥用都沒有？

這天，文生．蔣帶了四位佩掛手槍的大內隨扈，一進門即霸住四個角落，大有「尚方寶劍在此誰敢不從」的架勢。進入飲冰室咖啡店，開口就要求鄒語荷近身伺候。

『老子只是小百姓，只不過我家大家長是牆上那位。』說著指了指牆壁掛著的蔣介石相片。囂張拔扈連康熙皇帝微服出巡都不如。

由於飲冰室咖啡店就在分駐所旁，見到這少見的陣仗，語荷立刻按了桌底下的緊急電鈴。這動作等於向分駐所表示：發生了她們無法處理的辣手大事。

同時語荷聘的私人保鑣，上前欲保護主人，瞬間被對方太極擒拿高手制伏並踩在地上。

分駐所高所長聽到飲冰室咖啡店的緊急求救鈴，就率領三位佩槍警員十秒內趕到咖啡店。

高所長事先當然不知對手大有來頭。

高所長尚未進到店門，立刻在門口與對方兩位侍從嚴重對峙。

在私人保鑣被踩在地下的同時，與女主人十分有默契的山本小姐，悄如飄風般在一秒內閃到門簾後的密室，鎖起門，立刻搖了一通電話給公館基督教會的盧牧師。

這位盧牧師真正身分，是美國中央情報局派駐苗栗公館的站長。

先前為協助一位可憐女及她四個遊浪的子女脫離苦海，語荷出錢出力後與牧師成為好友。

『牧師！牧師！我是銅鑼咖啡店的山本！』接到山本帶有日本腔的求救電話，十分詫異。

山本小姐從未打過求救電話。牧師判斷：應是主人已無法發聲，證明事態必定十分緊急！

『牧師！現在有一位自稱是蔣氏家屬的年輕男子，來店騷擾；四位蔣家佩槍侍從眼中無視警察存在。兩位徒手保鏢也被踩在地上，情況緊急，女主人有被強暴的危險！』

說著，山本小姐急得哭了出來。

『山本小姐請放心！我立刻聯絡美國當局，請相信神的力量！』

盧牧師立刻用加密無線電聯絡上苗栗大坪頂，美軍協防台灣的政治顧問威廉・蓋茲少將。

『蓋茲午安！目前有一位魯莽者打著蔣氏名號，正在飲冰室咖啡店進行「性勒索」；連四位武裝警察也擋不住；看來這事要讓杜勒斯國務卿才能善了！蓋茲！看你的啦！』

蓋茲少將非常憤怒，一方面通知美軍協防台灣的倫斯斐指揮官，一方面調動有機槍的兩部吉普車，載了六名美國憲兵；臨行前才「邀請」大坪頂指揮官柏震賈陪同執法。

與其說是「邀請」，其實與「強制」差不多。

三部吉普車以百公里時速，四分鐘內衝到十公里外的銅鑼飲冰室咖啡店。

倫斯斐中將指揮官掌握台灣興亡命運。但依程序：他必須知會杜勒斯國務卿。

果然，倫斯斐聯絡上杜勒斯，簡要敘述事件概況，行事風格詭譎的杜勒斯立刻進入狀況。

杜勒斯國務卿二話不說，拿起直通電話找上蔣介石。

在承平時期，美國國務卿跳過亞太助卿，直接打給「自行宣佈視事」的蔣氏，事屬極詭異？

美國對蔣氏不經民主程序，自行宣佈上台的態度，贊成或反對至為關鍵。

『閣下企圖東山再起，想達到《王子復仇記》的結局，閣下家人務必管束！』

杜勒斯電話直撥給蔣介石狀至嚴肅，有如上國天皇對夷狄之酋首。

『依據我國掌握的情報顯示：閣下家族眼下正用暴力騷擾苗栗一位女性。』

『閣下如欲獲杜魯門總統有限度支持，請立刻停止流氓式粗野動作，並嚴予看管束縛！』

一字一句難堪的命令，比甩在蔣氏臉頰上更讓人發窘不堪！

臉色鐵黑的蔣介石青筋曝露，還搞不清楚怎麼回事，被迫只能連聲說是；而在分機上已聽到全部內容的國務執政官，站起身來向蔣介石深深鞠躬，為放縱家族而道歉。

他除了立刻拿起保密電話，還能說甚麼？。

在飲冰室咖啡店這頭，不顧派出所高所長的阻擋而痛斥「你不過是蔣家的一條看門狗！」的文生．蔣，眼看所長不為所動，再度開罵：「想升官，識相的滾開！」右手仍緊抓鄢語荷衣裳不放。

遠處響起柏震匱師長吉普車上「清掃戰揚」大喇叭：「嘎啊烏！嘎啊烏！」九聲後，兩輛懸掛美國國旗、上有高速機槍的吉普車；由蓋茲少將帶了美軍憲兵從吉普車迅速跳下。

氣焰仍十分高漲的文生．蔣對著柏師長狂吼：『你這白痴，知道我是誰嗎？』

柏師長點點頭，表示他知道，輕聲的請他冷靜自制。

文生．蔣嬌寵成習不知何謂收斂，對著柏震匱師長脫口：『想叫老子縮手，門都沒有。』

蓋茲輕聲問柏師長：『**What is he saying?**』（他說什麼？）

柏師長用英語將文生．蔣的咒罵譯給蓋茲聽。

蓋茲聽後，邊冷笑邊把極蔑視眼光注視文生說：『可憐的輸家，還自以為是贏家。』

說著轉身向後，料定魯莽男已陷絕境，無法對女性如何，就雙手抱胸退在一旁。

因為六位持衝鋒槍的美軍憲兵已站立門外有利戰鬥位置，蓋茲才一派輕鬆等著看戲。

不自量力的文生．蔣原本以為抬出蔣介石名號就可嚇退眾人。

『以往都是無往不利呀！今天是怎麼了？連老外都敢來攪局？』心中甚感詫異。

強力扣住鄢語荷的手放鬆了。眼下這情景，惹到美軍少將，想全身而退殆無可能！不顧美軍憲兵已佔有利位置，正打算下令隨從撤退不玩，他口袋的國安保密電話響起。他的氣焰頓時消失：因為那電話奇異鈴聲的另一端，只有一個人會使用保密電話找他：台灣島上權勢熱可炙人的國務執政官。

聽完聲音愈趨尖銳、語多責備的訓斥，文生・蔣臉上一片慘白，像隻鬥敗的公鷄。高舉雙手向柏師長投降，柏師長把他帶上吉普車；其他四人也被繳械。

蓋茲親眼目視這五人進入大坪頂[招待室]、親眼目視衛兵鎖住房門，柏師長親自貼上封條，五天不准走出[招待室]。協防指揮官倫斯斐，五天後接獲蓋茲報告，並經美國國務卿認可才結案。這是後話。

夕陽照在苗栗大坪頂紅土崖上，照在蓋茲的陸軍突擊綠扁帽上，那綠扁帽閃著光茫，簡直代表美國的權威。

第六天，文生・蔣才回到雅築官邸。

文生・蔣見識到：算不上傾國傾城的寡婦，竟然這麼扎手。

他更見識到：蔣家勢力沒那麼偉大；大家長沒那麼大尾，蔣介石三字也有吃鱉的時候！

天生傲骨的他，心頭十分嘔，怎吞得下這口氣？他逢人就訴苦。

宮廷事本就難予稽核，誰又知道鄢語荷在蔣介石眼皮下能永保安康多久？

五十四・噩運的撒旦從天而降

話說國務執政官藉著捕獲台共地下組織頭頭蔡式法，順藤摸瓜逮捕吳星光。同時遇難的還有幾位軍部的高級軍官，其中酈姓軍官被軍統偵訊官迷湯灌足而中招。酈姓軍官在島嶼無家無眷，更無親無故，對「死後無人收殮致曝屍荒野」一事，甚有芥蒂。當軍統「套招人員」佯裝是「老同鄉」前來關心，酈某真以為老鄉真心相待而失去戒心。

『酈長官，您我認識也快三十年了，小時在家鄉我都喊您酈叔叔。是酈叔叔的鼓勵，姪兒才報考黃埔軍校報效邦園，跟酈叔叔在軍方單位共事也快二十年了。日子過得真快啊！酈叔叔！一轉眼，大家白髮也長出幾根了。

往事已矣！大家各為其主，為什麼就沒了是非呢？沒了榮辱呢？蘇秦佩六國相印車裂而死；商鞅變法富秦亦五馬分屍。哪天人頭落地說不準是我呢！酈叔叔！你知道的：上面規定，同事同袍皆不准收殮遺骸。只有非二二八滋事者才可以！酈叔叔！上頭很寬容：知道你無家眷、無親友；你可以指定你看到、你聽到的島民都可以。找不到人，上面規定就只好曝屍荒野三天了！酈叔叔！您何苦落到那步田地呢？』

酈軍官終究是個凡人，自小，故園老母曾說一句「死不曝屍荒野」，他別無選擇只好亂咬。

『有個在苗栗銅鑼唱戲的，聽說常施捨白米、棺木什麼的，可能願意收殮我吧！』

鄺姓軍官講不出這唱戲的名號，甚至是男是女都不知曉，足見是胡亂攀誣。

這套招者「醉翁之意不在酒」，他只想在死人身上挖出東西以便構陷邀功。真偽不是重點。

國務執政官在國安會議中狹隘的認為：若非同黨同夥同志，豈有可能收屍以殮？

這套招者依這指示：立刻向軍部密報那「唱戲的」與鄺姓軍官有甚麼掛勾。

島嶼正在風聲鶴戾中，一切公報私仇行動全都以「違反預備叛亂罪」，由軍方說了算！

掌政蔣氏獲得「美國不反對」的骯髒交易，毫不客氣發動白色恐怖。

軍部是否暗中替趙上校復仇，是否替文生．蔣復仇不得而知，總之，鷹犬從軍部全面衝出。

深夜的飲冰室咖啡店，鄢語荷帶著唸初一的林蠅伍，正準備打烊回家。

突然間，一小隊軍人出現在咖啡店門口，帶頭的軍官拿著一張紙向鄢語荷朗讀：

『林女士，依據國務情報，妳曾經與叛徒吳星光有密切聯繫；吳星光還資助妳大筆經費預謀叛亂。因此，林女士妳已觸犯「預備叛亂罪」，請妳跟我們上車到苗栗大坪頂軍法處接受調查。』

鄢語荷很清楚：吳星光是八田誠二死後一年，才從香港到基隆後與她洽商「蜜絲佛陀化粧品」代理事誼；從未透露他喜惡何黨何派。

沒一字吐露他同情共產黨，也從不批評台灣島掌政者，更沒說他是軍部高級軍官。

這群自稱是「司令部」的軍官，聚結在咖啡店門口，手上沒有法院文件就朗聲宣罪，一副準備替天行道的模樣，什麼顛覆、什麼預謀叛亂任意扣人頭上，就準備抓人取供。

五十五・天降大難只有逃遁是上策

正在這時，遺傳自八田誠二而聰明絕頂的文中初一學生林蠅伍，眼前發生的一切，他在一旁可看得清清楚楚：早在軍人剛下吉普車開始，蠅伍就發現這些軍人不懷好意：有人帶手銬、有人帶繩索時，腦中已擬就一幅應變地圖：特別是逃生路線及逃遁時機。

初始設立「飲冰室咖啡店」時，為了防止盜匪之突襲搶奪，鄒語荷曾遠赴三義，請來手藝精湛的木工師傅來到飲冰室咖啡店，在粗厚的布簾後設了一道只進不出的巧門。

巧門後方又設一密室：四面牆分設四道門，門上貼了梵谷**Van Gough**、莫內**Monet**、高更**Gauguin**、米勒**Miller**的名畫。設若暴徒進入第一道巧門，也不易猜中四個西洋畫的木門卡榫，那個是真？那個是假？

兩道巧門通往後巷，心思細密的鄒語荷仍不放心，把現成竹林加以改造：左方修建成凹型、右方則修剪成凸型。密密麻麻一片深綠竹林約有二層樓高。

如果從飲冰室咖啡店門前的榕蔭大道，看不到巧門巷後半點動靜。

同樣的，如果從巧門巷後竹林，也看不到飲冰室咖啡店門前人車雜沓。

鄒語荷作過想像：一旦咖啡店陷入攻擊困境，靠著一片竹林中的四合院，約可延滯五分鐘。

作為一位母親，天職是保護子女。因此，鄒語荷很早之前即與少年林蠅伍約定：

『世事無常、生命亦無常。若有逃避追捕的一天，母子兩人絕不往同一方向逃。』

鄢語荷又告訴蠅伍：『日據時期，日本對台灣徵兵，打棉被的老師傅吃齋唸佛，對陌生人都願廣結善緣，曾幫人立志改善。老師傅心地善良，值得信賴。』

蠅伍當時曾對母親說：［我知道！我知道！班上孫同學就是那一家呀！］

這晚，三輛吉普車共十二人把飲冰室咖啡店團團圍住，為首的帶隊官朗聲宣告說：『林女士請上車，別敬酒不吃吃罰酒！』態度惡劣蠻橫極不友善。

蠅伍腦中的應變地圖立即發揮作用。

蠅伍下意識的後退一步，左手拉住母親，右手立刻伸手關掉密室旁的電源；十分有默契的語荷在那瞬間，用極其熟練的動作扯下小門布簾，瞬時間兩人同時以倒退方式進入巧門。

三義木工師傅的精湛手藝，使得這巧門進入後會自動上鎖。

那兵官十分詫異，不想手無縛雞之力的美艷寡婦心思如此細密、手腳如此俐落，愴惶間走上前，眼前只見到不透光布簾，簾子後女士正待兔脫。

那兵官不認輸，因為徒手抓不到，在女士扯下小門布簾的匆忙間，前抬腳掃中女士背部。

兵官是個練家子［摸到布簾、抬腳掃中女士背部］兩個動作如電光火石，不到半秒。

急怒攻心的帶隊官回到吉普車上，拿了手電筒，三人六腳踹破那［巧門］。

進入巧門後的密室，竟出現古代的啞謎門，四道門上都裱了一幅畫分別是梵谷、莫內、米勒的名畫。這兵官覺得：要是一一猜那道啞謎，自己就太蠢了，因此決定放棄。

鬥智又鬥力的賽局，並不皆大歡喜；更多時候是沒有贏家的雙輸，賭局之始並無人能逆睹。

先回到語荷母親家的山本小姐及黑田小姐，久候不到女主人返家，決定返店看個究竟。

這一頭，語荷經過後巷，繞經竹林奧密小徑，避開馬路，到了老街天爵寺。

另一頭，蠅伍繞經小徑後，悄悄的出現在孫同學家前。

具有大將之風的林蠅伍，絲毫不見慌亂。他用平常不過的指法，輕敲孫同學家的木門。

孫家爸媽都認識林蠅伍，知道他是兒子自小學到初一的同班同學。

更具指標意義的是：這位林同學屢屢與兒子互爭學業第一名。

互爭雄長的結果，經常是孫同學屈居下風而林同學勝出。

胸懷天下、志在千里，不計蠅利，縝密心思，是古哲荀子形容志向遠大者的心胸開闊。

孫爸孫媽偶爾也從老師口中得知：林同學日語非常流利，還擁有日本名「康男」。

林同學家屬並不願多談，大家也祇能推測林同學長輩是日本人。

兒子轉述老師們的短評：「氣宇軒昂、眼界超群、其志不凡、非池中物」十六字。

孫家爸爸開了門讓林同學進來隨即輕輕關上。

孫同學也十分詫異：「這麼晚了，林同學若不是家中發生什麼危難，決不會深夜敲門。」

林蠅伍一看到孫同學就說：「孫同學，我現在面臨緊急危難，有十二個軍人正在追捕母親與我，請你幫我度過難關。」

語氣平和，絲毫不見驚慌之色。

孫同學先把他帶到自己的書房，倒了杯溫開水給他喝。

同一時間，孫爸到後院廂房找了一具長長的竹梯，將這長梯搭在隔壁一間廢倉庫的牆上。

孫同學把蠅伍拉了過來，小聲跟他說：

『林蠅伍！請你爬到隔壁廢倉庫，那邊也有一具長木梯可以讓你安全下降；請你放心，我會跟你同時爬過去。我大哥會陪在你身邊保護你。

我們會準備飯菜熱湯；那邊有個小木桶，大小便就暫擱在木桶內，我們會用蠅子吊出來。

唯一不方便是倉庫沒有浴室，沒有熱水澡，就請委曲一下；不過我的內衣可以借你穿。』

林蠅伍很感激孫同學在第一時間，毫不遲疑的鼎力相助，讓身心傷害降到最低。

想想在「四・六學潮」之後的清鄉，不經司法審判而寃死者，少得了兒童及嬰幼兒嗎？

孫同學知道蠅伍喜歡唸課外讀物，向老師借來名著「塊肉餘生記」、「白鯨記」、「卡拉馬佐夫」、「雙城記」及「金閣寺」、「雪鄉」、「安娜・卡拉列娜」、「老人與海」、「咆哮山莊」等。

五十六・墳與魂的試煉

鄒語荷就沒那麼幸運。

進一步說，她落入人生悲愴的劇烈轉折。

這不是她生命中預期的光點。她的期盼很普通：跟尋常女性般相夫教子。但是噩運拒絕她。她與兒子分手後，繞經竹林小徑，到了老街天爵寺。

這是整個銅鑼唯一的佛教寺院，與三百公尺外的天后宮、五百公尺外的武聖宮鼎足而三。不知什麼典故，銅鑼客家族稱天爵寺為「觀音宮」。

寺門擺了兩具矮小的石獅子。寺前大門對聯一副寫了「聞聲救苦大慈大悲」之類的符號。稱之為符號是因為符號不會救人；單憑石柱上八個字，也不會聞聲救苦。

或許深夜來訪造成女住持困擾，鄒語荷先是雙手合十聊表歉意。簡單說明因受軍人追捕、請指點迷津的鄒語荷，但請求尚未說明，女住持大不以為然。只見她搬出佛經大道理，自行闡述佛法經義：

『施主！這是妳前世業障。我佛慈悲，冥冥之中自有命定。命定之業障既無法遁脫，女施主為何逆天而行？』

一番假藉佛學的拒斥，言下之意，就是完全不想予以庇護；連暫求容身都冷漠以對。語荷瞬間頓悟：原來佛教的表面是慈悲為懷，可割肉餵鷹的捨身，令善男信女感動不已。

實際上卻可玩弄[前世、因果、業障、輪迴、宿命、天意]，推卸慈悲為本的人道關懷。

語荷這下清楚女住持的真正意思：就是不打算保護她，更別指望收容她！

拋掉[住持]這面具，回到[女人是否難為女人？]，對女住持再多懇求恐怕也無濟於事。

軍人若奉命非完成這任務不可，則時間愈是拖延只有對她愈不利。

為免夜長夢多，語荷不假思索、當機立斷：立刻離開天爵寺。

前往三百公尺遠的亂葬崗，最終目的是公館基督教會，祇因有盧牧師存在。

語荷十分明白：往公館教會雖然有四米寬大道；只有傻瓜才走那條極易被捕之路。

亂葬崗上一片漆黑，天上微亮的星光照不開人心的險惡，只有撫慰冤死者的磷火飄盪著。

在一座又一座墳塚上攀爬，有時聞到噁心欲吐的屍體味，有時摸到乾涸的血衣。

歷經一個半小時跌跌撞撞的辛苦爬行，終於爬完亂葬崗，但苦難並不因此結束。

從亂葬崗上的丘陵往下看：軍車超亮車燈顯示軍官們停在天爵寺廣場前。

不久前，抓不到鄢語荷的軍官們研判：客家民宅敢收留陌生人的絕無僅有。

方才大街上空無一人，想必是繞經她熟悉的小徑，到達善男信女皆可踏入的天爵寺。

當然，天后宮、武聖宮各有人馬殺過去圍捕。

帶兵官假裝謙虛的向天爵寺女住持雙手合十問道：

『大師傅！方才貴寺是否有位女性前來貴寺？出家人可是不能打誑語唷！』

女住持立刻複誦：『出家人不打誑語！有位女客確曾前來；本寺未收留她，出家人怎可打誑語！』

帶兵官微微一笑，內心滿意極了。女住持等於告訴他：鄢語荷剛離開天爵寺，走不遠的。

丟下一千元到功德箱後，帶兵官吆喝一隊官兵往亂葬崗殺過去。

不久，軍車車燈像極地獄來的拿捕，張開如血盆大口，朝著亂葬崗泥土路疾駛而來。

軍車上強烈探照燈朝泥土路兩旁緩緩照射；如不刻意躲藏，百公尺內都可能光亮如白晝。

鄢語荷知曉這探照燈的厲害，當軍車車燈還在山下時，眼光迅速找到剛剛才爬過，一個已撿完骸骨，棺木方向與泥土路呈四十五度，一個撿完屍骨的廢棄棺坑，毫不猶豫躺了下去、吃力的抬起一片廢棄棺蓋、吃力的把自己蓋住。

恰巧，亂葬崗的泥坑不久前下過雨，泥坑內仍濕漉漉的，翻滾兩、三下，衣服就沾滿了濕漉黃土有如一具屍體。

亂葬崗上屍體橫陳亂放，一點也不奇怪。

因此，十分鐘後，軍車探照燈雖掃射到語荷躺臥的廢棺，只見廢棺而不見廢棺下有個活人。

苦等一個多小時，軍人或許覺得守株待免不啻是徒勞無功，終於死心而掉轉車頭。

軍車引擎聲愈來愈小聲，燈光也愈來愈遠。

充滿狐疑的鄢語荷，懷疑軍人欲擒故縱假撤離；因此，一直躺在廢棄棺坑內，遲遲不離開。

靜夜的墳塚，霧重而寂寥，，鄢語荷小心翼翼的爬出廢棄棺坑，有如僵屍般坐在棺坑外。

曾經讀過「安妮日記」的鄢語荷，了解希特勒手下追捕波蘭安妮的慘況。蔣介石又比希特勒高明多少呢？祇為鞏固領導中心不惜砍下千人首級？

島嶼的「四・六學潮」及之後的清鄉或白色恐怖，使得鄢語荷暗暗立誓：一定要想辦法活下來，一定要離開這島嶼，離開一群惡魔統治的鬼域。

拋棄生命中熱愛的故土，割捨愛戀的一切，鄢語荷的思路漸漸清晰起來。

『寧為玉碎不為瓦全』或「瓦全而後玉全」兩種不同思惟在交戰。

現在的處境：如若等待島嶼走向光明之前，卻先變成無司法審判下的寃魂還比較快。

古詩「出師未捷身先死，長使英雄淚滿襟」不就是最佳寫照？

革命，不過是推倒惡質掌權者，換上另一批惡質掌權者。法國大革命就是如此。
毫無槍桿子的孫文推倒大清，一個北洋軍閥四散成五大惡魔，是人民之幸或不幸？
〔束手就擒、被關進一座黑牢等待處決〕即是等候島嶼公義再臨前，寧為玉碎的結局。
海邊之浪濤一波波捲來大片碎砂石及貝殼，天底下玉碎之結局海灘不就是滿滿的例證？
〔四．六學潮〕的發動者僅憑滿腔熱血即以為公理光明必將誕生？可嘆世事難料。
星月無光了。
沒有半個軍人徹夜守候。
從廢棄棺坑中爬起的鄢語荷，撥掉棺蓋，坐在坑中如僵屍般思索未來。
鄢語荷得到一個結論：島嶼的國務掌控者，殆於爭取民心而成輸家。
輸家心生憎恨化為惡質之魔，因果相依而互鎖成一條惡性循環無解之苦鍊。
與其苦盼惡質之魔洗心革面，深埋之天譴消散，其屬天運難期；不如先圖瓦全而後玉全吧！
慢慢的，鄢語荷從廢棺大坑中爬出，星星暗光曦微時，她走到農莊旁一條小徑。
雖是一條仍屬荒堙漫草，但她熟悉的羊腸鳥徑。
她熟練的滑向河水中時，遠方農莊的小黑狗卻突然向她狂吠了幾聲。
此時的鄢語荷因為頓悟，因為無懼而勇氣倍增，腳底前進不停，雙腿逐漸陷入淺水中。
深秋十月的曦微星光倒映在河面上，有種悽苦之美。
『倘若今夜不是逃遁之旅，那夜景有多浪漫？』語荷邊走邊思量。
愈往河中央走，河水冰涼逾甚；中秋之後，河中大型水蛭也準備吸血過冬了。
鄢語荷警覺性甚高，雙眼不停搜索菅芒花叢及河中巨石，以便作危機處理。

果不其然，農莊主人因小黑狗不停的朝河中狂吠，不經意朝百公尺遠的河中一瞧。河中真有一白影飄動，當下騎腳踏車至分駐所報案。

警員用強力手電筒往河中亂照一通，只是應付了事。

身陷河中的鄢語荷不知這燈光來源，以為軍人再次奔來，立刻隱身巨石後，半截身子沒入水潭中。幾十隻深綠色大型水蛭悄悄的游了過來。

亂照一通的警員，什麼也沒發現，把農莊主訓斥一頓：『深夜有人渡河又怎樣？』後走了。巨石後的語荷渾然不知：手上、腿上、脖子上、都有好幾隻吸血水蛭。

不幸的是：鼠蹊部也鑽進數隻。

語荷最後爬上河岸。

漆黑的夜空下，語荷跌跌撞撞爬過一片含羞草，手腿及脖子都是含羞草割出的傷痕。踏上田埂的語荷，先把看得到的吸血水蛭，用竹片一一刮除；但她渾然不知鼠蹊部也有。最後，遠離泥土路、一步一步爬在田埂小路：語荷不想因為行走在田埂而被農夫發現。

終於爬到公館教會。這時已是凌晨三點。

輕敲教會的門，一次、兩次、三次，正準備敲第四次時，盧牧師開了門。

盧牧師詫異的發現：滿臉是血痕、脖子下還有一隻水蛭，蓬著頭赤著腳，這不是鄢語荷嗎？不是那位協助公館四位小朋友長期學費、又協助小孩母親醫治惡疾的台灣南丁格爾嗎？如今落到這步難堪田地，孰為為之又孰令致之？

盧牧師立刻叫醒牧師娘。牧師娘一看這光景，不禁大吃一驚。受駭程度更甚於牧師。牧師娘立刻拿杯溫開水給鄢語荷，並用夾子夾起脖子上的水蛭。讓她沐浴洗髮不在話下。

五十七・惡魔的末日及執政官困境

另一頭，十二位搜捕鄢語荷失利的軍人，並沒有收隊歸營，反而是回到飲冰室咖啡店。

當時已是凌晨，他們先在附近小吃店切了幾盤小菜，並舉杯共飲幾瓶黃酒。

帶兵官認為：圍捕人犯這麼辛苦，代價就僅一疊小菜一瓶酒？

帶兵官突然發現眼前一幅豔景：那飲冰室咖啡店竟然還沒打烊，就惡向膽邊生。

事實與想像差距是：飲冰室咖啡店打烊前半小時，女主人鄢語荷為了體恤山本小姐及黑田小姐，先讓她們回到女主人三合院的家；這種優遇，打從飲冰室咖啡店開店就是如此。

今晚，九點半不到，山本小姐及黑田小姐已經回到三合院，可是等到深夜十一點，還沒看到女主人及康男回家，心中有一股不祥之感湧上心頭，兩人一起到咖啡店看看發生何事？

由於兩人已沐浴過，身上發出淡淡香氣，加上她們不是上班，僅是相約訪視女主人；因此穿上日式寬鬆便服。即便如此，仍法度嚴謹全無半點暴露。

軍人俗語「當兵多年，老母豬賽貂蟬」，看在喝過酒滿臉通紅的軍人眼中，兩位豐腴女子不啻是挑起性慾的興奮劑。

這群捕快的軍人心中自行認定：累了大半個夜晚，即使沒功勞也有苦勞；這苦勞，軍方主動提供「軍中樂園」供他們即時發洩性慾才是天公地道。

如今，既然上級來不及「即時」提供，而天上掉下來兩塊肥肉讓兄弟們享用，也不是什麼滔天大罪吧？了不起的話，每人丟下百元新台幣不就結了嗎？不知強暴何罪之有？

不是有妓女圈的鴇母說過[只是痛一下，又不會掉一塊肉嗎？]

何況，飲冰室咖啡店就開在鶯燕巷旁邊，那不意味近墨者黑嗎？

掌權者當時以[國家安全]名義大肆搜捕所謂的叛徒或反賊，不啻提供凌辱女性的機會。

古往今來，當敗者為寇時，壯丁斬首老弱流放；而婦女，不就賞給軍士把玩嗎？

六十年前的軍人想法：對付叛徒的妻女既是[活罪難逃]又何須對她們客氣？

如若深一層思索：蔣氏治軍若軍紀嚴明如山不容懷疑，淫人妻女則天地何容？

這群喪心病狂的軍人彼此對望一眼，就三人一組：兩人制住山本，另兩人制住黑田，第三人就撬開小姐的嘴巴、塞進布條，按倒在地就不客氣的輪姦日本女性。

有人大叫[我幹了一個處女了！]妨佛中獎般大叫，全然不知大禍臨頭。

其他的軍人也沒閒著，有的在旁鼓掌叫好；有的拿酒倒在施暴者頭上，彷彿是贏家的香檳。

有的拿手錶計時，以便評比誰的性能力持久。現場又叫又跳宛如嘉年華一般氣氛高吭。

躺在地上的日本小姐臉部被軍官壓在地上而扭曲，沒人同情而緩解她們的痛苦。

由於喧囂叫鬧聲太大，附近住戶紛紛從門縫中偷看，發現是軍人圍在一堆找樂子。

掌權當局發佈戒嚴令不久，軍人要找百姓麻煩，有權把芝麻綠豆事吹成[亡國]的大事；找麻煩時，[陰謀叛亂]的大帽子扣下來，死生隨他定不是嗎？因此沒人願意出面喝斥。

邊捏乳房邊吸吮；施暴軍官大讚此生幸福無比。

約莫半小時候，十二位軍官終於結束暴行，臨走前丟下幾張鈔票，並加以恐嚇：

[敢報警的話，我們保證妳見不到明天的太陽！]

另一位軍官邊穿褲子邊恐嚇：「妳們聽清楚了：派出所就在咖啡店旁邊，敢走進警局報警的話，妳們要付出天天袒胸露乳服侍我們的代價！」

由於山本小姐及黑田小姐是日本人，並不瞭解台灣；以為軍警都是一家人沒什兩樣。

這些恐嚇詞是事後的呈堂證供。

今晚是森羅殿閻王追緝惡魔之夜，對相關人的死生產生巨浪滔天的影響而改變一生。

十二位軍官若早知其醜陋暴行，竟讓國家顏面崩解而茲事體大，或許在施暴前三思！

十二位軍官走遠了。山本替黑田擦乾眼淚，取出她口中的布條，用日語對黑田說：

『看來這批虎狼是不會放過我們了！女主人已整夜沒回來，想必是凶多吉少；想當初是舊主人八田誠二將赴南洋遠行，才情商妳我來服侍八田夫人。

如今，演唱會上得罪軍官；咖啡店一個月前又闖進蔣氏後人，求歡不成大大受辱而回。

這些槍桿子撐住的虎狼掌政者，為了在此受辱，必然抓捕八田夫人洩慾洩恨。如果我們還忍辱含垢留在世上，除非永遠隱居，否則祇有任人糟蹋受辱的份。

黑田！與其受盡折磨與苦難而死，不如切腹以報八田主人吧！』山本小姐求死意志十分堅定不留餘地。

日女的求死赴死意志如此絕決，不似本地女性忍辱偷生；軍官們若預知之或可深思。

說著取出沙西米刀切腹，死前以手沾血，留下「輪姦　軍A-005　12人」控訴紙條。

黑田為向蒼天作無言的控訴，燃起一把火、手握紙條壓在脖子下，將咖啡店燒出熊熊烈焰後上吊自盡。

燒了將近五分鐘後，由於派出所就在咖啡店附近，警方很快就把火勢撲滅。

兩人屍體沒被烈焰波及，那張日文「輪姦　軍A-005　12人」的血紙條也沒被燒燬。

警方到達現場時，發現一具切腹的女屍血流滿地。另一具上吊女屍脖子下壓著血紙條。

警方不敢大意，立刻電請檢方偵辦。當時的檢方並不興「封鎖命案現場」這一套。

五十八・送行者的慈悲與喜捨

將林蠅伍暫時安頓好的孫同學，也祇不過是初中一年級的少年，承受一晚的辛苦，腦中亢奮翻來覆去而睡不著覺。

這時，突然聽到遠方有尖銳的消防車的笛聲：「鏮！鏮！鏮！鏮！」響個不停。

孫同學基於好奇心，就從家中菜園往後方走，直走到人稱「石光頂」的觀音石步道，再從石光頂遠遠的眺望到火光沖天處。

他奔到火災現場一看：老天！這不是林蠅伍家的飲冰室咖啡店嗎？水！地面上全是水；房間也是水。整個咖啡店像是被打劫過似的，值錢貨被搬清一空。血！到處是血跡沾染！在積水的地上，孫同學發現有三本精美、木質的日記。

孫同學當時認為有保存的必要，並沒作多想，就把三本日記抱回家。

一、兩天後，有關飲冰室咖啡店的傳言，鬧得沸沸揚揚。其中一則讓孫同學最在意的是說：咖啡店因有濺血，所有沾到血的衣櫃、咖啡爐具都有冤死者的冤魂附著，拾獲者得不償失。

仔細檢視這些日記，竟然發現也沾了血。

除此之外，他害怕抱回這些日記本後的靈異現象，既害怕擁有更害怕丟棄。

還有一種詭異想法：如果把這些沾血日記交給林蠅伍，那些飄移的孤魂也許附在林蠅伍身上，這種依附，對林蠅伍是幸或不幸呢？

另一種古怪念頭：如果日記交給蠅伍，那些孤魂會不會回過頭責怪孫同學「遺棄」牠們呢？有了這些奇怪念頭，孫同學決定不將日記交給蠅伍；這難為他了，畢竟他才十二歲半。

五十九・CIA的志工——盧牧師

公館教會的盧牧師（**John.Louis**）十年前曾當過美軍飛行員。從空軍退伍後，經過CIA的接洽，成為美國中情局CIA的志工。但他選擇隱匿不說。

常年帶著十字架銀質項鍊，項鍊背面是革命家[切・革瓦拉]（**Che Guevara**）的頭像。[切・革瓦拉]是中美洲被處決的革命家，舉世皆以此人作為正義之化身。

美國中情局配給他一座加密無線電台，性能非常良好；全台暢通無阻。

話說鄢語荷沐浴洗髮完畢，傷口用酒精略作消毒，換上牧師娘衣服後，便將最近發生之事一五一十清楚敘述：包括一位上校前來騷擾、國務執政官的後輩到飲冰室展示流氓架式。

雖然雙雙鎩羽而歸，但同情他們的軍方反動勢力，搭著戒嚴及清鄉的順風車，藉機到咖啡店挑釁，鄢語荷邊說邊流淚；因為她想到了兒子蠅伍，也不知他現在安危何所在。

也多虧了蠅伍機警的反應，第一時間動作迅速才躲過雙雙現場被逮的災難。

可恨這些軍人繼續搜索她，妨彿天涯海角也不放過，才導致她必須以堅毅不退、更加無比耐心的忍受廢棺上的爬行、忍受噁心慾吐的腐屍味；加上一群水蛭狠咬、被含羞草、菅芒草無情的割裂皮膚。在廢棺內的等候有如一世紀之久。

設使這案件無足輕重，何以派出軍官十二，不眠不休惡夜追緝？

島嶼內其他清鄉之受難者豈有兔脫之機？還不是束手就擒在偏鄉荒土下化成白骨一堆？

最最讓她放心不下的是兒子蠅伍的命運。

今後蠅伍的生死是什麼？若是還活著，他的未來是什麼：成為島嶼俘虜還是當戰爭砲灰？

說到這裡，鄢語荷又哭了起來。

對於今後的動向，鄢語荷說得清楚又堅決：屢屢實施白色恐怖的蔣介石，把國安口號置於民主之上，在他眼皮下討生活，夜間突襲善良百姓，人民有如回到大明錦衣衛時代。

因此，堅定的眼神下，鄢語荷一字一句的請求盧牧師：先讓她到日本八田誠二的夫家，一個自由無恐懼的堡壘；至少她熟悉夫家的一切。

盧牧師一向佩服這位「台灣的女性辛德勒」及「苗栗的南丁格爾」長期以來的義行，彷彿生下來就是善良的天使：不但幫助公館的賴女士全家、幫助榕樹聚落旁罹患性病的鶯燕、又幫住曾在二二八的示威抗議者逃難、還幫「四・六學潮」部份公義者遠離清鄉大風暴。

現在，天使落難了。不是她有丁點的錯；而是掌政者漠視公義，比魔鬼更惡質的結果。

盧牧師聽完鄢語荷的哭訴，弄清楚所有事件的來龍去脈以及「瓦全而後玉全」的邏輯無誤，又再三確認她赴日的動向出自冷靜思考而非莽斷後，立刻採取了果決的行動。

首先，盧牧師打開教會後的高性能加密無線電臺：以**Telix**方式打電報給駐台代表麥康納。

第一封是綱要：

『麥康納同學如晤：一早就打擾您！真是非常抱歉（**It's very very sorry**）。此間有蔣氏清鄉受害而倖存者鄢語荷，她在公館教會等候上帝佳音。詳情請看下一封電報！』

美國代表麥康納是盧牧師在肯塔基大學的同學，兩人同在美以美教會作禮拜，妒惡如仇且臭氣相投。相互讚賞對方是廿世紀的羅賓漢。

對於蔣氏在中國的種種作為早有耳聞；孔宋家族系統性的吃掉美援，甚至讓杜魯門總統對舊王朝的掌政者深惡痛絕而痛斥為賊。

不久，麥康納收到第二封詳細電報，一看大吃一驚。

盧牧師的電報作出簡潔綱要的敘述：

★·「台灣女性辛德勒」正面臨台灣軍情系統的政治追捕。凌晨才逃到本教會而傷痕累累。

★·此為政權系統的慣性作為，外國政府無法採事先干預，而事後補救往往太遲而不足。若不預作妥適反應或處置不當，恐釀成人道災難；因為本事件尚有一小男孩失蹤。

★·請動用"美軍顧問團"一切可能支援前來公館教會接人。

★·請台中清泉崗空軍基地的美方軍機，隨時待命飛往硫球（沖繩）基地。因為這位女性具有日本國民身分，她可能是日本前政府官員八田誠二的遺孀，不是國際難民。

★·這位遺孀受到外傷，懇請貴代表與日本政府密切聯繫，請給予入境並施予最好治療。

★·這位遺孀告訴我：她的日本名是八田紀香。祝你們一切順利，願上帝保佑美國。

麥康納認定：台灣島掌政者實施的清鄉毫無章法更踐踏司法，紊亂程度已波及到無辜女子。麥康納為此憤怒不已；因此完全採納盧牧師的建議。

麥康納為了爭取時效，除了拍電報給美國國務院外，立刻協調駐台「美軍顧問團」指揮官倫斯斐及顧問團駐苗栗大坪頂的支隊，在清晨五點不到即派了兩輛掛有美國國旗的吉普車。其中第二輛還掛了少將指揮車旗幟。指揮官史丹利（**J.Stanley**）空軍少將。

依照「美軍駐在國規定」：只要美軍少將指揮車一經駛出營區，美國旗幟飄揚在駐在國土地之際，即代表美國政府。頭戴扁帽帶著墨鏡，手上長滿金色粗毛，與麥克·阿瑟將軍（**Gen.Mc.Auther**）側臉幾分神似的史丹利（**J.Stanley**）少將，接到〝美軍顧問團〞指揮官倫斯斐訓令，立刻從苗栗大坪頂出發，五分鐘即到了公館教會。盧牧師立刻上前熊抱，輕聲以英語問候。原來，十二年前，史丹利是美國志願軍派駐中國重慶，陳納德麾下的小隊長，盧牧師是轟炸中隊的同袍。

盧牧師回過頭向牧師娘輕聲吩咐：

『親愛的！史丹利兄弟要引領辛德勒天使了。請將她帶到上帝跟前吧！』

在軍車前，盧牧師帶領鄢語荷、史丹利、牧師娘三人作了虔誠的禱告；手按語荷的頭額輕唸：『親愛的天父上帝！人生有太多愁苦，眼前這女人是個義人，也是祢的僕人；人生又充滿太多無奈，脆弱的公義僕人只能將命運付託在祢手上；祢總是能將愁苦化為微笑、將無奈化為同情。聖經**馬太福音**說「凡勞苦擔重的到我這裡來，我必使你們得到安息。」如今，曾幫過許多子民的鄢語荷女士走過死亡幽谷，依然身陷火熱水深之中，兒子不知去向，生死未知；有可能被俘、可能被送上幼年兵戰場折磨。唯有大能的天父能拯救鄢女士；一切只能靠全能上帝，讓我們給她深切的祝福！阿門！』

鄢語荷聽完禱詞大為感動。

『一群陌生人，不怕執政官將之綁赴鼎鑊，不懼清鄉的無情報復，毅然站在執政者對立面，三百年前，加拿大的**馬偕**博士（**Geroge.Mackay**）為這島嶼奉獻一生，最後老死島上。多少島嶼生番為馬偕一人之熱血放棄獵捕人頭獻祭祖靈，改信基督教，這是多麼不可思議的犧牲奉獻！』鄢語荷心中思緒翻濤著！

從那一刻起，鄢語荷心有領悟：上帝與耶穌是她的朋友！

禱告完畢，盧牧師的加密無線電響起，是麥康納代表打來，他興奮的說：「國務院已核准了一切請求！」

盧牧師引領，牧師娘扶著鄢語荷搭上第二部的指揮車，史丹利少將坐在副駕駛座時，是東方天空呈現魚肚白的五點三十分。語荷揮手向盧牧師告別；兩部吉普緩緩離開公館教會。

遠處大雪山的嵐氣橫陳，像條銀白的手鍊，停在山腰不動似永恆祝福。淡藍遠山甚是美麗。

此刻的景色不論如何撒出天嬌，鄢語荷全然無動於衷，她冰冷的容顏似結了一層霜。詩人不是嘆氣過嗎：「…應是良辰、好景虛設。便縱有千種風情。」作了好的解釋。

史丹利少將從公事包拿出另一隻軍方指揮系統的無線電話，不斷的與清泉崗基地聯絡：說是國務院已奉杜魯門總統指示：妥適處理此項涉外事件，包括調動清泉崗的美方軍機。

基地聯絡官劉少校（**Caeser Liu**）不敢怠慢，立刻將電話交給清泉崗指揮官凱利（**A.Kelly**）。

『嘿！凱利，我是史丹利；你收到麥康納代表的電報了嗎？國務院已核准麥康納的請求，美軍協防指揮官倫斯斐訓令：貴基地的運輸機在七點零五分由清泉崗起飛，敬請凱利確信清空跑道，讓該運輸機熱機待命。

本指揮官將在六點二十五分前準時到達貴基地，經「美軍處理事故查驗程序」本指揮官護送核准的女士，將隨同該運輸機抵達琉球美軍基地；女士下機交給琉球基地後，本指揮官將原機飛回。』

凱利表示完全照辦。因為他也收到麥康納代表的電報及美軍協防指揮官倫斯斐訓令。

同一時間，麥康納代表以外交密電告知駐日大使傅爾布萊特（**W.Fullbright**），：

『傅爾布萊特大使嗎？有一位前任駐台官員八田誠二的遺孀，護照登記為「八田紀香」，因受到台灣軍情系統積極追捕而逃亡；目前正處在生命艱困的時刻。茲請求貴大使予以最大協助：向永田町的首相府密切聯絡。』

永田町的首相府清晨五點半接到傅爾布萊特大使及國務院杜勒斯國務卿的雙重照會，理解這是件非可等閒的大事；深夜裡，永田町的首相府第一次徹夜燈火通明，各個相關部會都綳緊神經加強聯繫，避免外交事務失軌而受到西方指責。因此，上上下下都忙碌了起來。

六十・狂徒末路與執政官困境

日據時代原台北總督府的宏偉紅磚建築，縮小一半規模後矗立在苗栗銅鑼老街，作為警察派出所之用；旁邊是榕樹成蔭的「飲冰室咖啡店」，因女主人用心營造而遠近馳名。

被十二位軍官追捕而失蹤的女主人鄒語荷逃遁的當晚，十二位軍官強暴了山本及黑田。

兩位日本公民雙雙自殺，現場留下一張「輪姦（日語），軍A-005 12人」的血紙條。

警方看到帶有軍車車號的血紙條，不敢大意，立刻將案件轉呈檢察官偵辦。

檢察官根據血紙條的軍車車號，很快的查出十二位軍官的姓名及隸屬單位。

檢察署並沒有繼續往下追，而是看局勢發展；因為依死者的衣著，明顯是日本人。

本案事屬涉外事物，涉案者為軍部軍官，檢察署依制度：無權察辦軍人；檢察署非能掌控。

但檢察署仍嘗試採積極與消極兩步驟：

積極方面：通知日本駐台中領事館。

消極方面：將本案移轉給軍部檢察署。

日本領事館一等秘書渡邊的動作極為迅速有效率。

渡邊除了通知「朝日新聞」、「讀賣新聞」駐台特派員前往苗栗銅鑼災難現場外，還查出：

死者山本切腹自盡；死者黑田上吊自殺時脖子下壓著血紙條。寫下破案血紙條的是山本。

兩位死者工作的「飲冰室咖啡店」，主人是嫁給前台灣總督府土木課長八田誠二的女性，人稱「台灣的女性辛德勒」及「苗栗南丁格爾」八田紀香，漢文名鄢語荷（戶籍：林嫣蘭）。

一等秘書渡邊亦查出：國務執政官的後輩生性風流，企圖染指八田紀香失敗，是否懷恨在心，是否有執政官同夥的「身同情者」，隨便捏造公文，以公報私仇方式突襲飲冰室咖啡店，大有疑義！

中國有句古語叫「先斬後奏」，在政治混亂的時代，良家婦女受暴受害時有所聞。

渡邊秘書推斷：『如果軍部軍人突襲成功，逮捕八田紀香，按上「與匪勾結預謀叛亂」罪名，移送軍部大牢。在等待軍事審判前，暗中送到文生．蔣的牀上，滿足風流小子的瘋狂慾望，藉此邀功而升官，在政權轉換的亂世，有誰知道呢？』渡邊作出這種研判。

「讀賣新聞」特派員小林也說：『是非混濁的年代，狡滑者用些手段，讓自己升個官就船過水無痕，並不認為是可恥的事；紅塵既混濁了是非，有誰可以從國務執政官家中抓出文生．蔣加以定罪呢？』

渡邊秘書與「朝日新聞」特派員松井、「讀賣新聞」特派員小林交換看法後認為：原本軍紀嚴明如山；若非掌政者縱容，軍人胡作非為、無視森森戒嚴令，縱情聲色犬馬殆無可能。

如今，蔣介石發動清鄉準備逮捕八田紀香、導致日本女性受害，其粗暴作法極不可取。

他們一致認為：應在日本報紙上督促日本政府予以抗議，不容一味姑息。

一等秘書渡邊向日本領事館報告，領事鳩山同步以**Telix**傳真打字到吉田首相辦公室。

「朝日」與「讀賣」也以**Telix**傳真打字到東京總社，社長以「號外」形式在街頭放送。

六十一・令人同情與令人痛恨

吉田首相次日晚間收到日本領事館的詳細報告，永田町首相辦公室的燈火第二次徹夜通明。外相岸信介建議此事涉及旅外國民安全，不宜等閒視之。

首相立刻向台灣掌政者蔣介石發出外交照會，嚴正抗議台灣軍人殺害日本國民。

內閣會議決定向全世界發出廣播，把台灣蔣介石形容成與「追捕波蘭少女安妮」的希特勒，形象殊無二致。至此，蔣介石受到國際社會巨大壓力，無從置之不理。除了下令最高軍事檢察署詳加調查；宣誓「不管層級多高都要辦到底！」引以自豪的「鞏固領導案」，停止追緝與拿捕。

六十二・清泉崗揚帆千里

接到麥康納代表電報及倫斯斐協防司令訓令的清泉崗指揮官凱利（**A.Kelly**）少將，以特超頻ＵＨＦ加密頻道與史丹利（**J.Stanley**）少將完成所有確認程序，十分鐘即清空跑道，並下令一架運輸機及兩架幽靈式戰鬥機在跑道另一端熱機待命。

清晨六點二十分，插有美國國旗的吉普車，載著史丹利與鄢語荷到達清泉崗美軍基地，史丹利與鄢語荷搭乘的那輛吉普，緩緩的開到運輸機旁。

凱利早就等在運輸機旁，與史丹利禮貌性的擁抱，並確認所有必要程序。

一切軍事程序驗證都已完成，史丹利少將遵守女士優先的禮儀，敬謹邀請鄢語荷登上一架機身漆有[**US AIR FORCE**]醒目白字的墨綠色運輸機。

隨後，史丹利自己也登了機，坐在駕駛旁掌控一切。旁邊兩架幽靈式戰機亦待命保護。

清晨七點零五分，運輸機緩緩滑行，不久機頭拉起飛向天際。

鄢語荷眼見起飛而百感交集。此刻不是旅遊，蠅伍安危何在？她到日本的新生能適應否？

一路上，史丹利向美國代表麥康納聯絡，報告任務。史丹利又拿出ＵＨＦ特超頻加密電話，一面向倫斯斐協防司令報告，一面向硫球美軍基地指揮官聯絡。

在平穩的飛行中，史丹利突然收到麥康納代表的恭禧：

『史丹利！你快要變成上帝的義人了！這島嶼的低素質軍人，在蔣介石白色恐怖下，為了取樂，強姦了咖啡店的兩名服務生。據初步情報：那兩名女性因不堪在某種儀式下受辱及無盡恐嚇，其中一人留下破案線索的血紙條後雙雙自殺。那位遺孀之子，十二歲的男孩失蹤而生死不明。日本領事館也已接獲通知：正派人到苗栗，與島嶼司法人員共同處理後續事誼。』

麥康納代表繼續說：『據報導：吉田首相對蔣介石縱容十幾位軍官輪姦日本女性極表不滿，除訓令日本代表向提出嚴正交涉，並向全世界廣播。』

麥康納又說：『此外，吉田還提出三原則：

第一．務必追緝、捉拿凶手並予嚴懲。

第二．務必積極尋找並保護男童。

第三．以國務執政者名義向日本死者致歉、賠償；保證軍警不再騷擾日本國民及眷屬。』

麥康納將上述情資敘述完畢，向史丹利讚美『幹得好！史丹利！你是美國勇士的典範，我以你為榮；全美國人民也以你為榮！』

七點四十五分，史丹利少將的座機，協同兩架幽靈式戰機緩緩降落在硫球美軍基地。硫球基地指揮官培里少將（**Ronald.Berry**）在運輸機旁迎接史丹利。少不了擁抱一番。

史丹利向培里簡要的說：

『西岸島嶼的蔣介石硬幹清鄉，捅了超大的馬蜂窩，髒臭的噁吐物夠他們忙的了！』

『我負責把日本國民遺孀安全送達貴基地；剩下看你的了。祝你好運！天佑美國！』

接著禮貌性的向鄒語荷揮手告別，原機緩緩滑行後起飛，航向西岸島嶼。幽靈戰機亦隨行。

培里將軍立刻調兵遣將：因為不在西岸島嶼上，不須向倫斯斐中將報告。

相反的，培里一面向美國國防部報告，一面向駐日大使傅爾布萊特（**W.Fullbright**）聯絡。美國人的效率之快，簡直把這涉外事件當戰爭狀況來處理：亦即分秒必爭，不拖泥帶水。

『傅爾布萊特大使嗎？這是硫球美軍基地。我是基地指揮官培里。國防部及國務院訓令我接手處理日本國民遺孀避禍至日本事宜。

該女士目前平安，但似有外科擦傷須後續醫治；敬請貴大使向日本外務省接洽，務必以最快速度醫治傷口。本基地醫療資源有限，在東京醫治總比在硫球更令人放心。以效率而言：

一次可完美治療就不須二次診療！』

傅爾布萊特大使也不負所託，立即聯絡日本外務省。

而日本外務省早就接獲美國國務院請求，已一手掌握變化中的狀況。

半小時前，吉田首相才對全世界廣播，並訓令外務省向台灣蔣介石提出嚴正交涉。

現在，傅爾布萊特大使特以外交電話聯絡外務省外相岸信介：

『貴國國民八田紀香已安然抵達硫球美軍基地，刻在接待室作短暫休息。依照基地指揮官培里描述：八田女士似有擦傷及異物入侵等外科診療。期待貴國派專機送回東京診治。』

日本國不愧是敢與美國一爭雄長的對手。遇此突發狀況，外務省、厚生省、交通省全力配合吉田首相辦公室，並發揮不同團隊專長；凡事盡善盡美而無懈可擊。

外務省瞭解八田女士受外傷後，立即指派交通省調派一架附有醫師的醫療專機，從東京飛到硫球基地。在培里指揮官陪同下，護理師小心翼翼用担架將八田紀香從硫球基地抬上專機。專機直飛羽田機場。

培里的任務至此結束。

硫球飛羽田的三十幾分鐘時間，專機附屬的兩位醫師初步檢查八田的外傷及擦傷，基本上是不嚴重的小傷，一週後應可痊癒；但八田女士心神不寧，又非精神方面驚嚇過度，這種病情超出兩位醫師的專業範圍。專機一到羽田機場，因為不具精神科專長，他們立刻辭掉專屬職務。並向外務省建議：由東京大學醫學部接手。

在羽田機場貴賓休息室，外務省從東京大學聘來武田精神科主任。

武田主任發現八田紀香確實心神不寧，但經過對談，憑經驗肯定不是精神科疾病。

武田苦思了一會，吩咐婦產科及皮膚科女性醫師會診。

武田認為：可能有某種昆蟲如隱翅蟲之類入侵到皮膚內層；亦有可能須動用婦科內視鏡。兩位女性醫師來到羽田機場休息室前，東京大學醫學部門非常貼心的運來一部最先進的[移動檢驗室]；更貼心的是：東大設計了類似機艙門的空橋，能把[移動檢驗室]伸到機場休息室，這樣一來，病人完全不需曝露而保有隱私。

在休息室中，紀香被抬上有輪子的病牀，輪子卡進[空橋]軌道，安靜的送到[檢驗室]。

兩位女性醫師依照武田主任的吩咐，仔細檢查八田紀香脖子、雙手、雙腿被水蛭啃咬過的傷口，並用放大鏡檢視，終於在[鼠蹊部]皺折中發現比髮絲更細的水蛭及蟲卵。

『這隻水蛭已局部破壞鼠蹊部細胞而吸血，幼蟲也已孵化出。由於水蛭滑溜無比，水蛭吸血時不痛不癢，但[宿主]仍覺得有異物入侵卻又抓不到牠，因此講不出哪裡不對勁。

八田紀香就是因此而心神不寧。』武田主任作出這樣的分析。

兩位女性醫師將水蛭夾出，並泡在福馬林中當[受害證物]。同時清除幼蟲及蟲卵。

另由X光攝影發現：背部神經有部份受傷；八田紀香回憶：那是軍官自布簾後猛踢所造成。

六十三・蔣介石的囚徒

由於吉田首相向蔣介石發出外交照會，並向全世界廣播；日本大報雖然已在銅鑼搶得先機報導「山本切腹自盡、黑田上吊自殺。留下血紙條」，但不知女主人八田紀香身在何處？

所有評論認為：若非蔣介石以戒嚴令，下達「清鄉」名義，軍方人士絕不敢胡作非為。

八田紀香抵達羽田機場的第四天，各大報早已從外務省事務官處得知：八田紀香已搭乘美軍在清泉崗基地的軍機飛抵日本。

事務官懇求各大媒體：第四天離開羽田機場時，考量八田紀香身心受創尚未恢復，儘可能遠距拍攝，並懇請不要發問。

日本各大報及各大媒體在當年即十分克制，沒人對八田紀香發問。

在公館教會向盧牧師求救時，鄒語荷（八田紀香）在教會換上牧師娘的居家服後，不到一小時就搭上史丹利少將的吉普車，因此全無機會穿上合身、合乎年齡的衣物。

出現在羽田機場出境大廳時，仍是一身牧師娘的居家服；手、腳上仍有包紮傷口，臉上貼著肉色繃帶，一身簡樸的影像，被遠距拍攝的記者捕捉到了。

隔日各大報即不客氣的對蔣介石展開清鄉屠殺政策提出批評。

路透社即以「蔣介石的囚徒首度曝光」為標題加以評論。

美聯社以「蔣氏凶性大發，縱容軍官以清鄉名義施暴；兩日本國民慘死」的聳動標題。

朝日新聞以「身犯何罪？日本兩位女性被蔣氏鷹爪凌辱輪暴而自殺，凶手逍遙法外」！

讀賣新聞以「蔣氏白色魔掌下的日本倖存者，逃生特別報導」為標題，將八田紀香手腳上的傷口加以放大。並以「墓塚上的爬行者，八田遺孀主張公義竟淪為犧牲者」為副標題。

產經新聞以『「台灣的南丁格爾」、「台灣女性辛德勒」不見容於蔣氏當局』大加批判。

這些蜚聲國際的大報，以人權、人性、道德的角度，措辭強硬的質問掌政者蔣介石：為何縱容有武力的軍人，對手無寸鐵的婦女強暴凌虐？

媒體評論曾以「管不住三軍下半身的三軍總司令」諷刺蔣介石。

國際媒體對他不利的報導持續不斷，大大損害蔣介石的聲望。

『一個逃遁者，深夜竟獲台灣美軍、中央情報局、美國國務院三方緊密無縫的合作，還與日本政府亦步亦趨，四個環節整合得絲絲入扣。』國務執政官坐在蔣氏太師椅旁逐一分析。

『更不可思議的招數是：事件之清晨，美軍飛機在兩架戰鬥機護航下，竟可以從清泉崗基地起飛，八點不到就降落在硫球美軍基地。』蔣介石上廁所去了。官邸只剩執政官一人。

「護航？」執政官喃喃自語的唸了好幾次。他猛然思索「護航」兩字的真義。

第一・護誰的航？防範對像是誰？為什麼要護航？

國務執政官自我思索答案。

護誰的航？美軍為一位「日本國民」，前日本官員的遺孀護航。

「家醜外揚」顯然比「遺孀」這人重要。

防範對像是誰？當然是防範蔣介石麾下的清泉崗空軍追殺。

為什麼要護航？保護重要人物以作為指控蔣介石的「證詞」。

在台灣島內，無視台灣小廟堂存在還大展美利堅拳腳，只為證明美國才是台灣主子。第二．在美國眼皮下，還能有什麼頑皮的賣弄？國務執政官很清楚：只有充分合作，獲取美國的信任，此外別無良法！

外媒大肆報導後，又因日本吉田首相外交照會接二連三，蔣介石只能低頭道歉認錯。

當晚，蔣介石將輪暴日本女性的十二名軍官，以觸犯「戒嚴地區戰時軍律」之「強暴平民罪」，以三軍統帥職權，飭令軍事檢察署率領二十四名憲兵加以逮捕。

面對排山倒海而來的批判及日本吉田首相外交照會，徹夜難眠的，不只蔣介石而已；國務執政官連闔一下眼皮都嫌奢侈。

國務執政官採用古代「連坐法」，以株連方式懲戒相關軍人。

首先，經形式詢問人別、姓名後，二十四名憲兵將人犯五花大綁踩住，迫使人犯下跪。為了達到宣傳目的，將十二名軍官在馬場町處決後血流滿地照片，在中央日報公佈。再放大成二十吋的行刑照片在各大車站、戲院張貼，以儆效尤。

中央日報還透露：國務執政官曾建議用斬首方式，向全世界公佈家醜以平息眾怒。曾留學日本的國務長張識禮認為太殘忍而作罷！

綜合掌理本案的上校被迫打報告退伍；並取消軍官優渥俸額，迫使他擺攤賣麵營生。發動偵察的軍部柴司令，閻副司令、閔副司令，以「領導無方、處事孟浪，侵害人身自由」罪名降為參議。中央日報以斗大標題昭告全球，彷彿怕世界不知道似的。

三位將軍在辦公室不僅沒有座位，執政官嚴禁他人與三位將軍交談，這懲處形同軟禁。一個月不到，三位將軍中：一位自殺、一位發瘋、一位打報告退伍後剃度出家。

國際媒體專注的「四．六學潮」之清鄉及「吳星光案」之追緝紛紛取消。

六十四・重建新信任的環境

在羽田機場的貴賓休息室，八田紀香經東京大學醫學部武田主任指定，兩名細心的女醫師仔細診療及觀察，業已康復了大半。經日本政府細心規劃，準備融入八田誠二在東京的老父親：八田喜一郎的宅邸。

日本政府十分細心，三天前即派出原本即與八田喜一郎熟識的外務省女性事務官藤田，先以電話聯絡取得信任；繼而在拜訪時揹了一袋越光米、一盒青山蘋果、兩尾新鮮鯉魚及一大把香水百合，出現在八田喜一郎家門，開口就恭禧兩位老人家獲得新生命。

八田喜一郎滿臉狐疑的問：『到了這把年紀，還有什麼新生命呀？』

兩位老人家還以為藤田要送他們「貓、狗、會說人話的鸚鵡」之類的寵物。

藤田事務官很用心，曾經查過八田紀香的入境資料。

藤田立即說：『您的媳婦，八田誠二的妻室八田紀香，不是每一季都會牽著您的孫子八田康男來探望您嗎？現在，她決定離開台灣，來這裡服侍您老人家一輩子。您家中不是多了一位懂事又會操持家務的年輕人嗎？讓八田老宅院暮氣消失，生氣蓬勃、笑聲不斷，這不是新生命嗎？』

藤田細心演繹：『在您老人家目前的活動中，缺少談話對像，當然也想不出新話題；而且，您老人家也沒有體力作旅程的規劃；八田紀香您的媳婦想來服侍您到老，不是一件難得的事嗎？』不斷用反問句的藤田事務官，那舌璨蓮花的本事讓老人家溶化一大半。

藤田事務官不愧是外務省一等一的高手。外務省如發生重大外交事件的煩惱關鍵，經過她的如珠妙語，就好像加了潤滑油一樣，每個環節都活動自如；關鍵在於她把外務省的[公家事]，內化成自家姐妹的[家務事]看待，處理得細膩，態度和藹可親，令人倍感親切。

事務官每天都帶了一大把不同顏色綻放的鮮花，讓八田宅不但滿室生輝還香味溢滿屋。

有時，早上一大把，到了下午三點又是新的一把鮮花，八田喜一郎怎能不高興呢？

這些購買花卉的費用，全都用外務省的[特等支用費]，既不用口頭報告更毋須單據，全憑外務省的信任。足見，上下互信是一個成功團隊執行力的效益關鍵。

看準了老人家喜歡開胃的酸梅、軟質糕點並加以包裝；收買喜一郎的胃，藤田確有一手。

藤田最後找來東京有名的工匠，將八田宅的燈具換成新式樣：造型簡單，室內亮了起來。

同時，藤田把八田家破舊的沙發椅，換成樸素但亮色的一款。

地板也從原先藏污納垢的舊款，換鋪成溫暖色系的義大利磚，不刺眼、不滑跤，讓人讚美。

當然，藤田也把喜一郎的拐杖換成有避震、抓地力更牢的新款式。更新這些舊物花費極少。

原來，在未到外務省之前，藤田是一間傢俱公司的主管，對選用傢俱、色澤上眼光獨到。

經過藤田匠心的簡單改造，八田老宅有如脫胎換骨，看著舊宅煥然一新真叫人高興。

藤田心裡很清楚：她已圓滿完成外務省交辦的辣手工作，八田紀香移居來此毫無障礙。

第四天，八田紀香在藤田事務官陪同下，進入八田喜一郎宅邸。

一大早，八田宅外即有大批記者守候。

藤田事務官說：『我來跟各位說：曾經發生西岸島嶼上的故事。』

『台灣的嘉南大圳規劃者八田誠二，他的遺孀八田紀香遭遇十分不幸：為了逃避軍士的追緝，她爬過死屍味彌漫的廢棺坑，還把棺蓋鋪在身上，躲過了強烈探照燈。爬過墳塚後，滑進充滿原始水蛭的河中，水蛭爬滿她全身。含羞草及菅芒草不是割傷她的凶手；凶手是台灣發動白色恐怖及清鄉的國柄者蔣介石。八田誠二的兒子目前仍失蹤，不知是生是死。』

『即使她在台灣扮演[南丁格爾]、[台灣女性辛德勒]等慈善角色，噩運仍不放過她。綜合以上說明，八田紀香沒有快樂的理由。因此，我盼望各位不要提問，別讓她受二次傷害，讓受傷的她，第一天就能溶入新的家庭。我懇請各位只拍攝相片就離開！』

藤田事務官的請求有點命令性質，令人刮目相看。

日本各大報十分合作，用遠距拍攝完，真的就離開，顯見日本媒體當年即採取高道德自律。

六十五・面對新人生的幼年奮鬥者

八田誠二兒子，無辜的八田康男，下落依然不明。

在日據時代的昔時，日本政府雖曾擬議在太平洋戰爭結束前，有意將八田康男歸為日本籍；礙於當時法令：祇有日本四島出生的官吏本人出面提出申請，無奈生父八田誠二已去世，〔撫養人〕改為八田紀香，依上述規定，不能算作八田誠二遺族。

仍然躲在孫同學家倉庫的林蠅伍，雖然度過了不能自由、不能到文林初中上課的五天，但是，懶洋洋掛在牆上的那把長梯，午後陽光斜斜的照在梯上，似在呼喚蠅伍爬上最高點。

林蠅伍也許太久沒看到街道，當街道突現熙來攘往，照在黑暗中的眼睛再也暗不下去。

熙來攘往的，不就是商賈叫賣的氣氛嗎？不就是百姓奢求的太平景像嗎？

鷹與犬消失的景像是多美好的淨土啊！

到了第五天，林蠅伍聽見孫同學自初中返家後，哼哼唱唱〔靜夜星空〕及〔秋柳〕，就爬上長梯，看見孫同學走過來，就叫住他問：『孫同學！外面怎麼啦？是不是可以出來了？』

孫同學回答：『好像平靜了！好像不緊張了！你應該可以回家了！不過，先洗個熱水澡吧。』

六十六・堅強的大男孩

說著，進到厨房升起柴火，燒了一大鍋熱水給蠅伍洗澡，並且把自已乾淨的衣物借給他穿。

終於，林蠅伍痛快的洗了個人生奇遇的熱水澡。

由於島嶼封鎖新聞，他對母親遁逃後發生後的大小事全然不知。

飲冰室咖啡店燒毀，山本及黑田兩位阿姨雙雙自殺的變故，孫同學什麼也不告訴他。

晚上九點，林蠅伍謝過孫爸孫媽及孫同學，一派輕鬆的走回外祖母家。

可是，外祖母撲上前來擁抱他，容顏一會出現驚喜、一會悲悽讓他十分不解發生了什麼事。

不言可喻的現象是不見母親之外，山本及黑田兩位阿姨更是雙雙失蹤，蠅伍十分詫異。

初見蠅伍出現，外祖母的面容像是忽得失羊般興奮；想起山本及黑田自殺就覺眉頭深鎖。

蠅伍問明了原由，理解了這是家庭的大變故，生命的轉折點，絕非可輕鬆以對。

蠅伍年紀僅十二歲半，尚不足以應付大變局；但，哭泣與嘶吼難道可以看清問題本質？

母親曾帶他赴日探望祖父時，見過日本東京大轟炸的慘狀：敗者呼天搶地，堅定者站得穩。

不敗者上上下下頭綁白布、挑瓦砌磚、咬牙苦撐、擊掌互勉的場景，才是蠅伍的榜樣。

中國成語「好漢打脫牙和血吞」。處逆境中，蠅伍深知以此八字力爭上游，方可突破困境。

在初中時代，幾何代數理化百術待學。若能打下基礎爭到好成績，不與瓦殆合鳴才是上策。

眼見那不甘人下者率皆善良、品行端正，胸中溪壑寬廣而填滿無盡的進取心。

人若是向著高道德者切磋，以慎獨自許、磨練自身絕不在酒色財誘惑下沉淪。

反之近墨者黑，沉淪無止盡：古哲孔丘不是說「三人行必有我師」嗎？

這次遭逢家庭大變故下，以之作為砥石；苦難才能磨練自己。安逸、舒適環境下萬萬不能。

借鏡古代的夫差臥薪、句踐嚐膽；蘇秦刺股、韓信胯下受辱，他們都是砥礪者的好榜樣。

日本這四島或許傳承自大唐的文化，典章制度與互相信任的官民關係，在母親牽引的蠅伍，見識到日本的咬牙、堅毅與執著。即使面臨東京大轟炸、即使面臨核武蹂躪仍屹立不搖。

蠅伍年紀雖小，但看得出大國的肌肉與紋理，內含人民長久的修養與粹煉。。

古語說：地靈人傑。蠅伍識見這些跡像，心中生出一股立志天下非我莫屬的胸襟。

那時之志向：不但誓願全班第一，指向全校第一，更想像考取台中一中後稱霸校園。

因此，雖在倉庫內形同拘禁，晚上甚至無燈火、無燭光，一種「天降大任於斯人」的莫名感應，讓蠅伍足以承受寂寥與不便，心中燃起日出東方捨我其誰的壯志與雄心。

六十七・值得景仰的犧牲者

在大劫數中，不幸告別世間的山本及黑田小姐，遺體一直在苗栗殯儀館的冰櫃。銅鑼的蠅伍外婆及鄉民一直沒把她們忘記。

山本及黑田小姐的父母寫信給日本領事館，希望早日將兩位小姐的遺體送回日本。

經過鄢語荷母親及銅鑼的士紳陳坤榮多方奔走，向銅鑼的鄉親挨家挨戶募款，聘請日本的遺體化粧師浦島來到島嶼，專程赴苗栗殯儀館，將山本及黑田的遺體化粧得美美的，再換上日本和服。

蠅伍外婆及士紳陳坤榮租用附冰塊的大卡車，又申請貨運飛機，清晨運到松山機場上了飛機。兩人到達羽田機場後，就吩咐工人將遺體輕輕的搬上卡車，送到山本及黑田的家。

八田康男（林蠅伍）的外婆一進亡者的家門，就向靈柩下跪，不停的流淚、不停的以日語說道歉。反而是山本及黑田的父母安慰外婆：該道歉的是台灣的執政者，不是八田康男（林蠅伍）的外婆。

而外婆跪地不起，彷彿不這麼做，就無法消除罪衍似的。

同樣是東方，日本與鄰邦的祭祀觀念大不相同。

直到法事與喪事完畢，外婆才告別山本及黑田的父母，臨走前，輕誦康男給阿姨的詩句：

詩詞是這麼寫的：

『天上的阿姨呀！

康男我自小在您懷抱裏逗弄長大，
我哭時，您們食不下嚥，
我笑時，您們喜上眉梢雀躍不已。
您們比親生母親還偉大；
自您們走後，思念您時，
祇能躲在被窩裡痛哭。
如今您們已遠逷，
我會好好長大，不斷勤勉努力，
永遠會記住您們笑聲的！
您們心中的幼童　八田康男』
唸到最後幾句，康男的外婆泣不成聲，祇有把紙片交給山本及黑田的父母們。

六十八・追憶多年前降落在日本的八田紀香

多年多年以前，八田紀香是搭美國運輸機飛抵硫球美軍基地。當時是由美國國務院協調日本吉田政府，由於八田紀香是「原土木課長八田誠二遺孀」，日本總理府以專案核備方式處理，不視為外國移民也不視為國際難民；因此，日本政府十分在意美國以自身標準人權角度，檢驗八田紀香是否受到歧視。外務省因而指派三位女性到八田喜一郎家。

三位來到八田家的女性是藝術家大松女士、春日女士及篠山女士。

大松專長是「茶道、花道、棋道」；春日專長在「和服、戲劇」；篠山專長在「禮儀、美姿」。

內務省詢問過八田夫人的宗教屬性後，派了專人引導她到東京都池袋教會，並拜訪教會的淵田牧師，導引她在池袋教會作週日禮拜的程序及細節。

池袋教會是三、四十人的小型教會，只有一架老舊的風琴，適合不喜大肆張揚的八田紀香。

教會團契有一個合唱團，對歌唱、聲樂有興趣者都可以參加。

對於曾經以歌唱表演為職業的八田紀香來說：這是再好不過的團契了。

合唱團是以歌詠聖靈為主，而主要聖詩是「慈光歌」（優しい光）、「秋柳」、「野餐」、「更加與主接近」、（**主よみもとに 近づかん**）、「微聲盼望」等令人落淚的詩歌。

牧師淵田英雄是太平洋戰爭末期，神風特攻隊的倖存隊員。特攻隊以自殺方式轟炸美軍而設；戰後，淵田經常感應到上帝的存在而信仰基督。成為傳揚福音的使徒。

另外，兩位女性導覽員大松與篠山，貼心的引導八田紀香到著名風景區導覽：如京都鎌倉大佛、東大寺、永平寺。在導覽寺院的路上，八田紀香注意到一位中年攝影師，苦苦的不知等候什麼。

兩位導覽員輕聲的向這位日語雖然流利，但是對日本文化所知有限的年輕女性婉轉解釋。導覽員篠山女士與大松女士不約而同指著攝影師說：『那位是入江泰吉先生，在日本算是剛竄出頭的前衛攝影家；但日本新人太多，以致入江先生入行十年仍是默默無聞。』

八田夫人以關心的口吻向入江先生打招呼。並詢問「拍張照片何須苦候如僧人閉關？」

入江先生十分驚訝：他在東大寺靜靜的等候一個優美構圖的光與影的變化；有時，等候最佳光影的作品，少則三、四天多則半個月是常事。

從來沒有遊客會關心這位「與光影拔河」的傻子；因此，入江泰吉沒料到：他這麼平常的「光影的守候者」竟有人發問。

入江泰吉簡單回答：『因職業攝影的高標準所須。』

八田夫人再問：『既知苦候為必要之修練，攝影家何以寧願苦等？難道只為一口飯一袋錢？』

入江回答：『在追求人生永恆的層次，只有藝術的達成次於達摩僧人的閉關；永恆的藝術只有燃燒自己才能遂我所願。』入江泰吉望著八田紀香，以為自己講得太玄，又舉例補充：『我仔細的觀照寺院的佛與菩薩像，有人說它只是山上的一塊木頭被雕刻家精準雕琢，只是無生命的偶像；但我認為祂們是有生命的活體。』

『每當陽光在某一秒，映照在佛與菩薩像的某個角度，我好像頓悟一般，真的感受到佛經上所說那個剎那就是我的剎那、那一剎那屬於永恆；佛與菩薩像的眼睛就像活了起來。那一瞬的一剎，我無法用人類的言語來形容那種真實；那真實只能用心去體會、去感受；除此之外，以手邊的萊卡**Leica**、哈蘇**Hasseblad**、尼康**Nicon**、祿萊**Rollei**等相機迅速按下快門，忠實的記錄下來那生命中難忘的一瞬。這就是我苦苦守候的原因。』

『只要成功［感應］了一幅作品，那種達陣的喜悅，百枝筆千張紙也寫不出來；當然也不是凡夫所能體會！『入江泰吉不知什麼時候變成哲學家了。』

『為自己藝術理想而活，勝於雇主的一袋錢。』入江泰吉再補充。

八田紀香終於領悟：看似簡單的照相，竟有那麼深的學問；攝影者苦候光影是有原因的。

稍為交談之下，八田紀香禮聘入江作人像專業攝影是否願意？入江先生爽快的答應。

六十九・天安門下，身著列寧裝的師爺

天安門廣場前，百萬工農高舉拳頭之時，只有一位身著列寧裝的謀國者，關心吳星光的死。

這人姓詹，來自浙江紹興：傳言是師爺輩出的文人之鄉；而師爺是有智計有品德的尊稱。

這謀士心中曾有一股氣，人稱［浩然之氣］；行事不暴虎馮河、腦中智謀籌劃不斷。

他同情吳星光，曾寫了張便條紙［吾道不孤］，送到暫厝香港的吳星光。這人叫詹恩騰。

曾在廣東軍校歷練過，深度籌劃國家大事的能力有如一部超級電腦。

古語云［士為知己者死］。僅僅一張發黃的用箴，僅僅手書［吾道不孤］，一角署名［詹恩騰］的歪歪斜斜簽名，就足使吳星光投死滅身。為新中國矢志的公義奉獻而百死不悔。

出自真誠之鼓勵，魔力無所不摧嗎？百年前的林覺民、陸浩東、秋瑾為何寧死無悔？

千萬匹夫失去目標而活，然而匹夫不為金錢利益而活者，普天之下究有幾人？

吳星光死了。詹恩騰當時沒法子為死人做些什麼。

『為活著的人做些有用的事，才是萬世千秋之計吧！』詹恩騰心中如此惆念著。

既然吳星光已死，詹恩騰另起爐灶毫不費力。

詹恩騰領導了一個［對島嶼工作小組］，掌握了一些近況。

飲冰室咖啡店兩位日本姑娘的寃死、鄒語荷受到軍部追緝逃至日本，引發一連串效應。

詹恩騰十分瞭解：島嶼為了自衛，莫名其妙掃到鄢語荷；她與新中國勢力沒有任何牽扯。除了公義之苦勞，她什麼也沒做，竟被台灣飯桶般的軍人視為吳星光同路人而加以追捕。

詹恩騰在內部會議上解說：

『明末追隨黃巢、闖王之農民何止百萬？五四運動同情者又何止十萬？心有公義者是百姓中的一股清流、國家希望之所在，何可視之為「賊」而除之後快？』

局勢混沌未明，顯然，詹恩騰也幫不上已在日本的鄢語荷。

在公義者心中，詹恩騰最同情的，要算是鄢語荷的兒子林蠅伍。剛唸到初一，即面臨失去母親而孤獨成長；在無父無母的畸型苦境下成長，在偏鄉銅鑼想爭一席天而出人頭地，可沒那麼客易。

為了表達新中國對建立卻無辜犧牲者的照顧或表揚，並鼓勵熱血志士前仆後繼，詹恩騰因此拍板，決定給予林蠅伍實質上的協助，並報請總書記核准，執行代號「星月有光」的援助行動。

『星月有光』？就是鄢語荷被軍部追捕的當晚，爬過亂葬崗的廢棺坑、在充滿水蛭的河中浮沉之時，休想有微弱的星光伴著一彎的下弦月。那晚的星空的實況是『星月無光』。

詹恩騰與總書記都不知：為何下弦月夥同星光躲起來的那晚黑空，發生不可測之事？

明明是星月無光為何取「星月有光」的代號？總書記指示詹恩騰：

『一個讓社會沒有希望時注入希望、一個讓國家缺乏公義時鼓動公義、以義理安撫充滿憤怒的工農大眾；從無光燃起了微光，是謀國之士的天職！

國家若無公義、社稷陷入無公理的私鬥，人性光明面隱而消失當是國家敗亡徵兆！』

執行「星月有光」的想像力十分高明、行事風格卻十分低調；顯然經過詹恩騰的調教。

自觀棋之局思考視之：因果圓融通透，其妙法無懈可擊，那謀士的心法十分高明。那妙法有些訣竅，是島嶼島民奉為熟練獨到的專家。

"星月有光"總執行長把這計劃仔細琢磨良久。稱為「假裝失金」的任務，是故意在外婆家前一條田間小徑，算好蠅伍下課回家，走到這小徑前一分鐘，小組成員丟下一包牛皮紙袋：裡面裝有美鈔、金條及日圓。蠅伍自外頭田埂的小路轉個彎就可看到這牛皮紙袋。因為離外婆家門前僅五十公尺，外人沒事不會往田園包圍的農莊走動。也就是：外人根本看不到那包被轉彎視角擋住的牛皮紙袋。年紀尚小的蠅伍再怎麼聰明，也沒算到這溫馨而高明的手段。不過還好，並沒人要害他。果然不出設計者所料，蠅伍下課回家拾起了紙袋，稍為檢視一下：『沉甸甸的，一定是有人掉了許多錢，我一定要立刻送到派出所去。『到了派出所，說明來意，交出檢到的牛皮紙袋。

警員拿出一張「拾金不昧登錄單」請林蠅伍填寫時，巧合事發生了。一位頭戴呢帽、身穿白衣黑褲，一副生意人打扮的失主匆匆忙忙趕到派出所，說是：半小時前遺失了一個大牛皮紙袋，不知是否有人拾獲云云。

話音剛落，這人眼角餘光就看到派出所報案桌上的牛皮紙袋，與他遺失的一模一樣。這人假裝驚呼：「咦？這不是我遺失的牛皮紙袋嗎？」

生意人是銅鑼當地士紳張廖先生，他那一流的演技自然純熟，豈是稚嫩的蠅伍所能識破？在派出所內，那位「失主」演出「尋金記」的好戲，好像失而復得的樣子。「失主」堅持「好心少年」留下學校班級與姓名，以便報請學校表揚。

所有這些動作都在掩飾真正目的，以免露出極細微的馬腳。真正目的？沒錯！以表彰默默奉獻者的馨德義行，以待後世典範是新中國的道德目的。

在國務執政官風聲鶴戾的眼皮下活動，詹恩騰小組的執行者如不極度小心自是失策！

操著苗栗[四縣]方言的商人，給予林蠅伍的報酬，不是提供金錢或禮物，而是送書。

不僅送上套書，還送上會講解這套書的講師，年輕的殷觀海先生。

這次，苗栗的張廖先生向他訂購了這套入門書，價金已加付了講解費。

因此，如果蠅伍只收下套書拒斥聽講，那就是蠅伍的損失了。而殷觀海他則樂得輕鬆。

蠅伍估量：牛皮紙袋價應很貴重，但怎麼也想不通：為什麼[失主]以整套書及授課作為回報？

七十・敵慨同讎的精神永存而珍惜

自一九五〇年底一九五一年初，詹恩騰指派文學家喬冠華，分別透過香港及澳門管道，聯繫上台灣大學的殷觀海與牟賓賜，以新中國的恢宏氣度，聘請兩位先生定期親赴苗栗，向林蠅伍作國學與歷史的指導。

殷先生與牟先生與喬冠華在中國對日抗戰時，敵慨同讎了許多年。抗戰結束，掌政者沒能好好處理中國國政，人民除了噤聲，同聲一嘆之外還有甚麼法子可想？

因此，當喬冠華接通殷先生時，喬冠華嘆了一口氣說：

『觀海兄！我是你的老朋友喬冠華。世局不幸啊！把你我兄弟分隔仇恨的兩邊。你我向著公義的標竿走，多少人為那可歌可泣的墓碑走去；人不狂狷枉少年啊！走過五四，你我也不年輕了。詹恩騰兄弟說了：苗栗銅鑼有位少年林蠅伍，是文林初中一年級學生，父死母不存，是無名志士吳星光所株連。若任其生滅，眼見是無辜墮落而可憐；我等既執公義壹端投死滅身，不忍烈士株連者死生漂泊不定，祇有偏勞您的教誨了！』

隔天，喬冠華繞道澳門，打電話給牟賓賜先生，作了同樣的懇求。

殷、牟兩位先生既不為名活、不為利生，渠等之人生真義：若恰逢時機寧可赴義而死。

答應喬冠華之義舉；指導受犧牲志士吳星光株連的林蠅伍，對兩人名利兩空卻甘之如飴。

喬冠華不久轉來一張普通賀年卡給殷、牟兩位先生，內夾一張便箴：署名者是詹恩騰：

『把一磚一瓦給砌起來的默默出力者，一個都不能遺忘！都不能放棄。孔老夫子說過：「顛沛必於是、造次必於是」也就是：國家再怎麼窮、再怎麼百廢待興，都要記住烈士魂；永遠要記住無名犧牲者。』

殷、牟兩位先生是讀書人，篤念故人、厚愛公義；謹記那些把名韁利索遠拋的烈士魂，殷、牟兩先生心中曾經立志：死後化成一坯黃土獨留青塚就是，又何需在乎塵與灰之庸俗？

殷先生實踐了喬冠華的囑託，依著書商給的銅鑼住址，踩在一片田園包圍的青綠中，聽見白頭翁與牛蛙歡迎聲就莫名欣喜；遠遠瞧見草蘆般的三合院，找到了農莊中林蠅伍的外婆家，輕敲外婆家的門，幾隻大白鵝先應了門，「喔哇！喔哇！喔哇！」的喊將起來。

外婆一到門口，殷先生先遞上名片，上頭印著「台灣大學哲學系　系主任」。

多年前，殷先生在中國北京大學教過書，師事馮有蘭先生。

耿直的外婆一看這外表十分謙恭有禮，寬濶額頭下架著一副厚厚的近視眼鏡，手上夾了一本書，書卷味十足的中年男士，再看那張名片，不肅然起敬也難。

殷先生稍作簡單說明：『前一陣子，因為林蠅伍同學檢到一個牛皮紙袋，紙袋主人張廖老闆為了獎勵他的懿德善行，購了一套書籍送給林同學。張廖老闆擔心同學年紀小看不懂，因此特地詢問我，是不是有空來開悟他？我在台灣大學忙得走不開，只答應張廖老闆，每周末教他一次。』

殷先生還垂詢了蠅伍外婆：妳看這樣適合嗎？

蠅伍外婆心想：『有一位台灣頂尖大學的教授，要親自教導蠅伍，那是求之不得的事，焉有不好的道理？』免費獲得天賜良機，蠅伍外婆很快的綻放笑容，笑盈盈的替殷先生接過公事包，恭謹的請他到蠅伍書房坐下，並吩咐傭人阿珠端上凍頂茶。

那隻躺在椅子上的公事包，黑帆布上印著「國立台灣大學　哲學系」幾個白色大字。

由於是一對一，殷先生靈活的教學方式，改成以兩隻布偶演出對應的角色；這種新穎的面對面教學方式引起林蠅伍極大的學習興趣，因為符合生動、活潑好玩的初衷。

殷先生不但授課生動，還容許林蠅伍操弄布偶提出各種問題，與殷先生的布偶對談。

殷先生：『林同學，把椅子拉過來，我們膝蓋對著互相切磋。在台灣大學，只有頂尖的學生才能以膝對膝對談方式跟我學習。林同學！期望你六年後到台灣大學來。』

對談式教學開始了。

殷先生：『人與牛、豬是同一類麼？』『除了同是哺乳類外，無相似性。』林蠅伍回答。

殷先生：『深層思考牛、豬赤身裸體卻不覺羞恥；人類即使一時曝露而不安，這是何故？』

林蠅伍：『這是人類在五十萬年前，北京猿人從茹毛飲血的石器時代，演化到以鑽木取火結繩記事逐漸到赤身裸體之不文明，進而以樹葉、毛皮及作為小小的進化。』

『但是動物界的靈長類的猩猩、人猿，卻無法認知到文明開化。不知何謂羞恥，不覺有樹葉、毛皮遮掩之必要。因此，即使歷經數千萬至上億年，上述靈長類仍處忝不知恥的牲畜狀態。』

殷先生：『同學回答得極好。今後若是升級到大學，回答問題時：論述須說明五分鐘才及格；試卷的申論題至少須二十五行，才顯得出你見識充份、功入肌理；任何閱卷者、主考官不敢給低分。回到本題申論：上述哺乳類如獅、虎、豹、狼等猛獸動輒捕食人類，人們視之為災難而極力獵殺。但人類捕殺之、烹煮之卻視為理所當然，又是何故？』

林蠅伍：『至十萬年前人類演化至鐵器時代，食物獲得較容易，但獸性仍難矯治；但獸性發起狠就沒有平等可言。古今中外，只有以大欺小、弱肉強食，動物界中獅、虎、豹、狼等捕食牛豬，從沒有《平等》或《尊重》這觀念。虎、豹、豺狼野性既未馴伏，無從加以教化；況且，食人巨獸散佈在沙漠野林出沒，也無從馴優它的食人野性。人類自古生存不易，天災蟲災之外，又有豺狼毒蛇之侵擾，至二十世紀還有荒野茂林受到獸爪之害。人類自古祇能積極獵捕。』

『又因蛋白質來源有限，烹食猛獸自古即沒人批評，本質上仍是不公平的。古人發憐憫之心說《聞其聲不忍食其肉》，是一種虛假的仁慈；因為只是用不出聲的乙羊代替甲羊烹殺，基本上並不放過羊肉。』

殷先生：『同學的思考十分有層次，符合台大的頂尖要求，很好！很好！

但是，如果以生死論斷人類與禽獸，孟子批評桀紂苛政是《率獸食人》；獸怎麼被牽來食人呢？是苛政才能食人！』

『自古以來，人類不論因暴政而死、因荒年大饑荒而死、因兵災蹂躪而死，人命十分脆弱。改朝換代致千萬人頭落地者，自古皆然；十八世紀法國大革命，屬一群憤怒暴民推翻皇朝：沒是非、沒原則、不分敵我、胡砍亂殺，是否順天應人大有疑慮。』

『我跟林同學討論：人類如果是無分貴賤、無分聖賢才智平庸愚劣都難逃一死，就不是順乎天應乎人。但是各個宗教如何解脫生死，並不是哲學追尋的原意。

各個宗教都以「未來世」、「天堂」、「輪迴」的教義作為死亡的解脫；這其中，唯有中國古代的莊子，不是教主而能獨創精闢的見解，稱為「齊物論」。』

這一章節的內容可謂博大精深，不是三言兩語可參透了悟；也非三天三夜可化繁為簡。林同學可曾聽聞「莊子」這門學識？』

林蠅伍：『『學生對「莊子」一書涉獵有限，只聽過書名而不知所云。先生開宗明義指出「莊子」博大精深，期望先生以如珠妙語開示這本書的智慧與奧妙。』

殷先生：『「莊子」這本書是戰國時代大哲學家「莊周」寫的書。簡單的說：兩千三百年前，中國正處於亂世，「莊周」這人是比孔子晚而與孟子同時代的大學問家。

人們常常朗朗上口的「棄智絕聖」、「聖人不死、大盜不止」都典出莊子這書。

「瞎子摸象」描述以偏概全的謬誤困境，表示：僅以部分無法領悟全部的奧妙。

因此，「莊子」一書通常列在大學的國文學程，就連高中都無法有系統的介紹。我不打算在你還在初中階段跟你演繹莊子。但是，我可以跟你講「齊物論」的皮毛。

『「齊物論」的主旨是說：人的生命與蟲、魚、鳥獸及草木之生是平等的。

對「死亡」也是平等的！

也就是：在冥府閻王眼皮底下，包括陽世間人類、蟲、魚、鳥獸皆難逃一死。同學請注意：主動接納「死亡」並包容「死亡」，這種態度與凡人「心不甘情不願」被迫接受，久久無法釋懷，是全然不同的心態。』

『自宇宙宏觀點來看：有白晝即有黑夜；有春夏即有秋冬，北半球之夏為南國之冬。

如此，有生即有死。將宇宙之生死乃自然之現象包容，人人即參透生命本質。

若是拒斥齊物論、不接受「萬物在宇宙傘蓋下，生與死平等」，其人註定是悲劇者。

中國文化之所以偉大，全是因為兩千三百多年前的孔孟與莊子、荀子。在西方，找不到同樣豁達者；在古印度的天竺確有仁者釋迦牟尼心懷慈心而闡釋四大皆空，可惜當今印度的佛教早已式微，印度佛教人口不足百萬，真是可嘆啊！』

林蠅伍：『先生講得真好！我理解僅僅一點。經先生這麼一點撥，真令人豁然開悟！』

殷先生：『同學，有一本叫「世說新語」的好書，列出了魏晉兩朝官民的高格調、高格局、視野寬廣、氣質超凡的人生觀；想想看：魏晉亂世，知識者或官吏很容易獲罪，從顏推之編寫「顏氏家訓」可知。而人的內心估量自已是高格調、高格局，視野不會低下、氣質不會庸俗卑陋。同學你要記住這書特性，走的路會不一樣。』

殷先生：『同學！凡人所說的尋常言語無法撫慰人心時，若是有一種非宗教性的道理，能讓煩惱失意的人冷靜時，這種人天大道理稱為［哲學］。簡單說：哲學雖非聰慧者的專門，至少［心有靈犀一點通］的悟性，才能體悟哲學的奧妙而融會貫通。

孔子曾說［吾道，一以貫之。］有三層學問：第一是［吾道］，也就是孔子之道；第二是［一］，第三是［貫之］。但是想要演繹這句話，不是三言兩語講得完。

中國哲學家有馮友蘭、台灣則有胡適兩大哲人值得仰慕欽佩！』

林蠅伍：『感謝先生教導我這麼多入門知識，下次我們要談什麼題目？』

殷先生：『學問是一條漫長而唐捐之路。下次可能談一點詩詞、談一點文學；中國五千年的文學範圍太廣、詩詞太多，挑精楝瘦之人可能不是我，而是哲學系的牟先生。』

七十一・烈士壯烈而死，感懷烈士何須理由

中國北京的烈士廣場，二〇〇三年的十月播放[懷古]這首打動人心的歌曲。

『懷古　懷古，我們的歷史是這樣光榮！』

『一代有一代新的使命、一代有一代新的創造。

『懷古　懷古，我們的烈士是這樣英雄！

我們要續完歷史的工程、莫儘在紀念碑前作夢！』

這令人沉思的歌曲是中國著名作曲家黃自的學生陳田鶴之作品。

一些文史工作者，為找出那些為新中國之建立而犧牲的無名烈士，從浩瀚史料中，陸續挖掘出五零年代國家檔案記錄。

其中，詹恩騰曾有一段鼓動人心的講話：

『往昔以來，千千萬萬心懷公義的烈士心沸騰了，以他們的熱血、他們炸飛的肉屑、他們的頭顱、他們的靈魂，層層疊加成血肉長城，為了建立新中國，踏遍百千個兩萬五千里國土而創建。』

『有些烈士有名有姓，有些烈士是不忘溝壑的無名者。新中國感謝這些烈士，永銘于心。

除非想忘掉，否則一定要找到他們。有遺族的，國家要加以撫卹照顧；沒遺族的，列出名冊旌旗褒揚外，隆重的送歸八寶山當作國家英雄旌忠表彰，永遠不要忘記他們。』

這一段話，刻劃出浙江紹興這位謀國者的遠見與胸襟。

同樣的忠誠為國，黃花崗之役外、另九次革命先行者遺族何在？丘瑾、林覺民遺族何在？

同樣的忠誠為國，舊中國退守台灣一隅後，可曾對死守四行倉庫的謝晉元遺眷、擊落日軍飛機的高志航二人遭逢年老之家眷，送旗到四行倉庫的女童軍楊惠敏加以聞問？

兩相比照，能不捲卷太息？

同樣的為國，孰為賊孰又為漢？漢之格局與胸襟若遠遜於賊，則人心向背何待蓍龜？

由於詹恩騰明確而堅定的指示，代表了新中國的國家意志。

七十二・望之如顏回的哲學系教授

一年半之後，蠅伍的授課先生由原先的殷先生換成了牟賓賜先生。

一如殷先生，牟先生對舊中國國政渙散貪腐橫行，心中鬱累不散，徒留蜉蝣撼樹之嘆。

歷史曾有一種疑問：大宋八十萬禁軍教頭林沖，受盡奸臣寃曲是否該被燒死在草料場？

奸臣奉了皇命，反抗奸臣的皇命是否等同叛國？當奸臣昏君站在一邊，人民無權革命嗎？

殷先生與牟先生口吃皇糧，國君昏庸、奸宄當道是否該視而不見或沉默不語？

人性之深層面：荀子曰惡、孟子曰善；性惡性善總脫離不了道德之選擇。

抗日戰爭結束，孔宋家族選擇貪腐已載諸史策；軍士分崩，百姓離析，人民受苦。

兩位先生所想，五四愛國人士所行殊無二致；若能拯斯民於水火之新局，豈曰不可？

因此，當詹恩騰軫念大局，商請喬冠華向殷、牟兩先生請託，栽培無辜者蠅伍，豈可遲疑？

『何況此童生父早歿、生母後會無期，既無[日本眷屬]庇蔭，此童是否悲愴過一生？』

喬冠華以悲悽聲調從香港打電話到台大：無論如何，可否每周一次親自教以學識？

牟賓賜先生依喬冠華唸出的地址，找到苗栗銅鑼老街，一片田園中的三合院式農莊。

牟先生輕輕的敲了門，裡面院落幾隻大白鵝，以天生的怪聲怪調嗚叫了起來。

外婆走到門口，看看是誰惹起大白鵝不高興。

不待外婆開口，牟先生禮貌性先鞠躬說：『我是殷先生的朋友牟賓賜。殷先生說他江郎才盡，沒什麼可教蠅伍了；他囑付我：看看能教他什麼。』

說著遞了一張印著[台大哲學系]的名片。

外婆一看這人才一表：樸素西裝內穿著一件發黃的白襯衫，沒打領帶，標準的教授樣貌。

外婆因此開了門。外婆看過殷先生的名片，因此對[台大哲學系]格外熟悉而綻開笑容。

牟先生抬頭望了這院落正廳上方，古老的橫匾上印刻了四字：[青蓮垂訓]。

外婆把蠅伍叫了出來，蠅伍看見新先生，絲毫不覺意外，恭敬的向牟先生深深一鞠躬。

牟先生拿手的是詢問式的教學，讓蠅伍受益良多。

牟先生與蠅伍見面後，就坐定下來。

七十三・第二位教授的另一種啟發

牟先生：『同學！今天開始講授中國歷史、詩詞、文學；首先講歷史綱要。』

牟先生：『同學！中國文化歷史悠久，源遠流長。中國從夏朝開始有比較值得相信的記錄；商朝開始用［甲骨文］。而夏朝以前的歷史如女媧補天、黃帝大戰蚩尤與唐堯虞舜，大致屬於傳說而不一定可信。

夏桀因為暴虐，因此，部族推舉一位志士叫［湯］的推翻夏桀建立商朝。

同樣的，商紂無道，被志士［姬發］推翻而建立周朝。同學！這是四千年前的中國歷史概略。我提供的歷史大綱，是簡潔但有深意，同學你要牢記！』

林蠅伍：『感謝先生的教誨！學生一輩子也不會忘記！』

牟先生：『很好！這周朝後來國勢力衰，國土分封成許多大小諸侯，諸侯也就佔地為王。

這些裂土分封、自立為王的諸侯，在稱為［東周］的時期，沒有諸侯把周天子當一回事。

諸侯間互相征伐、天下大亂。史家把這種［天下亂邦混戰］時期，稱為［春秋時期］。

又因為春秋時期有五個霸主，也稱東周時期。當時，雖然彼此爭鬥不休，仍謹守仁、義禮、信的君子原則。例如宋襄公禁止攻擊渡河一半的敵軍，稱為［宋襄之仁］。

到了後期，春秋五個霸主發現：爭鬥目的就是求勝負。手段若不精進而講君子原則，想致勝不啻天方夜譚。因此，周天子把首都遷移而成西周時，中國更形混亂：各國紛紛拋棄君子原則，不再講仁、義、禮、信。戰爭演化成常態，這時期稱為「戰國時代」。

為了求勝負、爭輸贏，以狡詐欺騙為業的縱橫家「說客」如張儀、蘇秦及法家商鞅、李斯都遊走各國之間；兵法家孫子、吳起發揮軍事天才以爭霸天下。

同學！以上這些歷史綱要，你的理解有困難嗎？

林蠅伍：『牟先生簡約的說法，囊括了中國千年的混亂歷史；牟先生的概括法真是了不起。但張儀等主張了什麼？戰國是那些國？什麼因素加速春秋時代進化到戰國呢？』

牟先生：『當時有七個國家：齊、秦、楚、燕、韓、趙、魏。

戰國時代，彼此攻伐的主要目的在於兼併，因此，主張「合縱」策略的蘇秦，說服「齊、楚、燕、韓、趙、魏」六個縱向的國家團結起來對抗秦國。

這裡先弄清楚：秦國為什麼那麼強大，以致於六國須聯合才能對抗它？

這是因為秦國地處中國西部隴西的黃土高原，地處偏僻，生活十分辛苦，謀生艱難，鍛鍊成人民絕處逢生的特質。而秦王秦孝公重用商鞅變法圖強，終於使秦國強大。

另一位策略家張儀，口舌之能凌駕於蘇秦之上。張儀主張「連橫」策略，硬生生將合縱的六國拆散而臣服秦國腳下，蘇秦因而遭車裂而死。

如果從另一層次探索問題當會發現：春秋時代沒有鐵製工具促進農業生產，沒有鐵製工具就不能建設水利工程灌溉廣大的農地；兩種基本要素的缺乏，導致無力開墾荒地，這也意味著：戰爭規模受到大大的限制。

春秋末期，工匠發明了鍛造及鑄造技術，可製造刀、槍及戰車。加上水利建設完善，農民願意開墾荒地，農作物得以一年兩熟。加上大國為了獎勵人民耕種，實施「一夫授百畝」制，小農經濟從此成為立國基礎。

林同學！曾有人說「羅馬不是一天造成的」；也有人說「羅馬不是一天滅亡的」。

研究羅馬興亡的史學著作竟然比磚塊還厚。

這也就是說：大國的興亡，朝代之更迭，過程繁瑣不簡單；其內部各種勢力爭權、衍生各種腐化、依附的種種利害關係更十分複雜。同樣邏輯，對於兩千年前的戰國時代，戰國六雄為何覆亡，要作出評價、給出結論，絕非三言兩語可下論斷。

因此，西漢年輕策士賈誼在「過秦論」一文中，論斷秦帝國的過失，不足兩百字。

更不可思議的是：評判秦之滅亡，結論僅有「仁義不施，攻守異勢」八字而已！」』

林蠅伍：『歷史原來這麼浩翰豐富而有趣。經過先生的導引，變得有深度起來！』

牟先生：『因為後世的人們對孔子有太多誤解，下一門課，我們來講解有關大哲學家、大教育家孔子的言語，免得你聽到的是一知半解的謬誤。同學有疑問嗎？』

說著輕啖凍頂茶，一眼瞥見幾隻大白鵝悠閒地逛草坪，不遠處有蒸汽老火車緩緩開過。

牟先生：『同學！一切的學問，如果未加學習、多加求證，就不會深入你腦中。以下，我講一句俚語愚不可及』。凡夫的解釋通常是「笨到不像話」、「笨死了」。

孔子的這句話原文是「寧武子，邦有道則知，邦無道則愚。其知可及也，其愚不可及也。」

孔子是讚美寧武子的智慧。「知」是聰明、才智、機靈；每個人都相差無幾。當天下太平，國家無事，治國以禮法道德，治國所須的智慧，才智之士皆可模仿。

例如在大唐盛世：沒有了魏徵，還有個房玄齡；沒有了狄仁傑還有個姚崇、宋璟。但天下大亂時，如東漢末年的董卓、曹操、如東晉的八王之亂、如南朝宋、齊、梁、陳的王爺性情陰騺不定；人臣伴君如伴虎般，生命隨風而逝。因為國家面臨岌岌可危形勢，君王性命亦岌岌不保時必然暴怒，此時大臣如果不知應對之道而胡亂勸諫，就「愚不可及」。

寧武子了解人性，尤其了解掌權者面臨變故時的心理，就像個愚人一般：不勸諫、裝聾作啞。在外人眼中，寧武子十分愚蠢；但在孔子眼中，面臨大變局使出「愚蠢」術，其段數之高，不是尋常人學得來的。因此孔子說他「愚不可及」其實是讚美！

林蠅伍：『原來，平常挖苦人的一句話，竟藏有這麼深的哲學內涵，不經先生的演繹，還真的體會不出這句話的奧妙；可見中國文化，博大精深、咨度廣大尚不足以形容文化深邃。』

牟先生：『孔子又說「唯女子與小人難養也：近之則不遜，遠之則怨。」自近世以來受到的評論還真不少。清末皇帝師傅翁同龢說：「一般凡人相處，總是親近了就不客氣，疏遠了就抱怨；除非是修養很高的人，否則整天與女人相處而不怨。而「遜」是很困難的』

同學！你還年幼，還不懂人情事理的奧密。但若能事先預知人類情緒也是好的。』

林蠅伍：『學生雖然不懂成年人之間情與義的複雜交錯，但由先生口中理出一條清晰思路，梳理出平凡的真理，對我今後求學或創業必有助益。先生的導引真是難得。』

牟先生：『孔子還說了「年四十而見惡焉，其終也已！」。這句話表面文義是說：「人到了四十還被人嫌棄，那就沒唱了！」同學！你知道孔子為什麼說這奇怪的話嗎？』

林蠅伍：『是不是在兩千五百年前，醫葯落後，人壽平均僅五十歲上下，尋常人到四十歲還庸庸碌碌，就無奮鬥意志呢？』

牟先生：『清末皇帝師傅翁同龢的看法：「孔子確實認為，年少之齡的青年可能處事欠思慮，常常栽跟斗；可是，到了四十歲的不惑之年，如果仍未成為一個成熟之人，不被人稱讚反而被人看扁，進而懶得搭理這種人，心中就湧昇出一種評論說「這人不行了吧」；就連林肯總統也說句名言：「人到四十，就該對自已的容貌負責！」』

林蠅伍：『先生，孔子的學說也觸及命相學了嗎？』

牟先生：『孔子留傳後世的學說，一般稱為「論語」。這學說十分久遠而偉大。因此有「半部論語治天下」的好評。我們僅構得上論語的皮毛，真的沒時間討論命相學。

「論語」還有一篇叫「子罕篇」，孔子說了以下的話：「可以一起學習的人，不一定可以一起走上人生正途；一起走上人生正途的人，不一定可以立身處世。

同樣推論：可以一起立身處世的人，不一定可以一起權衡是非。」

這四個學習階段，指向做人處事之道。

自古以來，有很多學者研究孔子。有學者說：《人生最難處，是如何找到朋友一起商量，尤其在艱困迷惑時；這個朋友因為旁觀者清、意見中立而切中問題。』

林蠅伍：『經先生這麼解釋，孔子似乎活了起來。但學生仍存疑慮：一個人在世上掙扎，單靠自已很難毫無挫折而一路順風；子罕篇是否暗示：孔子極少遇見開誠佈公的人呢？』

牟先生：『孔子確實說過「君子開誠佈公而不偏愛同黨；小人偏愛同黨而不開誠佈公。」孔子原意是說「君子走上正道，只要碰到志同道合的人，不論是不是親朋故舊，都可以友善相處。因為，君子沒有預設立場，更沒有預設偏見，但不表示他沒有原則。」同學！我這樣解說，你沒有疑惑嗎？』

林蠅伍：『聽起來，大人世界的待人處世，對我而言有一點抽象，很遙遠沒有臨場感。』

七十四・中華古典文章之奧義

牟先生：『因為很少人會細心演繹孔子的論語；雖然多講一些但十分值得。我們就暫停吧！』

我們現在開始談談文學及詩詞。這是中國獨有的珍貴資產，值得當寶藏的。

唐朝有個詩人叫〔李白〕，他曾經狂傲的說〔文章本天成，妙手偶得之。〕

關鍵出在這個〔妙〕字。一個文人，如果自己的功夫下得不夠深，即使〔文章的字句〕如結實的葡萄般唾手可得，功夫低下如同手短一截抓不到〔妙〕字！

這裡，我舉幾篇文章，同學！你要注意聽：因為文章寫得好不好，文句通不通暢，常常影響一個人的命運。

比方說，如果中文沒學好，文句不通順，英文也會受到阻礙。即使把英文翻成漢字，中文造詣深者，佔了很大優勢。

清末有個留學英倫的學問家叫嚴復，中文造詣深而如魚得水。他寫了一篇〔天演論，察變〕而名留青史。

〔天演論，察變〕是以文言文介紹西方進化論，因為讀者是光緒及王公大臣。

林蠅伍：『文學及詩詞既是中國的珍貴資產，我想知道有哪些古文既生動又感人肺腑？』

牟先生：『**第一篇**是秦朝丞相李斯的〔諫逐客書〕，文章辭藻豐盛艷麗，文句對仗又像賦，讀來鏗鏘有力。本文大意是說《秦皇若是萬事萬物皆用秦地物產，〔非秦者去、為客者逐〕，則秦的女性與音樂，沒一樣是第一的。』

『篇以秦的利害為主，以秦之富強為念，沒有隻字片語為李斯自己乞憐的意思。

本文意旨對秦皇動之以厲害；加以事理條陳分明、舉證確切而且文章氣脈一氣呵成；加上排比、對偶的修辭手法，凸顯「諫逐客書」文采斐然，說服力十足。

歷朝歷代的文士都把「諫逐客書」稱為千古第一雄文。』

秦始皇嬴政讀了這篇文情並茂的文章，深深被李斯的文筆所感動而停止逐客。

由此可見，若非李斯文筆功力深厚、寫出這感人肺腑、千古傳誦的文章，李斯就如普通仕途被廢的庸碌之官，被驅逐出宮而默默無聞度過平庸一生吧！

『**第二篇**是史記作者司馬遷的「報任少卿書」，點出了漢武帝其實為一介暴君，戳穿漢朝「文景之治」的虛偽。這篇文章約四千字，就感情面、理智面、現實面談：大意是談「亂世中人固然身不由己，盛世中人亦頗多隱曲，藉明主光環掩飾醜陋。」

漢武帝晚年變得多疑嗜殺，尤其屠滅大將李陵全族，輔佐的宰相也不以為光榮。

「報任少卿書」全篇用詞優美、用典雅致，文學豐采堪為典範可譽為天下雄文。

全篇談理、談法、談情絲絲入扣極為感人。』

『**第三篇**：「報燕惠王書」是戰國時期，燕國大將「樂毅」所寫，此篇文章歷史典故十分豐厚殊堪玩味。』

「報燕惠王書」有幾句成語傳言千古：

「臣聞古之君子，交絕不出惡聲」、「忠臣之去也不潔其名」，都是擲地有聲的文句。

如同李斯，戰國時的將軍何止上百，能在青史留名者，除了孫子兵法的孫武外，就只有書寫「報燕惠王書」的「樂毅」。

時間如果拉到西方，西方名將中，遠古有凱撒大帝的「高盧戰記」，近代有麥克·阿瑟的「老兵不死」，「為子祈禱文」因為有文章傳世，其人才能留名千年。

『**第四篇**：曹操"述志令"、曹丕的"典論論文"都可傳世百代，為上上之作。』

『例如曹操〝述志令〞名句【設使天下無有孤，當不知幾人稱帝幾人稱王？』

『例如〝典論論文〞一句：《蓋文章，經國之大業，不朽之盛世，年壽有時而盡，榮樂止乎其身，二者必至之常期，未若文章之無窮。》』

『**第五篇**：南朝劉令嫺之「祭夫徐敬業文」賦駢並用，悲悽如真；文采不輸蔡文姬。』

『**第六篇**：晉王羲之「蘭亭集序」文中，以靜默點撥，堪破生死而無懼，十分罕有。』

『**第七篇**：唐王勃「滕王閣記」大唐才子王勃的序文，「滕王閣記」文中僅僅一句：「落霞與孤鶩齊飛，秋水共長天一色」使得都督閻氏大感才不如人，閻氏認為：寫得出具有創意、舉世無雙的名句，肯定非泛泛之輩而評曰「此真天才，當垂不朽」。』

『**第八篇**：唐駱賓王《為徐敬業討武曌檄》，是既有悲憤又有感慨的駢文。其中一句：「言猶在耳，忠豈忘心」；「請看今日之域中，竟是誰家天下」，成為千古名句！

據史記載：武則天看了本文，並不生氣，反而輕鬆說「文壇巨擘未入我朝，宰相之過也！」當時之宰相是名臣狄仁傑。』

『**第九篇**：唐詩人李白「春夜宴桃李園序」，李白不愧是心中有鬱壘的文壇大家，不脫一貫的蕭灑，全篇僅117個字，意境深遠而開濶，令人體會（樂府）的詩賦之美。

察考前四句「天地者，萬物之逆旅；光陰者，百代之過客」顯出大開大闔氣勢。

後兩句「如詩不成，罰依金谷酒數」：雅士或騷人墨客與美酒有極深的歷史淵源。』

『**第十篇**：唐詩人杜牧「阿房宮賦」批判秦朝的雄文自古多有：

杜牧選擇「阿房宮賦」作為批判秦朝的焦點。透過這篇文章達到譴責暴秦目的。

開頭劈出一句『六國畢、四海一、蜀山兀、阿房出』筆力萬鈞的大手印。

文章想說的是：六國之亡，亡於「不愛其民」；秦之覆敗，敗於「不愛六國之人」。歷史竟留下深刻印痕。在所有的賦中，經常以疑問句出現者可說絕無謹有。』

『**第十一篇**：明末時滿人多爾袞商請刀筆吏寫就一篇「致史可法書」！這是一篇中國歷史上極為罕見，以「夷狄異族」招降漢族政權的雄文！史可法雖拒降而回了一封「覆多爾袞書」，但刀功筆力深淺高下立判！多爾袞招降文章引經據典、似駢似賦，氣勢磅薄、鏗鏘有聲，耀古爍金極為難得！』

可惜，中國傳統向來有「漢賊不兩立」的觀念；尤其以「賊」招降漢，即使筆力萬鈞構成千古雄文，中國人還是無法接受。

『清朝文人編纂了一本「古文觀止」，認定蜀漢為正統。除了諸葛亮「前出師表」外，拒絕收錄曹操一門三傑文章，並波及曹操謀士荀彧好文及陳琳「檄孫權書」。』

因此，「古文觀止」也不刊錄「致史可法書」，以致該文的刀筆吏亦湮滅不聞。』

同樣，庚信、江淹、鮑照，向秀、山濤等文采，古文觀止似乎全予拒斥。

如果以為唸完古文觀止就唸完天下雄文，那真是極大謬誤！如有機會，應詳讀一本叫「昭明文選」的好書才不致偏讀。』

『**第十二篇**：諸葛亮「前出師表」及南朝李密「陳情表」。後世竟有文人貼標籤說：讀「前出師表」不哭者為不忠；讀「陳情表」不哭者為不孝』真是文章之奇觀吧！』

『**第十三篇**：東漢蔡邕的《郭有道碑》，有如詩賦。他自己認為碑文對郭泰毫無愧色。其他大文學家對於名人之誌都以「某某墓誌銘」稱之，只有蔡邕以『有道之人』創立先河。此後的墓誌銘、碑、銘、表、誌無人超過蔡邕。』

『**第十四篇**：唐柳宗元「駁復讎議」以一句「臣伏見天后」作開頭，是唐朝唯一上書武則天的文學家。』

『**第十五篇**：宋范仲淹[岳陽樓記]文有[先天下之憂而憂]名句而傳誦千古。

『**第十六篇**：宋蘇軾[前赤壁賦]從赤壁古戰場談到古英雄豪傑[如今安在哉?]進而談到明月盈虛、長江東逝]而引出道家的生死觀，是一篇上乘之作。』

『**第十七篇**：宋蘇轍[黃州快哉亭記]作者藉古人之口駁斥【君王與庶民絕無法同樂。』同學！因為你年紀小，只能暫時介紹這些，無法引進太多好文章。你只要記住：中華文化，無論是唐詩、宋詞、元曲、古詩與駢文，都是一座寶礦。

同學！今天只提文章名稱，沒有討論文章內容，就是怕會嚇到你；你一得空，別偷懶、要不懈怠的唸，日積月累自然有功效！』

林蠅伍：『感謝先生教誨。我稍稍了解甚麼是學問了！如果不加砥礪就只是常識而已！』

牟先生：『很好！基本認知到自己不足，才會激發秣馬礪兵的向上力！今天讀到這裡吧！』

一個月後，牟先生再度來到大白鵝聒噪的綠園農莊，外婆依舊熱情款待。

『聞其聲不忍食其肉，齊王只是沒殺哀鳴的羊；那不哀鳴的羊仍舊作了盤中飧。』外婆想到這，就到市場買醃製好的鯖魚宴請牟先生，而不是殺一隻大白鵝。

七十五・唐宋詩詞千載感人亦千載

牟先生：『同學！我今天預備跟你一起欣賞[詩詞]，以及詩中禪味及哲味。你可以接受嗎？

林蠅伍：『這兩樣課目，我都沒有接觸過。既然先生的知識浩瀚如海，先生又不遠千里而來幫我導讀，必定引領我在道德品行上前行；就如孔子說：行有餘力則以學文，請開始吧！』

牟先生：『很好！先從詩詞開始說。

中國先有詩經，後才有賦。古代有個叫季札的王子，在參觀[詩經演唱會]發現：詩經竟然可以用絲竹伴奏，又有舞蹈助興，心裡禁不住喜歡，就讚美了一句[美矣！觀止乎]。由於史書上有『季札掛劍』的感人故事，代表人民很在乎季札一言一行，是個動見觀瞻的人物。因此，他說[美矣！觀止乎]就永留史冊。

唐、宋之前，南朝時的文人叫[鍾嶸]的，把當時的詩人作品加以評定，一一給予等第及評價，稱為[詩品]，後人定這書為[鍾嶸詩品序]，大致把『曹植、劉楨』評為詩界的聖人；陸機和謝靈運是亞聖之才。

詩品序是以六句[氣之動物，物之感人，接蕩性情，形諸舞詠，動天地感鬼神，莫近於詩]作為開頭。可見，詩能令人感動，並不是從唐朝才開始；祗是，詩在唐朝被發揚光大。

詩人之間，為[僧『推』月下門]還是[僧『敲』月下門]是『推或敲』爭執不休。因此留給後世[推敲]一詞。又有詩作[深山何處鐘]、[踏花歸去馬蹄香]呈現詩中有畫之美。

魏、晉南北朝時不少詩人留下百首好詩，可是詩作的文字艱深難懂，既無法朗朗上口，庶民也難懂詩意。

同學！以下，簡單介紹唐朝詩人的詩作。

第一個是王維，十七歲時初試啼聲「獨在異鄉為異客，每逢佳節倍思親」而感人至深。他在詩作「九月九日憶山東兄弟」之底，註記「年十七之作」。

王維的詩，描寫山川大地，細如泉水流過青石，壯如「風勁角弓鳴」都歷歷在目。

後人讚譽他「詩中有畫，畫中有詩」，也就是說：閱讀他的詩作，宛如看到一幅層層疊疊的山水畫。同樣的，閱覽名山大川或漠北大草原，腦中必呈現王維詩句。

王維到了晚年喜歡佛道，詩的風格作了一些轉折，人們又稱他為「詩佛」。

王維寫了一首「不知香積寺…深山何處鐘」的名詩「過香積寺」，禪意濃濃。

另一首「君自故鄉來，…寒梅著花未」寥寥數語就以一隅小景畫出鄉愁。

若非功力已臻化境，斷然寫不出這種境界。

曾經被改編成歌謠的詩「渭城朝雨浥輕塵，客舍青青柳色新，勸君更盡一杯酒，西出陽關無故人。」後人時時探就此詩動情動人的緣由：簡單的筆觸僅三筆。

詩中繪出的空間：有渭城；時間，有朝雨；情境：輕塵飄起、西出陽關。

從古到今，人與人之間的惜別雖大同小異，以四句短歌刻劃出離愁的一切；不說惜別卻充滿惜別；不言離愁卻瀰漫離愁。杯酒代哭泣；古代詩家幾人有王維巨斧？

一曲「渭城朝雨浥輕塵…西出陽關無故人」勾動千百年來騷人墨客的思緒；千百年來不知有多少男男女女心掛此詩而哭泣？

林同學！詩詞是很主觀的藝術。閱讀同一首詩，有人慟然痛哭亦有人無動於衷。

中國詩詞的特點是押韻，人人皆可朗朗上口。例如：

「**鳳凰臺上鳳凰遊**，**鳳**去樓空江自流…吳宮花草埋幽徑，晉代衣冠成古丘」又如：

「昔人已乘**黃鶴**去，此地空餘**黃鶴樓**，**黃鶴**一去不復返，白雲千載空悠悠」

比起外國詩詞，可唱誦可遊嬉的中國詩詞，多出不可言喻的魅力及氣質。

同學！接著，我來引介**第二位**令人印象深刻的唐代詩人李商隱。

這位詩人的生平十分奇詭而曖昧。

在官場浮浮沉沉時，因下筆頗有文采，長官欣賞此人文才而把女兒許配給他。

但他那曖昧奇詭的內心，喜歡的卻是藉藉無名的宮女及女道士。

是否追求神秘的、躲躲閃閃、千金難購的愛情才如鑽石般可貴呢？

對於無法公開的愛情，在一千三百年前的李商隱，寫出一首又一首令人諱莫難懂的詩；由於晦澀，有如西方畢卡索把畫布染成墨與綠，李商隱既不能公開『不容於世』的戀情，又想寫點什麼以資紀念，因此他寫了一首纏綿之詩：

「**相見時難別亦難　東風無力百花殘　春蠶到死絲方盡　蠟炬成灰淚始乾…**」

與女道士外遇的李商隱，以獨特的聖手，才能把愛戀譜成告白；全篇用隱晦暗示的高明手法，宛如畫荷的潑墨及似有若無的沒骨法，藏匿了深情而不露一絲。

「**鳳尾香羅薄幾重…何處西南待好風**」，「**神女生涯原是夢，直到相思了無益**」似乎暗示自已曾經來過此地，為不知名的她作出長長嘆息。

另一首「**昨夜星辰昨夜風，心有靈犀一點通…**」如果不是親自與女士深夜偷情至星辰初亮，微風吹拂才不忍的結束，此情此景不是親歷其境絕難體會。

李商隱最有名的當屬「錦瑟」這首令人難忘的詩：

「錦瑟無端五十弦，一弦一柱思華年，此情可待成追憶，只是當時已惘然」

「成追憶」與「已惘然」交織成全天下哀怨男女的悲聲。

如要選出撲溯的思念，詩涵極富藝術雕琢的構思，有文學上的隱私當屬一首奇作「夜雨寄北」：

「君問歸期未有期，巴山夜雨漲秋池，何當共剪西窗燭，卻說巴山夜雨時」

明明是某位京城之北不知名女士的期盼，好事之徒把詩名改成「夜雨寄內」，硬說成「寄給內人」，從藝術層次來說：閃閃躲躲隱晦諱莫而難以公開、難以啟齒而有隱喻之美；這種創作之美，唯李商隱聖手斧劈斜鑿得一席之地。否則，畢卡索將畫布背景染成墨與綠，把人物扭曲的畫，何有藝術可言？

「君問歸期未有期」中，前句的「期」與後句的「期」打破詩作不重複的常規。

同學！你年紀太年輕，或許還不能體會唐詩的美；你先記住，日後也許能體會。

牟先生：【我們談的**第三位**詩人當然是李白。詩風大開大闔山澗海容，無人能及。】

【唐朝文人雅士常共聚一堂，大家作賦寫詩，李白為文人雅士寫了一篇序文，標為：「春夜宴桃李園序」。

這篇序，開宗像劈天裂地；序文又像樂府般行雲流水。

至於眾雅士在「春夜宴桃李園序」寫了什麼作品，倒是一篇也沒留下。

或許當時文人雅士資質平庸、詩品有失格調，總之，僅這篇序留下。

李白的詩，具有「人間道場」的意境，例如「長干行」。

李白模仿十五歲少女初為人婦的心情，盼望夫君的點點滴滴，模仿得維妙維俏。

本詩「郎騎竹馬來　伴床繞青梅」為「青梅竹馬」的起源。

最末句「相迎不道遠，直至長風沙。」真性流露，至為感人。

第二篇．「靜夜思」是傳唱千年不衰的思鄉曲。若不打動人心、若不膾炙人口就不會在遊子心中造成迴響。「舉頭望明月，低頭思故鄉」喚起遊子的相思。

「靜夜思」與王維「九月九日憶山東兄弟」同為曠世傑作。

第三篇．這是一首「詩名」很長，開頭兩句也很長的詩，唐宋兩朝只有李白。

詩名「宣州謝眺樓餞別校書叔雲」，意思是：「在宣城的北樓為校書郎李雲送別」。

開頭兩句便以「棄我去者昨日之日不可留，亂我心者今日之日多煩憂」每句十一字。這種劈開天地的架勢，有如書法家懷素的「喪亂帖」大開大闔、震爍古今。

林同學！唐詩包函了一些歷史典故，對學習者的挑戰性很強；中國文化處處有美感，不是幾天幾夜抵膝長談說得完的。

這首詩中，「棄我去者昨日之日」是說：李白關心唐朝政局，對開元盛世懷抱理想。但，這已是「逝去的昨日」；李白還沒等到理想付諸實現，時空又已進入「安史之亂」唐玄宗逃亡而卸下帝位，楊貴妃慘死，治國建議的理想淨土已「棄我而去》；李白對此痛心疾首。

「今日之日」是指北方安祿山陰謀叛亂，宰相發動戰爭竟全軍覆沒，兩件大事亂我心。李白以重複的「昨日」、「今日」、「棄我」、「亂我」、「不可留」、「多煩憂」；破空而來的開端令人為之眼睛一亮，詩風開闔無人能及、詩筆如巨釜令人驚訝：

李白又作「古風」壹說「正聲何微茫，哀怨起騷人…，廢興雖萬變，憲章亦已淪」。

「古風」貳說「秦王掃六合，大略駕群才，…但見三泉下，金棺葬寒灰。」

「古風」三說「一百四十年，國容何赫然…獨有揚執戟，閉關草太玄。」

另有名句一：「蜀道之難難於上青天。名句有二：君不見高陽酒突起草中。…

君不見黃河之水天上來，君不見高堂明鏡悲白髮；」

名句三：「明月出天山，蒼茫雲海間，長風幾萬里，吹度玉門關。」

四：「雲想衣裳花想容，一枝紅豔露凝香…名花傾國兩相歡，解釋村春風無限恨」。

名句五：「長安一片月，萬戶搗衣聲，秋風吹不盡，總是玉關情。」在在令人難忘。

林同學！唐朝還有一位著名大詩人，尊稱「詩聖」的杜甫。評唐詩不能沒有杜甫。

同樣是著名大詩人，杜甫的命運比李白遜得多。

正因為他命運多桀，正因為他近距離觸摸到底層人民的苦楚，因此，詩作反映了底層生活的苦澀。白居易的新樂府創作，以及李商隱追求典故，注重藝術的極緻，都受到杜甫詩風的影響。

奇妙的是，經過唐滅以後，五代十國的大破天下，宋朝詩界所推崇的不是李白，反而是杜甫。人們驚訝的是：宋人須要的不是辭藻華麗的歌德式風格，反而是樸實無華，句句血淚的控訴。同學！我們來簡單溜覽杜甫吧！

名詩「春望」：「國破山河在，城春草木深，感時花濺淚，恨別鳥驚心…」

林同學！任何朝代的文學家或詩人，在太平盛世時，通常創作不出這種苦澀之美；當然，凡夫也體會不出「花為何濺淚？鳥為何驚心？」

林同學！有文學批評宋詞筆匠是「為賦新詞強說愁」；杜甫的詩作顯然是宿命的反噬，在「安史之亂」中顛沛流離後餓扁又撐死，是唐代詩人極少的悲慘際遇。

值得導讀的杜甫**第一首**詩：「贈衛八處士」描述「人生不相見，動如參與商，…十觴亦不醉，感子故意長，明日隔山岳，世事兩茫茫。」

這首詩的時序上，是「安史之亂」的後期，杜甫見到老朋友：一位叫「衛八」的隱士，杜甫受到衛八的熱情款待，深深感受到黃土地橫遭戰爭洗禮，成千上萬庶民死了，竟不如一個貴妃，杜甫以詩道盡人間的哀愁。

林同學！請記住！身受戰爭摧殘的感傷心得，不論是寫詩者或讀詩者，人生閱歷沒有達達一定年歲，未曾歷過霜雪的淬煉，極難感同身受。

杜甫的第三首詩「旅夜書懷」：「飄飄何所似？天地一沙鷗。」

太平盛世的人，或許認為本詩富有詩意；事實卻是：「杜甫走投無路時，一次又一次像孤舟般漫無目的而漂泊，以尋找棲身之所。」

想找個棲身之所竟次次碰壁時，長期等待無奈之餘，身旁的『微風』竟然是知己；如莊子所說：大地為棺，日月為槨；人世間，淪落至此是多可悲的事！

在唐朝末年政治腐敗，江河日下之時，一種不能揭露官場黑幕的痛苦無以承受；那詩的弦外之音似在說：「天地之大，連一隻沙鷗都自由自在的悠雅飛翔；但同樣這個天地，竟無杜甫容身之地。」在飄零于孤獨中，渡此殘生。這詩內函，並不浪漫。

附帶一提：同時代詩人中，李白比杜甫早逝，杜甫因而寫了一首詩「夢李白」。

不同世代中，杜甫敬佩的是南朝「庾信」而有「庾信文章老更成」的開頭。

林同學！我最後講一位喜歡開讀者玩笑的詩人叫「白居易」。

詩風平易近人，連老太婆都懂。可稱為騷人墨客者，沒幾人可獨步這個層次。

白居易一生作了兩千多首平易近人的詩作，例如「慈烏夜啼。」

唸之再唸猶有餘韻，就是「慈烏夜啼」特色。

例如「應是慈母在　使爾悲不任」；末句帶有訓斥意味「嗟哉斯徒輩，其心不如禽。」是斥責春秋時代將軍吳起，同是一代名將，道德瑕疵被後人貶低，世人應以為戒。

白居易跟大家玩笑的長篇詩作叫「長恨歌」，一千多年傳唱不下十句美麗辭藻於世。

例如：「天生麗質難自棄」、「迴眸一笑百媚生」、「後宮佳麗三千人」、「仙樂風飄處處聞」、「芙蓉如面柳如眉」、「夜雨聞鈴腸斷聲」「上窮碧落下黃泉」、「山在虛無縹緲間」、「風吹仙袂飄飄舉」、「在天願作比翼鳥」、「此恨綿綿無絕期」不須解釋，人人都知其義。

但是白居易跟大家開了一個大玩笑。這玩笑，卻因「長恨歌」寫得太美、太生動、太纏綿，千百年來不知感動了多少男男女女，尤其「在天願作比翼鳥，在地願為連理枝」以及「天長地久有時盡，此恨綿綿無絕期」，普天之下的男女視為定情贈言。

就因千年觀念牢不可破，自古以來沒幾人敢挑明這詩的來龍去脈。這從何說起呢？

首先，第一句「漢皇重色思傾國，御宇多年求不得」的邏輯欠通。

大凡中國皇帝，自古即「妻妾成群」，「長恨歌」就洩露天機「後宮佳麗三千人」；後宮既然嬪妃三千，又怎可能「御宇多年求不得」？

其次楊貴妃「養在深閨人未識」的實情卻是：楊玉環早就嫁給唐玄宗之子壽王為妻。史稱「壽王妃」；而王妃岳父正是唐玄宗。

唐玄宗年逾六十，以血氣日衰之齡強搶「壽王妃」，只因此姝國色天香傾國傾城。下令強行將壽王閨房內的「壽王妃」奪為己有，那裡是「養在深閨人未識」？

歷史學家對戰國時代「父拿子妻」的楚平王大加撻划；為何對唐玄宗就輕輕放過？是一千兩三百年來的「長恨歌」美化這虛假的場景嗎？

號稱「在天願作比翼鳥，在地願為連理枝」的唐玄宗卻縊死楊貴妃，真是諷刺！

唐玄宗與楊貴妃兩人年紀相差四十四，難道不是肉體交換權力的骯髒交易？

唐玄宗也許沒對楊貴妃說過半句山盟海誓、海枯石爛之語，是白居易騙了我們！

白居易另一首長詩［琵琶行］就顯得人性化。以作者身臨其境描繪平民的故事。一個詩人，他的左臉是歌頌當權者；他的右臉是挖掘民瘼、與你我同聲一哭。不同的左臉與右臉竟然是同一個詩人。

他在挖掘民瘼、與民同聲一哭的面相多，歌頌當權者面相少，人民仍不吝讚許他。［琵琶行］也留下不少名句：例如［千呼萬喚始出來］、［猶抱琵琶半遮面］、［未成曲調先有情］、［大珠小珠落玉盤］、［春江花朝秋月夜］、［老大嫁作商人婦］、［此時無聲勝有聲］、［相逢何必重相識］、［江州司馬青衫濕］。

牟先生：『林同學！中國文化中的文學浩瀚如海。我本人皓首窮經雖逾三十年，也僅得滄海一粟。同學正值年少青春，年少之齡自當不應輕狂；正如古詩［金縷衣］所說：

［勸君莫取金縷衣，勸君惜取少年時，花開堪折直須折，莫待無花空折枝］。學問是不斷雕鑿知識的累積果實；凡夫沒有人生下來就學富五車。同學若加倍努力，回報將是十倍不止。

這次的講授暫時到［詩作］告一段落，宋詞也引人入勝；但請同學你慢慢消化後再溫故知新，對做學問有幫助。等到你升上高中時，頭腦清晰穩重，我們再來研討宋詞好嗎？』

林蠅伍：『感激先生不遠千里來到偏鄉銅鑼，以訓蒙基礎教導我。看來時勢局勢都風雲莫測，這輩子如有機緣，將結草銜環湧泉以報！』

牟先生喝光了熱茶，看了發呆的大白鵝一眼，向著大白鵝笑了笑、輕輕揮手，又向蠅伍及外婆莞爾而去。

牟先生什麼都沒帶走。

七十六・立志鴻鵠高飛的少年

大凡鬥爭到極致就變成一門藝術。詹恩騰玩這藝術，喜歡「物換星移」、「偷天換日」手法。

『有什麼比「在對手眼皮下靜悄悄啥事都沒發生」，事實卻翻天覆地，更令我有成就感？』

詹恩騰沒留鬍子，沒法逗弄鬍子；但他確實托腮沉思「政治的藝術」這回事。

他桌上書架沒擺上「政治的藝術」這本書，因為登峰造極的他不須書籍教導即臻化境。

爭朝夕不急，就是這門藝術迷人處；顯然與「萬年太久，只爭朝夕」的總書記看法迥異。

中國有句俗語說：「塞翁失馬焉知非福」。蠅伍失去母親，為他平空創造另一種成長境界。

但是，也不能抹掉北京詹恩騰的謀國遠見及對無名英雄的仁心。

設使詹恩騰自始即讓林蠅伍自生自滅，他蠅伍只不過是隨波逐流，賺賺蠅頭小利的凡人。

逃往日本的蠅伍母親鄢語荷太了解：在政權更迭、時局動盪之下，島嶼蔣介石寧可錯殺一萬，也不放過一個，則從日本寄往島嶼的信件，怎可能不逐信檢視？

因此鄢語荷決定：讓蠅伍單飛。從東京花旗銀行匯給蠅伍，只寄比夠用還多一點的學費。

蠅伍的智慧使他識見高人一等。深知在逆境中力爭上游的道理：只有百折不退、永遠樂觀。

蠅伍體會到：遇橫逆之來，迎接打擊時，舔著傷口的重要性。

古書說「松柏後凋於歲寒，臨風霜而彌堅。」想來不是沒有道理。

蠅伍沒等痛苦延多久，忽然天降兩位大哲，不遠千里來外婆家，促膝長論中國哲學與詩詞。這些粹煉，使他在青少年時，心智上比同期同學成長許多；格局與視野也因而宏瞻而遠大。

失去父親的陪伴，缺了母親的耳提面命，竟型塑成一種難得的磨鍊，再加上兩位大導師的懇切引導下，每年逢寒暑假，兩位大導師都會寄邀請卡給蠅伍，請他到台大總圖書館、文學院館及醉月湖繞行靜觀。蠅伍初次走到椰林大道上，有一種說不出的興奮：想擁有出類拔萃的質料，人稱台北帝大的大學似乎是不二之選。

初中作文每每提起花團錦簇，都拿台大校園的杜鵑花為上上之喻。但他之前從未見過。

如今，真實的花團錦簇卻是一串串白裡透紅的杜鵑花；那白色花朵印上絲絲血痕，深刻映在他的視網膜上。古典文學中說是美女明眸流下的淚水似有血絲。

這品種的杜鵑花，好事之徒給取了「美人抓破臉」名號。

引進黃橙橙千萬條髮絲般流蘇，人稱「阿勃勒」的台大校園，，吸引了少年之心聚足讚嘆。

沉浸在書海但不死讀書的台大學生；各個鞭策奮發在總圖書館但又活潑、善辯又不失理智，分析有條理而合邏輯，一切毋須父母師長之叮嚀，這是台大學子的氣質吧！

經過三年文林初中的薰陶，蠅伍即將在初中畢業了。

蠅伍回想在文中三年，凹刻在生命中最令他難忘的是謝道仁老師教唱的音樂課。

回憶起這些深刻之歌，有「靜夜星空」、「秋柳」、「念故鄉」、「送別」、「白雲故鄉」「巾幗英雄」。及西洋民謠「往事難忘**Long long ago**」、「老黑爵」、「熱血」、「抗敵歌」約十首。

「一陣大雨剛剛下過，從那寂靜的天空」的「靜夜星空」，常常從女生班傳唱過來。

不知為甚麼，女生全班合唱就是比轉音中的男生好聽。

七十七・曾經有仁愛——如今想念鄢語荷

文林初中畢業前的一個月，文中發生一件涉及校外人士的暴力事件，蠅伍百思不得其解。

原來，在一些時日前，鄢語荷曾聘請銅鑼的江醫師及劉醫師，帶著裝扮成南丁格爾的山本小姐及黑田小姐，到那沒釘名牌的榕蔭茶室，給那些可憐的姐妹治療花柳病。

其中一位姐妹是家住苗栗公館鄉，四位小孩的母親，小孩形同流浪而施予特別援手。

鄢語荷先聯絡公館的教會盧牧師，協議由她資助四位小孩學費及生活費，並寄讀至盧牧師教會。而這四位小孩母親，人稱阿煥姐的賴女士，經鄢語荷逐步協助下，脫離榕蔭茶室到建屋工地挑磚塊、攪拌水泥等零工，日子過得還可以，心中自然感激鄢語荷的出手相助。

牽著蠅伍小手的母親鄢語荷，偶爾走在街上，進出「飲冰室咖啡店」時，被這位阿煥姐看到，就牢記恩人之子的少年相貌。當時生活困苦，阿煥姨壓根而沒想過「報恩」這檔事。

阿煥姐打零工是隨機而不固定。這天，她在文林初中門口打零工。

挑完水泥接著挑磚塊，挑完磚塊砌水泥而十分忙碌。底層工人的苦楚向來是如此！

恰巧在這一天，學校專門表揚蠅伍初三的愛國事跡。

一周前，蠅伍在鐵軌上拾獲中國傳單：『解放台灣！蔣軍弟兄歸來吧！』的傳單。交付派出所。派出所依軍方協議交給苗栗軍方。這一天，軍方及文林初中在校司令台表揚蠅伍的愛國心。

表揚大會的升旗台，距離大門口不到十公尺。蠅伍站在升旗台上等待校方的表揚。

登上島嶼後一年，蔣介石自行宣佈『復行視事』，也就是他又披上舊中國掌權者的皇袍。舊中國的退伍軍官馬忠鷹，厭惡公義不彰的舊中國，正期望新中國遏止蔣氏捲土再起。

在老軍官馬忠鷹眼中：這些中國傳單正該四處傳播，不該被拾獲，不該獎勵拾獲者。視拾獲者罪大惡極的退伍軍官馬忠鷹，手中拿著日據時代，日本老師遺留下的武士刀，情緒接近歇斯底里，口中唸唸有詞「打倒蔣介石！蔣介石該死」後就衝上升旗台，邊跑邊數說蔣介石的種種不是。

在這危急時刻，文中校長、教師等人，完全沒料到這意外，全被嚇得呆如木雞，不知如何反應。空手的一群文人，誰敢衝上升旗台對付那持刀莽漢？

這時，正在文林初中門口做水泥工的阿煥姐，當莽漢唸唸有詞時，就注意到莽漢舉動而提高警覺。也注意到升旗台上，等待校方表揚的恩人之子，阿煥姐對每一鏡頭看得很清楚。

恩人之子正要領獎，這莽漢提著武士刀衝上升旗台時，阿煥姐手持空鐵筒，另一手拿扁擔趕了過來；當莽漢正揮刀之際，一隻鐵筒從空中飛了過來，不偏不倚砸中馬忠鷹的後腦。

馬忠鷹遲移了一秒之際，阿煥姨的扁擔立刻揮了過來，打中莽漢胳膊。此時，蠅伍早已離開升旗台。馬忠鷹登時大怒，手中武士刀一陣橫劈亂砍，阿煥姐背部、腿部各中一刀，頓時血流如注。

眾人一擁而上制住莽漢馬忠鷹，綑住後扭送警局。

同時學校醫護將阿煥姐包紮止血。

蠅伍並不認識阿煥姐；那是因為母親為善不欲人知，從沒告訴蠅伍有關榕蔭茶室以及公館四位小孩的故事。母親離開他之後，蠅伍就更不知母親做過什麼善事了。

阿煥姐默默的報恩，就只有她自己知道受人施恩這事：那南丁格爾太令人敬佩了。但不知她何名。

蠅伍不知老軍官在生氣什麼？

一個單純的頒獎表揚，承担了誰的歷史恩怨？承担誰的是非？承担誰的榮辱與成敗？影武者揑出十萬隻傀儡，操弄傀儡們怒目嘶殺，可双方影武者的對錯在糾纏嗎？

蠅伍完全不知鬥爭雙方為誰？為誰而鬥？為何而鬥？為誰而生？為誰而死？

唯一知道的，是老師告訴他：若不是阿煥姨丟擲那只空鐵桶，打中莽漢而延遲砍劈速度，說不定受重傷的必是蠅伍無疑。

心存感激的蠅伍三番兩次抽空前往苗栗為恭醫院探視救他受傷的阿煥姨；阿煥姨感動之餘才把蠅伍母親單身一人，親自到公館鄉的基督教會：為素昧平生的四位小孩買新衣新鞋，並捐款當照顧基金以照顧四位小孩的往事，一股腦兒講給蠅伍聽，但略過自己下海陪客的不光彩那段。

半個月後，醫院宣佈阿煥姐完全康復，蠅伍親自到醫院接她出院，並陪她回到公館，順便探望四位大小朋友，蠅伍以苦讀者身分鼓勵他們：窮苦人出人頭地的唯一方式，只有不停的唸書；也只有像古人［頭懸樑錐刺骨］勵志方式唸，為邁向成功給自己定下嚴格目標。

若能百折不回、恆心不輟，永遠把挫折視為水珠，當水珠臨空襲來就撥掉水珠、撥掉挫折、水乾了，髮乾了，無所懼怕挺起胸，重新站起來迎接挑戰。

又過了半年，蠅伍從文林初中畢業，經過升學聯考，曾經深受挫折的蠅伍考上台中一中。

每個月回銅鑼一次的蠅伍，約定時間讓殷先生、牟先生繼續指導他的課業。

蠅伍非常瞭解：中國哲學及文學是兩門高深學問；宮牆八尺對萬仞宮牆只是入門而已。

七十八・柴火中的灰姑娘

蠅伍以台中一中畢業前三名的自信，投考大學聯考。考完得空，除了找銅鑼老街的孫同學、打鐵店的鄧同學聊天外，還到公館的阿煥姨探視她四個大小朋友的近況。

聊著聊著，阿煥姨說起半年前她找樁米阿晉買粗糠、幼糠以餵飽雞鴨，聽到榕樹街的故事。

阿煥姨說：『榕樹茶室半年前的一天，來了一位據說稍有輕微智障的少婦惠芬。據說：這少婦半年前在嘉義民雄嫁為人婦時，年僅十三。

夫家對外說她年少不解風情，暗示父親將稍有輕微智障的惠芬嫁出，形同指責少婦父親騙婚。經雙方協調，由少婦父親領回。』

『惠芬的母親有極輕微智障，多年前經媒妁之引介，才嫁與跡近全盲的瞎子。惠芬本身很正常，僅是運動神經遲緩，反應慢而在民雄小學受到同學欺凌。甚至向她丟擲小石頭。

老師「聽說」她媽媽是智障怪物，小朋友担心惠芬帶來不詳而丟擲小石頭「驅邪」很正常。

老師既認為「小朋友向女兒丟擲小石頭」算是正當驅邪。盲眼父親又能如何？』

『父親無計可施，為免女兒繼受傷害，忍痛把女兒領回。幫著劈柴煮飯，學些簡單女紅。

好不容易長到十三歲，母親因病去逝，死前抓緊女兒的手不放；因為找不到放手的理由。

惠芬母親那雙長年勞動而黝黑的手死命抓著女兒的手臂，以致指甲深深嵌入女兒肉裡。

從前夫家回到父親家的惠芬，砍柴、打水、燒火煮飯樣樣都會，只是不懂怎麼煎虱目魚。這種奇怪的魚，只要下油鍋煎，就不停的爆炸；嚇得惠芬把鏟子丟了。

『惠芬那跡近全盲父親倒也非常盡職：自己下厨煎虱目魚給女兒吃。』

由於看不見油鍋的油、看不見魚的位置、更看不見油鍋滾燙冒煙的程度，當虱目魚爆不停，經常把父親的額、臉、雙手炸得坑坑疤疤。

惠芬看見父親這受傷的光景，抱著父親痛哭。

父親一生以全盲始，歷經叫人瞧不起的種種苦楚，早就習慣苦痛澆遍全身而不以為意。父親不解女兒在哭什麼。

這也表示：惠芬的精神很正常。

『俗語說：「花無百日紅，人無百日好」。』

『根據警方記錄：「在父親有一次忘記熄滅柴火，一根燃燒中的薪柴從舊式爐灶中滾了出來。住在後院的惠芬大叫失火時，瞎眼父親因無人引導而命喪火窟。」這是警方的說法。

房子燒燬，阿爹突然亡故，對惠芬是烈日當空或霉運纏身，就不是宿命兩字可說清楚。這意外，當然藏有黑暗布幕遮住見不得人的事；這黑幕容後再提。

嘉義民雄的叔伯姑姪都是窮人，沒有餘力照顧惠芬。』

『農業社會之邊緣者，看到的對方盡是棄絕厭惡的眼光；祇見到銀子時，瞳孔才射出光芒。惠芬最後的結局，叔伯姑姪口中的仁義之道，是透過人口販運商，把她帶到榕樹蔭茶室。因為惠芬年僅十三而發育不全又不解風情，惹得恩客不悅而痛湊一頓才干休。

哭鬧、反抗夾雜淒厲叫聲的戲碼天天上演，老鴇也不打算酷刑伺候，因為惹得她心情更差。

老鴇對外宣稱［本茶室新鮮貨］以招攬顧客，但喧鬧不休的淒厲叫聲還是攪得不安寧。』

阿煥姐看過太多［姐妹］們，由初期的淒厲吶喊，轉成孤寂無聲，終於認命無聲而沉默。

是誰在吟頌沉默之聲？悲愴世界沒了沉默之聲，僅剩靜寂無聲而沉默。

因此，阿煥姐只是平實的敘述：賣米晉仔送米時聽來的昔日往事。

阿煥姐引述這旁人事，不帶半點表情。

她完全不預期這年輕男孩會有什麼反應；當然，對這男孩也沒有任何要求或暗示。

『何況惠芬這少婦與這年輕男孩非親非故，除了榕樹蔭茶室還有什麼地方可安身立命？』

阿煥姐心裡是這麼想的。

蠅伍聽完這故事，心裡有些擾動。他長到這麼大，沒聽過這麼悲慘的真實故事。

他沒有親赴茶室探望那一位吶喊之女，因為他不是一家之主。

他也沒有向阿煥姨提出半句詢問；雖然熱血在沸騰，謀略未定的他必須先跟家人討論。

他一言不發的走了。

回到家跟外婆及舅舅商量的結果：外婆首先嘉勉蠅伍有一顆善良慈愛的心，好心必會有好報。蠅伍建議：惠芬這苦命人先來咱家農場，初期餵餵鷄鴨，適應後再飼養牛與豬。

商議決定後，蠅伍舅舅親赴榕樹蔭茶室，找到那老鴇，付給老鴇滿意不嘍唆的贖金，將惠芬帶回農莊，圓滿的解決了問題。

榕樹蔭茶室今後的暗夜淒厲聲也許再起，但不再是民雄的惠芬。

紅塵充滿俗世的喧囂，常常這麼大爆演，設使長出千手千眼，救得了一生也救不完永世。

家裡不就是多了一個有薪水的作業員，這是一件小事。

因此，蠅伍沒有告訴阿煥姨，他為惠芬做了什麼事。

七十九・孤星淚般的世界何堪回首

少婦惠芬開始在外婆家認真做事。

這客家人的聚落，一切都讓她好奇；因為她聽不懂半句客家話。

蠅伍從台中一中畢業，在台灣大學唸書時，偶爾會回到外婆家住個兩天，整理家中的枯枝殘葉，也幫忙汲起井中水後，挑到家中的水缸。

家中客廳正堂上，右邊懸掛八田誠二的二十吋遺照；左邊懸掛父母親的結婚照。

蠅伍從台大回到家，就會幫牆上的黑白相片擦拭一番。

同時也擦拭『青蓮垂訓』那塊橫扁。

青蓮居士是唐朝詩人李白的別號。清朝時，李家的玄曾祖父高中秀才，咸豐皇帝頒下這扁，在當時可是轟動俗稱「貓里」苗栗的大事。

咸豐皇帝還頒了一面金龍旗，敕令秀才本家大宅院落外，才可以立起旗桿懸掛此旗。

外婆李師施的祖父告誡子女：這書香傳家得來不易，『』【後世別把書香換銅臭！】『』

蠅伍有時在花圃一隅朗讀英文，對著玉蘭花樹大聲背誦英文之時，惠芬在一旁打掃菩提樹的落葉，靜靜地看著認真的蠅伍。

在這之前，只有母親鄒語荷會把蠅伍的苦心孤詣當回事。

母親鄢語荷遠走日本後，還有誰會認真看待蠅伍孤詣的苦心？在這家園應該是沒人吧！

蠅伍在台中一中或台大，都沒有談過像樣的戀愛。不知表相與真實的柴米油塩的差別。

要命的是，他有個錯誤的認知：以為會跳舞會唱歌像母親一樣的女性，都是好女孩。

其實鄢語荷是認識八田誠二之後變化氣質，人生格局得像八田一樣高，不貶低身價，不自我乞憐；每遇困難即堅毅以對，走一條堅硬不逐波隨流之路。

從台大企管系畢業後，蠅伍進入大企業任職。

在某大企業舉辦的商業活動中，出現一個舞姿嫚妙的魔鬼身材，雙方都被對方吸引。

殘酷事實並不如表面純樸，那舞姿嫚妙的女子，早就算好時機以招蜂之姿出現。

這女人洋名雖喚作瑪麗・羅培芝，腦筋卻如東方女皇武則天一樣：有算計一世的歪點子。

創立一家新公司、有私家車、有前景的企業家蠅伍，自然引起瑪麗・羅培芝的注意。

在酒店愛玩過度的瑪麗・羅培芝，雖與別的帥男春風一度而懷孕，祇需藉著模特兒公司姿儀擺擺pose；使出寬衣小計及勾人的回眸眼神，把個初出茅蘆的林蠅伍勾得七魂出竅。

不消說，一張白紙的林蠅伍如何擋得住魔鬼身材與那勾魂眼神？

當蠅伍仍處朦懵之時的少年，母親鄢語荷如何教那情路尚未頓開的少年？

無人開導蠅伍情字那條路怎麼走，竟使蠅伍以為凡能歌善舞者就不會使壞！

常以《邏輯》為歌舞女子辯護的蠅伍，反問勸阻者[不該把壞女人標籤貼在歌舞女子身上。]

蠅伍一再反問：『我母親不就是歌舞女子嗎？照你這麼說，我母親是壞女人囉？』

蠅伍不了解：母親此生如果沒遇見八田誠二這個特質男子，母親鄢語荷在風與塵、淚與酒的纏繞澆灌而自甘在紅塵翻騰，鄢語荷她的最終命運會是什麼？

「血色羅裙翻酒污，今年歡笑復明年」不就是沒反省、沒自制藝妲的結局？

小和田結衣，典型的歌舞女子，一輩子在紅塵翻騰，也離不了酒與淚而找不到好男人。腦子裡充滿性與酒，以姿色吸引不同男人；舉手投足充滿脂粉味，到最後，心中無從抱持「從一而終」，只想到短暫的快樂、美食、華服、嬉遊。

在功利瀰漫的社會，快樂、美食、華服怎可能脫離得了金錢綑綁？

小和田結衣從未拿鏡子攬鏡自照：女人青春流逝快，被更年輕活潑的肉體取代是定律；更多的眼淚怎能喚回？更多的哀求又哪能挽回那毫不憐惜肉體、把女人當玩物的龜頭？

小和田結衣自始至終不知自己錯在哪裡，結果自然是在風塵中流轉而不知終點何在？

好家庭耳提面命、好家庭溫馨鼓勵代替暴力打罵，教養出好女人的機會比較大。反之亦然。

基督聖經不是這麼書寫嗎「凡事包容、相信、盼望、忍耐。愛是永不止息。」

蠅伍忽視了：好家教之外，有一棧不迷失自己，燦爛人生的明燈指引，才是心中的恆星。

鄢語荷幸運的遇見八田誠二，除了雙方心靈層層疊疊自然和鳴，惺惺相惜清楚認知對方優缺點，進而包容、忍耐而攜手，才能共組家庭。

眼睛被矇住的蠅伍，雖然與歌舞女瑪麗・羅培芝結婚，帶球入門的她害怕被揭穿，就用了一招邏輯「愛我的話就讓我到日本研習日本插花技藝一個月」，安心的墮了胎。

又担心進入客家門楣，重施邏輯說「你外婆不也沒住嘉義婆家嗎？」一天都沒進蠅伍家。

當瞭解蠅伍公司業務後，藉「董事長夫人」名義招搖撞騙幾千萬而東窗事發。

變成眾人笑柄的蠅伍，終於發現殘酷事實，如不離婚還有什麼白頭偕老的選擇？

外婆去逝沒多久，蠅伍才結婚；惡質婚姻拖了五年，笑柄拖五年勞燕分飛後，蠅伍三十歲。

外婆去世前，惠芬服侍外婆四年，仍是婷婷玉立的十七歲半。蠅伍離異時，惠芬二十四。公司被前妻拐走數千萬，惡緣因而捨離；蠅伍極有耐心一一解開引信。

把一切不稱心之事結束後，蠅伍備妥清香水菓到墳上向外婆報告。

一邊走在外婆墳前的細石子路上，一邊回想當初為何傻乎乎的讓天使臉孔來管理財務？為何傻乎乎的被寬衣解帶的那個魔鬼身材蠱惑？

那個天使臉孔與魔鬼身材同為瑪麗．羅培芝所擁有。

八十・天上賜下惠芬意外的新生命

百坪的家族墓園，在非清明時節應是雜草叢生、落英繽紛才是。眼前的景像可是令人大吃一驚：不但百坪墳區一塵不染，連細石子路也潔淨得嘆為觀止。這太奇異了！

外婆墓碑前擺有一束劍蘭花與一束香水百合。

這會是誰放的？

墓園另一角，高聳的青石造型旁，一位正經八百而專注整理百坪墓園的草坪與花卉的女子，渾然不覺有謁者走來，不就是那位從榕樹蔭茶室贖回的年輕惠芬嗎？

惠芬沒用鐮刀也不用砍刀，而是用園藝用的小花剪，一根根地把雜草除掉、留下草根。保有草坪整齊兼做水土保持。

墓園看來潔淨而莊嚴，簡直可用一塵不染形容。

做完這些雜事，惠芬又拿起沾水的乾淨抹布，一遍又一遍的擦拭外婆墓碑。

只見她用一塊布仔細的擦拭，擦拭髒了的這塊，她就不再使用，因為她帶了十塊乾淨抹布。

『多細心的一個女人啊！』蠅伍心中不住地讚許。

十塊抹布用完了，她也沒有下山回家。蠅伍有些驚訝。

即使親如家族，掃墓完也都打道回府了；可這個外人何以癡愚至此？難道是智能不足嗎？

又見她點燃一柱清香，開始攤平佛書，用客家腔唸起金剛經。

外婆因為疼惜惠芬命苦，嚐試帶領她到銅鑼天爵寺聽聞佛經。

一年，三年，五年，慢慢的，惠芬學會了用客家腔唱誦金剛經，這學習過程自然很是辛苦。

惠芬唸經心無旁騖至一心不亂，有如僧人入定。

一本金剛經約五千多字，全本唸完須一個半小時以上。

今天唸完經，惠芬在墓碑前跪下來祝禱，似在感謝外婆多年前的收留。

祝禱完畢，五體投地向外婆墓碑膜拜三次才站起。

蠅伍沒有打斷她。一直待她唸完一小時又兩刻的金剛經，五體投地完開始收拾工具。

蠅伍在遠遠的一旁看呆了。

惠芬認真的做事，認真的唸經，沒發現旁人存在，真所謂心無旁騖。

惠芬那麼自然的動作一貫，誠意也是一貫的。

外婆死了五年，早已無人教她來墳塚打掃、膜拜、誦經；又是什麼動機使他前來？

外人眼中，惠芬只是個傭人，不是林家的家人；可是看她做事的細心：心甘情願並無怨悔。

這一切的打掃、膜拜、誦經只有同姓的家人做得到；可她只是隨時可辭退的傭人。

打掃、誦經不管做多久，多辛苦，結局是：無人感動、沒有回報、更沒有額外的酬勞。

這一切結局她都知道；知道仍無怨悔，難道只是單純對外婆收容她而報恩嗎？

原來，惠芬多災多難是有緣由的。

八十一・從地獄爬出的女孩

她的出身寒微。別人口中的智障，其實是鄰村莊稼漢鄭某剛死了妻室；急著續弦的他看到惠芬父親有意替女兒找個好人家的詢問而被鄭某聽見，就成交了；但又藉口年紀太小而壓低買價。

半個月後，鄰鄉漁村有個剛離婚的婦人潘某，身材好不說，細皮嫩肉不在話下；關鍵是可［試貨］。潘某既非貞潔烈女，又剛離婚：有家可住有男人可依，睡哪張床不那麼重要。

另一邊，那色慾熏天的鄭某哪會放過［試貨］機會，一試之下十分滿意，就藉口惠芬有精神疾病而退婚。

可憐的惠芬回到瞎眼老爸嘉義民雄的家中，成為盲父的負擔。

瞎眼的父親為了謀生，有時帶了惠芬到朴子溪口網魚，幾次差點溺死多虧惠芬死命救回。

這對父女的歹運什麼時候才得解脫？

解脫？對噩運纏身無人施捨一文的歹命人，死亡是一種解脫嗎？

俗語說：［屋漏偏逢連夜雨］半點不假。

鄰村以電魚為生的游某，看見差點溺死的盲父，肯定是無力保護惠芬，就打起惠芬的主義，藉機試探有無餓虎撲羊的空子：如果白嫖成功，那比中了愛國獎券還令人振奮。

也許惠芬天生神力而死命推擋，游某三番兩次騷擾不成，惱羞成怒就惡向膽邊生，處心積慮準備放一把火燒死父女倆。

這島嶼之莠民也怪：據說偷竊不成要留坨大便；偷腥不成要放把火燒屋，否則倒霉一生…。

那惡賊游某是刁鑽狡滑的歹人，[故佈疑陣]的法律漏洞，他可是一清二楚。

舊時農村的土角厝大多不設防，那游某熟門熟路潛入土灶厨房，悄悄的煮了一鍋開水。

土角厝、農村、土灶、鄉下村人深夜煮鍋開水，在鄉村再也平常不過，誰管得著？

柴火點燃了。這歹人十分有耐心，他等候木柴前端燒至紅通通時，拉了半截到灶外，假裝是瞎眼老爸老眼昏花不小心引燃。

這歹人看著灶外半截柴火燒了起來才離開。時值深夜，無人看見游某來過。

惠芬看到火光大作，她的頭腦完全清醒：完全知道是怎麼回事；邊逃邊向父親呼喊。

眼盲的父親在無人引導的三更半夜，能有何處可逃？

不預期中的死亡是最好的結局嗎？

如螻蟻般受辱、如螻蟻般苦活，如螻蟻般涑然而逝，真的是斯徒輩的宿命嗎？

這村子裡都是同姓的族人，也是一群陷落在貧窮圈的落魄戶，尋求他們庇護難如登天。

最簡單頭腦的最簡便選項，除了推入火坑還有什麼妥適之路？

村里的族人拿起釘在牆上一張發黃便條紙，銅鑼那端，人口販子的電話響了起來。

『阿椿哥！我是嘉義民雄的進發啦！代誌係安呢啦……』。銅鑼客家人聽得懂閩南語。

第二天，人口販子帶她到銅鑼榕樹蔭茶室。

惡夜一把無名火燒燬她的故園、父親的瘁死、被賣入茶室當妓女三大震撼，迫使惠芬大大成長而完全清醒！

到了榕樹蔭茶室，十三歲半的她全力抗拒恩客，被打得全身瘀青；更有恩客用煙蒂燙她。

被綑著打、被燙而不知何年何月得以解脫，因此常常深夜嘯吼。

這長長的吼聲有如狼嘯，在深夜的長巷特別難以忽視，八十公尺遠的賣米阿晉聽到這夜半嘯聲，好奇之下加以打聽，方知十三歲半的孤星淚故事。

孤雛留下什麼孤星淚，在那動盪年代怎能奢望北極星一掬同情之淚呢？

在祭拜完就忘光的亂世，壽終正寢與橫死還不見得有誰多瞧一眼！

已經轉職為泥水工的阿煥姐偶爾向阿晉買米，閒聊時聽到這悲慘故事，才講給蠅伍聽。

原本不期望已唸大學的恩人之子有什麼作為，沒想到這年輕人果真把惠芬重金贖回。

進入田園三合院的惠芬對真實脫離火坑獲得新生命，了然於胸。

聖經詩篇說「走過死亡的蔭谷」正可形容這女孩的心境。

惠芬感念外婆提供她庇蔭之地，在餵完鷄鴨、豬牛後，就回三合院侍奉外婆。

當時七十九歲的外婆已垂垂老矣，仍耐心教導她講四縣客家話；惠芬則幫外婆綁髮髻。

服侍外婆四年後，外婆以高齡去世。李氏家族慎終追遠，打造了百坪家族墳塚。

不習慣一人空對田園三合院的惠芬，在餵完鷄鴨、豬牛後，就到百坪的家族墓園跟外婆說說話。

修剪花草、打掃、擦拭墓碑、膜拜、用客家話唸唸金剛經日復一日。

連續的這些動作，從墓園設置好開始，持續到現在約有五年了。

不巧蠅伍創立公司南北奔走又去來中國，加上結婚、離婚來去匆匆，竟沒發現這景像。

蠅伍親看到這感人至深的一幕，感動得想哭：只因惠芬非親非故卻無怨無悔而一無所求。

蠅伍唸台大時，是透過蠅伍舅舅的營救，惠芬才到了外婆家；蠅伍並未出面也沒看到。

映照到現實上：惠芬夢啼粧淚而悲愴時，讓蠅伍了解這無父無母的女孩太早受盡苦楚。

無父無母？「百鳥豈無母？」是哪位詩人說的？眼前這兩人豈非父母皆不在？

結束墓園打掃後，惠芬聽到遠方有人呼喚她，一看才知是小主人。

蠅伍親切的詢問惠芬，才知道這年輕女孩，無論晨昏無論寒暑，毫無怨尤在墓塚已五年。

這樣一個女孩對答如流，毫無滯礙，反應敏捷與正常女孩毫無二致。

蠅伍稍以關懷口吻問：『為何無論晨昏、無論寒暑，天天來此而不覺怨尤？』

惠芬回答說：『我這一生原本以為墮落紅塵乃命當如此；不曾有份外奢望。突然有這慈祥外婆仁心救我；對我的救命恩德永生難忘。因此，心甘情願來此清潔墳塚、墓碑與唸經。』

蠅伍見到眼前：九年如一日，勤勤懇懇，甘之如貽，已超過傭人所應付出。

九年，不是一般人可以付出的時光；蠅伍被震撼住：他有點想哭；他不解：人間真有熱情？

眼前一切不是裝出來的，惠芬不是在演戲：只是一個平凡人做的不平凡事。

在蠅伍心中，惠芬的靈魂比[騙子前妻]不知高潔多少倍！

八十二・法國[茶花女]與美國霍桑[人面石]的啟示

除了減少父親的負擔，短暫的賣給鄭某外，全力抗拒恩客而傷痕累累，這靈魂哪點不潔淨？

少年時讀過法國作家大仲馬小說[茶花女]的蠅伍，眼前忽然浮起一個奇異映照：

這惠芬比法國[茶花女]更潔白無瑕；九年前初次來家中時的傷痕累累不就是明證？

靈魂這樣潔白無暇的女人哪裡去找？

如今的蠅伍，憑著企業界的人際關係，要找尋傾國傾城的大家閨秀，沉魚落雁的小家碧玉，至少半打以上。但，有誰不是為財勢而來？又有誰不是為名位權勢而來？

想找個不為財而來、不為勢而來、不為名位、不為享受的共患難真情，此生必是鳳毛麟角。

女人若不為財勢、不為名位享受而來，又所為何來？

男人奮鬥目的不就因追求財貨、因追尋名彊利索而拼盡一生；以之求取[醉臥美人膝]？

自從外婆過世後，蠅伍除了參與外婆葬禮的那天專程從國外趕回外，此後就不曾踏進熟悉的[曾外公家]；當然也不曾踏進百坪的墓園。

蠅伍剛踏進這環繞扁柏、日本松與山茶花環繞的墓園，遠遠就看到一雙纖纖玉手正一株一株的修剪山茶花枝葉，有如雕刻師的巧手。

再仔細端詳，這不是我們家的惠芬嗎？

『從我進入外婆家，學習一週的打掃、煮飯、餵雞鴨後，就正式上工。』惠芬對蠅伍說。

『外婆指甲長了，我幫她修剪；外婆牙齒不好，我煮稀飯給她吃。外婆身體日漸衰老，我徵得她的同意，特地到中葯店買人蔘燉肉給她進補，一直到她去世。』惠芬補充說。

一開始，惠芬不會講客家話。幸好外婆會講不太流利的閩南語；惠芬開始以閩南語溝通。『外婆在世的最後三年，我就跟她講客家話！』蠅伍聽惠芬這麼回憶，眼眶有些不自然。

人間情事有時奇妙得可以：那苦苦追求的永恆，撐不到半途就散了；無意中的緣份似有若無，卻無比雋永。

蠅伍[前妻]眼中只有錢，多瞧蠅伍一眼竟屬多餘。

相反的場域：惠芬等待主人的眼神，像是無辜的少女受盡多少委屈而值得憐憫。

兩相對照，蠅伍心情的光影反差格外複雜。

惠芬的眼神中，是生怕主人這腳離開，就再也盼不到他回來似的；蠅伍不是沒知覺。

更令人訝異的是，蠅伍與前妻離婚後，整理外婆遺物發現，五年前，去逝前半年的一天給了蠅伍一信，竟然是縫在外婆枕頭內。

信封註明『交待外孫八田康男的要緊事』，是以日文書寫，因為外婆出生就受日本教育。

『康男！外婆我身體愈來愈差，一天比一天虛弱，眼看是不行了。我到現在還沒看到你結婚，很是掛念！惠芬這孩子懂事乖巧；有一位我信得過的親戚向我保證：惠芬在榕樹蔭茶室沒接過一天客人；她身體潔淨、她的心靈聖潔，心思細膩而深廣。康男！我來日無多，懇切希望惠芬能成為你的媳婦。雖然，我很了解婚姻靠緣份無從勉強。昭和〇〇年』

信件末的註記是外婆死前六個月。外婆不忘以昭和紀年註記。

縫在枕頭內，原意是不希望緣份是人為；其實這顧慮是多餘的，因為惠芬不懂日文。

蠅伍離婚後才有機會整理外婆遺物，意外發現這祕密，心中自有些惆悵。

『主人！好多年前你在井邊打水、鋸下颱風後的斷枝、在家園四周種植花卉，以及你在玉蘭花樹旁大聲朗誦英文，我都有看到唷！』不太會聊天的惠芬，像是在梳理自己簡短日記一般的敘述內心映照，心情平靜，話語中並無半點期盼。

一個傭人，古時稱作僕役，巴望主人僱用、加薪已是奢望，還能飛上枝頭麼？

蠅伍很慚愧，九年前，有一個人在旁邊默默看著他唸書、做工，但他從沒注意到。

現在，蠅伍頓悟了：穿著樸實、溫柔婉約、素淨如璞玉、脂粉無施卻柔情待解。

忠心耿耿、如恆星般恆久、一道光雖微弱，總如天頂蒼穹星斗。這樣的女人，眼下正端莊的坐在青石上。

蠅伍年輕時曾讀過美國作家霍桑的[人面石]：不就暗示，眾裡尋她千百度，驀然回首那人卻在燈火闌珊處。

這樣的一個女人，說是上天賜予來等待蠅伍領悟始而聆賞，並不為過。

經過前妻羅培茲的殘酷洗禮，現在最不需要的是魔鬼身材，而是良善普通、少算計。

心地這麼美的女人，靈魂深處潔白無暇，哪裡還找得到？

終於，在邊走邊回家的路上，蠅伍牽起惠芬的手，輕聲問：『惠芬，妳願意《跟我》嗎？』

惠芬把手縮了回去，狐疑的看著蠅伍反問：『跟你』？

惠芬渾然不知[跟我]是什麼意思。

『就是我想娶妳；妳願意嫁給我嗎？我會照顧妳一輩子，可以嗎？』蠅伍不避主僕的說。

惠芬一聽，終於懂了。她馬上跪下來，眼眶帶淚說：『主人！不要開玩笑，千萬不可以！我曾經嫁過人，又進入眾人唾棄的妓院，主人你不知道嗎？惠芬是個不潔淨的女人，祇會，祇會玷污您的名聲。還有，主人不是有個太太嗎？』

蠅伍微微一笑，拿出手帕，擦了擦惠芬的眼眶說：『不礙事！不礙事！我已經離婚了，現在是單身。再說什麼不潔之身，我全不在意。』

說著，輕輕扶起惠芬，俯身輕拍惠芬的肩與背有如企業主的肯定。

惠芬不敢相信這是真的，寧可相信這是惡作劇，當不得真；無論如何，僕役怎配得上主人？她再度跪下，眼淚不聽使喚而流個不停。打從心裡不相信企業大老闆會跟傭人求婚。

『主人！不要開玩笑！不要開玩笑！千萬不可以！』惠芬幾近哀求。

這回，換蠅伍跪了下來，眼裡含著淚，顯然不是開玩笑。

『外婆沒妳的照顧，也許活不了這麼久。』輕輕把惠芬摟住。

蠅伍從西裝口袋內，拿出[離婚協議書]、[法院判決書]、[女方切結書]逐張唸給惠芬聽。

惠芬不敢相信這是真的；眼睛瞪得好大好大，驚訝得不知說什麼才好。

這一切發生得太突然：改變生命的轉折完全由自己掌握，這太不可思議。

回想進入外婆家的四年，每天照顧外婆；不是主人與傭人的交易關係，而是祖孫親人關係。

外婆去世了五年，惠芬就到外婆墳前擦拭、打掃、修剪花木，跟外婆說說話，最後唸一小時半的金剛經，五年如一日未曾間斷。

『主人好久沒來外婆墳塚前謁見碑石內的外婆，我不能讓外婆孤單。』就單純一念而已。

每天做同樣的事而不覺煩瑣；從不期盼，更無丁點奢望，有似佛家[無相佈施]。

八十三・紅塵外——聆聽大和尚演繹[無相佈施]的頓悟

惠芬來農莊的第一年，外婆曾帶她到苗栗大湖法雲寺，聆聽一位中國雲遊和尚喚做[煮雲法師》的，東渡遠來；煮雲和尚托缽雲遊至法雲禪寺，大演[金剛經之無相佈施]經文。

煮雲大和尚演繹[無相佈施]說：[無相佈施]真義是：施主布施後，完完全全忘記有布施這回事，全然沒把布施放心上。對凡夫如此，對家人更應如此。祇因[萬事無相]。

推演之：愛恨情仇、貪嗔癡迷、此生被酒色財氣罩覆，生出種種不幸，非以[無相]無解。

有似人間菩薩的煮雲大和尚，唱誦金剛經的喉音宛似空谷中的佛祖現身說法，真身唱頌。在法雲禪寺演繹完畢，大和尚手持黑色鐵念珠在信眾頭額一一加持，惠芬甚感震撼。

日子一天天平淡過去。活在[青蓮垂訓]扁額下，她如主人般掌理一切，本質卻是個僕人。

聽聞主人的真心告白，惠芬最後真的相信：主人真心要娶她。因為，主人居然跪了下來。

從蠅伍眼鏡框看出去：初戀女像她這樣子，抓著蠅伍又叫又跳，又歡欣又懷疑。

『主人！這是真的嗎？這是真的嗎？』把蠅伍手臂抓出一片瘀青。雖然她已二十四歲。

蠅伍不是初戀青年，失去那種激情，看著惠芬像小鳥依人般吱喳跳躍，卻也心有愀愀然。

天真爛漫的一張初戀臉，蠅伍讀到女人心：

何謂永恆之心。

何謂死生不渝。

何謂真情流露！

這女人無邪的臉上，不再現出瑪麗．羅培茲無從防範的鬼胎、隻手可翻雲覆雨種種變臉。

蠅伍認識不少大企業，也有不少人脈；認識千百女強人及幹練者，未識出哪顆是永恆之鑽？

既是女強人及幹練者，誰會追尋[倚杖柴門外　悠然見南山]的樸拙？

十萬女性中，不沾權勢、名位者易尋；靈魂潔白無暇者難覓。

[尋覓之那人，在燈火闌珊處]的美國作家霍桑所描繪[人面石]之結局，竟在他家出現。

不是家人的傭人，怎不教他萬分感動？這代表什麼深層意義？

追尋這姻緣的緣由：若不是母親出資說服江劉兩位醫師親赴茶室，母親並扮演南丁格爾，不會發現賴女士的悲慘世界；母親救出賴女士一家脫離悲慘世界，其心懷感激是人性！

沒有賴女士當面向蠅伍提醒，惠芬一輩子就只能在榕樹蔭茶室渡過暗無天日的苦難。

那蒙塵之鑽何時被發現？也許菩薩知曉、也許上帝知道；鑽石也許永埋塵土中永無天日。

秦樓楚館是否只存塵與灰？有誰知道塵土**Dust**中藏有美鑽**Diamond**呢？

蠅伍一直在沉思：人的命運為何如此不同？

一個凡夫俗子沒碰到對的人，即使努力半輩子也完成不了對的事！

究或熟為為之熟令聽之？亦或是歷史、文化或個人修為致之？

社會底層到底多少匹夫匹婦因戰爭、因動亂、瘟疫、貨幣財政紊亂而陷入生命困境？

不敢往下想那答案：那贅瘤若想切除、分割，絕對是國家的力量，始能動之分毫。

『主人！我們家到了！我們家到了！』惠芬邊倒退走向熟悉的家邊興奮的大叫。

蠅伍裝作大夢初醒般[喔！喔！]應了兩聲。

『主人沒有跟妳開玩笑，明天一早我們就到法院辦理公證結婚。』兩人坐在祖先牌位的供桌前，蠅伍一手端起惠芬雋秀的臉，一手像發誓般，正經的宣告。

『公證結婚？』惠芬滿臉疑惑看著蠅伍。

面對一無所知的樸實的村姑，蠅伍耐心的一一解釋。

惠芬從茫然逐漸變為感動：從此刻起，她至少不是傭人了。

蠅伍附帶了一句『從現在開始，不用再叫我主人了；因為，妳也即將成為女主人。』

『叫我[康男**Furuhata**]的日本發音，或叫我蠅伍也可以。』惠芬第三度跪了下去。

生性拘謹的惠芬，十年來一直把蠅伍當主人，把自己當低一級的傭人。如今突然升級為女主人，太不可思議了！這種不可思議讓她不信又得信，想違拗本能，這次卻因感動而跪。

蠅伍眼明手快，怎可能讓將成為女主人的惠芬下跪？強力臂膀立刻阻止了她。

這一切看似上天恩賜的珍稀禮物，細細查考，很大一部份來自惠芬自身的努力。

每天每天，把外婆家內內外外掃整理的一塵不染，不因主人在或不在。

每天每天，帶了十塊乾淨抹布，把外婆百坪墳塚花園修剪齊整、擦拭得一塵不染。

每天每天，把自己裝飾得整潔俐落，脂粉不施亦有容光；雖然她不知主人厭惡濃粧艷抹。

就像自宅一樣，在外婆墳塚前唸佛經，跟外婆說說話；一個傭人用心如此，有誰不被打動？

自然而不作做的惠芬，一肩扛起毫無報酬、年年月月徒讓青春歲月流逝也無讚賞的工作。

正是這無聊工作，反而自然流瀉出鑽石般優點，即便獲得小主人的賞識還再三謙讓。

以銳利眼光挑選對象的蠅伍，竟在未預期的凡塵中挑到最適格的平實女主人。

這一切，絕非天賜；而是天助自助者。
天賜傻勁的惠芬，傻傻的無怨無悔付出，因感恩戴德而獲上天開眼並不是奇遇。
西方俗語「上帝關了一扇門，必會開另一扇門」與中國俗語「天無絕人之路」何其相似？
蠅伍沒有宴請銅鑼當地士紳。因為蠅伍太了解客家人根深蒂固的保守民風：
士紳們很難接受蠅伍續弦的對像，竟是一位曾在榕樹蔭茶室待過的女侍。
嘴上不說的士紳們，心裡滴沽個不停，豈不降低婚宴的嚴肅性？
與其出現主客雙方都難堪的場面，又何必找罪受呢？
也因此，銅鑼當地士紳沒一人知曉蠅伍的婚事。
未塗胭脂水粉的惠芬，次日與蠅伍辦了公證。

八十四・緣起故鄉苗栗的異鄉人

有鑑於喬至平掌理下的中國，已著手改革開放，各項軟硬體準備在一九八〇已燦然大備。蠅伍與惠芬結婚十五年後，為擴大企業版圖，試著一闖由封閉走入改革開放的勇敢國度。

蠅伍與中國工商總局雙方都作了「知己知彼」的動作。

從蠅伍的皮鞋踏上廣東機場開始，中國從省到中央，關於蠅伍的匯報源源而至，不曾中斷。匯報包括蠅伍從文林初中至初三時，有兩次義勇助人，都是中國詹恩騰轄下的星光小組，設計了天衣無縫宛似「助跑木」的棋局，年幼的蠅伍從未懷疑有什麼不對勁。

心思細密、手腕圓滑的中國工商總局，派出一位故鄉人令狐無疆先生，很客氣的苗栗市人；在工商總局帥氣的辦公室，令狐無疆引導蠅伍在貴賓椅坐下。令狐先生挨著他身邊坐下。

令狐無疆先生也唸過銅鑼文林初中，對文林初中的師長及一草一木，亦可如數家珍。

令狐無疆先生年紀稍長於蠅伍，畢業於苗栗高中。高三時的導師楊繼盛告訴他：客家文化源遠流長，如有機會服務公職，應不遺餘力維護客家遺緒及傳承。

中國對外界所稱「統戰」作得絲絲入扣，功夫用心極深，精心策劃能力一流。

令狐先生既唸過文林初中，住銅鑼三厝屋一帶，道地的客家鄉音，使得蠅伍倍感親切。

冷不防，令狐無疆拿出蠅伍在文中三年所獲獎狀及所拾獲的空飄傳單。蠅伍真的嚇了一跳：三十多年了，竟有一個團隊不忘舊物；足見中國統戰滲透至深且廣，絕非雕蟲小技。

再一次讓蠅伍吃驚的是：令狐無疆拿出三十年前，殷、牟兩先生到蠅伍外婆家中授課相片。

蠅伍驚訝得說不出話來：他的回憶當中，從來沒人給他們師生拍攝，怎會有這些相片？

令狐無疆看出蠅伍的疑惑，不慌不忙的解釋：

『第一．殷先生、牟先生到蠅伍外婆家，是坐三輪車到達。兩位教授跟車伕約定：除了車資，還另給拍攝費；俟教授與蠅伍面對面坐下，車伕遠距以腳架按下快門就離開。

第二．三十九年前，因為在天安門上高喊「中國人民站起來了」的畫面，對島嶼蔣氏造成屈辱及震撼；這代表權勢失落及榮耀打折成為光芒頓失的島主，美國何須尊敬？』

令狐無疆接著說：『根據檔案記載：鑑於舊中國在情報戰的失敗，蔣氏下令國務執政官揪出潛伏在島嶼軍部高層中，所有曾經同情新中國但已收斂的烈士；法寶是《預備叛亂罪》。

先破獲地下組織台共，逮捕頭頭蔡式法。這蔡某沒見過大陣仗，只敢內海行舟，一遇逆風不知如何頂風扯帆；只看到執政官擺出的刑具就招供了。順藤摸瓜逮到吳星光烈士。』

『這跟我有什麼關係？』蠅伍不解的問。

『別急！聽我慢慢說。』令狐無疆替蠅伍倒杯上等碧螺春，老僧入定般等蠅伍回過神來。

『純粹是為了總書記在天安門城樓上一句高喊「中國人民站起來了！」而報復，徹底血洗「匪軍」殘留的渣仔屑。執政官的神經團隊，翻遍各種拷問記錄、眼線、耳語，認定吳星光傳遞的情報中，有一小部份是透過令堂居中傳遞。

例如吳星光烈士寫了一首打油詩「小小羊兒要回家」，繪在摺扇上，再把摺扇送給教會人士；這些過程，神經團隊都認定與令堂有關。因此，在蠅伍學弟你唸文林初一時，執政官發動軍部到苗栗，準備強行壓迫令堂至苗栗大坪頂接受盤問。】令狐無疆細細解釋。

由於國民黨在二二八事件，及後來的〔四・六學潮〕處理嚴重失當而聲名狼藉，不是僅有令堂，而是大部份人民都不信任軍方的審訊。

接下來的事，如果是蠅伍學弟親身目睹，你當然確信不疑；但是，有很多你沒看到的畫面影像，你可能就百思不得其解了。

當時我唸苗栗高中二年級，有些是傳聞、有些是中國國家檔案局的記載。』

林蠅伍聽到這裡，眼眶有點不聽使喚：這位令狐學長像是一位記錄片導演，比他所知還多。

學長他娓娓道來，心平氣和不帶激情。

八十五・檔案裡的回憶呈現大無畏

蠅伍發覺自己彷彿在看一部寫實記錄片——他自己的記錄片，只有聲音沒有影像。

令狐無疆繼續說：『蠅伍學弟，你與令堂逃過軍部人員的追捕後，軍方追緝人員立刻奔赴你外婆家及可能的投靠地點：包括天主教會、銅鑼基督教會以及佛教天爵寺。

當時的軍方人員都是剛從中國撤退的敗軍之將，而蔣氏祇求打勝仗、祇求他黃埔嫡系將領的兵力完整無損，並不強求軍人道德素質。

那晚，軍人在折騰一整夜的身心俱疲又一無所獲情況下，再次回到那間咖啡店，突然發現兩位丰豐姿綽約的年輕女子，眼睛為之一亮。不論什麼考量，總之輪暴了她們。

沒想到這兩位年輕女性是性格剛烈的日本女子。昔日，台灣屬日據時，嘉南大圳總設計師八田誠二，也就是學弟你的父親聘請兩位日本年輕女性，照顧令堂及蠅伍學弟。

被軍部軍人輪暴後，依照檔案呈堂證供，這批軍人嫌犯有人施以言語恐嚇，以致其中一位切腹自殺寫下血紙條；另一位放火燒屋後上吊自殺』

『命案旁即是派出所，蠅伍學弟你很清楚的。當地消防警察滅完火勢，發現兩具遺體及一紙遺書，立刻通報苗栗檢方。檢方一看現場被害者身穿和服，詢問鄰居知道是日本女性，即知大事不妙；檢察長認為事屬涉外，茲事體大，已無從善了；立刻通報台灣外事處。深夜轉報日本外務省，連永田町的吉田首相深夜都被叫醒來處理。』

『蠅伍學弟你不必太過悲傷，1949年後大江東逝大海翻騰，是大時代的悲劇。』

事隔三十年，當年那照顧蠅伍起居作息，天天幫蠅伍洗澡的山本及黑田阿姨已死於非命而悲憤莫名，蠅伍因激動致熱淚滿眶。令狐無疆貼心的遞給了高級衛生紙。

令狐無疆又說：『根據檔案引自日本方面的文獻記載：令堂首先逃到天爵寺被女住持拒絕庇護，被迫逃往山上的亂葬崗。

根據令堂接受「朝日新聞」宮澤訪問：她見到山下有吉普車強光，立刻躲到廢棄棺木坑內。

根據「讀賣新聞」引述「八田紀香注意到廢棄墓穴與道路呈五十度角，就安全多了。」讀賣記者十分佩服八田樣的智慧。

「讀賣新聞」的政治記者岡田作出以下的分析：

『當地的亂葬崗安詳寧靜，但是自從「四・六學潮」湧上街頭，這些台灣本地的教授、學生，沒有意識到蔣介石在中國歷史上不是簡單人物，向他示威無異以卵擊石、羊入虎口。』

岡田再推測：『在八田樣躲到廢棄棺木坑時，聞到令人作嘔的強烈屍臭味，在幾乎無光的微弱星光下，勉強看到不遠處有幾具新丟棄的年輕屍體，也許是外地運來此地丟棄吧！』

岡田最後說：『八田夫人對這些屍體感到抱歉，自身難保之下，已無法替他們伸張正義了。

自己只有一步步爬出廢棺坑再說。』

「朝日新聞」記者宮澤則報導『這可怕的夜半光景並沒有把八田樣嚇著。八田樣只是思考：這不是普通的改朝換代。這是舊中國鷹犬爪牙的貪腐勢力，被新中國徹底擊敗後，舔舐傷口的屈辱反射。映射在台灣島上的反撲力道殘忍而可怕。秦朝時公子韓非著有「亡徵篇」，結論是：『有亡國之徵不一定會垮。』就像列寧銅像任憑狂風烈日也不會自然仆倒。

令狐無疆想到什麼似的說：令堂告訴朝日記者宮澤：『看到一群為爭公義，為不平而爭的年輕屍體，犧牲美好未來、為公理頭斷身死，仍改變不了執政者殘暴本質，還能期待什麼？

令堂反問宮澤記者：『你如何期待一隻老虎在三十年後馴化成吃素的老虎？』

令狐無疆說：『這位朝日新聞記者讀過一點中國歷史，說是[戰國時代伍子胥的報仇典故]；以[日暮途遠]四字形容年逾六十五歲的蔣介石。』

朝日新聞記者請教令堂『當初是什麼聖潔的決定，讓妳把兒子留在台灣而沒有同生共死？』

八十六・瓦之不全——玉何能全？

令狐無疆說：『依據國家檔案局記載，令堂對這問題回答得不卑不亢、極為中肯有智慧。』

令堂反問宮澤記者：「瓦如不全，玉如何能全？」她安全抵達日本。首相向外放送到世界的聲音夠強，台灣的獨裁政體對這案尚有所顧忌；如果她與兒子雙雙留在台灣而沒有逃走，聲音傳不到國際，台灣的國安局「關門打狗」有何顧忌？四・六學潮死難者不就是明證？』

令狐無疆喝了一口碧螺春，眼睛直視林蠅伍，似乎想看穿他內心的破綻。

林蠅伍畢境見過風浪，喜怒不形於色、一臉平靜。

令狐接著說：『令堂繼續回答宮澤記者：「站在母親的立場，也許我該與兒子同生共死；但也與全天下母親的靈魂一樣：為公義受折磨重要？或為私益而死可貴？多少全族同逝、母子同死是內戰造成？一粒種子死了，還可散播新的生命；瓦若碎了，美玉又豈能保全？』

『台灣獨裁者後來獲得強國美利堅背書，以致冤死者即使填滿溝壑，亦撼動不了蔣介石。

上天偶然賜給我以適切的身分，即使在鐵蹄下受苦卑微活著，我心裡明白，唯有鼓足勇氣敲響那喪鐘；唯有渺小不足道的個人，像塊陋瓦卑賤而活，揭發白色恐怖種種劣跡，彰明受暴者義行。則心懷目的像玉一樣聖潔，瓦片才是神聖的。』

『倘若留在咖啡店現場束手就擒，以當時氛圍：全台報紙把無辜者打成顛覆政府的「匪黨同路人」，再以「涉嫌重大」為由，不經法院判決先處決再說。成堆屍體又能向誰控訴？

韓國的李承晚在美國默許下，不就是以國家暴力對付異議者嗎？萬人塚半世紀後才…。

［四・六學潮］歲月久了，執政者慣以舉辦歌舞昇平活動掩蓋了死難者模糊臉孔。

中國有句古語［出師未捷身先死］；死了就稱為［鬼雄］。渠等墓碑只是空白無字的一塊磚。

『當我爬過三百公尺，一個墓坑又一個墓坑，當時僅剩理智告訴自己［啊！還有廢墓坑讓我安全躲入，真令人高興！］如果毫無理智，就站到馬路向軍人投降而玉碎。』

朝日新聞記者作出專業評論：『寫到這裡，不禁感慨係之。我只是以一個簡單的［請問妳］，竟引起八田紀香長串的告白，她的告白令我感動；原因是她自我犧牲的情操，不為私利而為公義的情操，別說台灣女性做不到，放眼全日本，也沒幾位女性做得到。而以瓦全而後玉全［置之死地而後生］的原則，說明她的智慧勝過許多莽夫。』

『我很欣喜原台灣總督府土木局課長八田誠二娶到這樣一位正直的公義者。』

朝日新聞記者宮澤寫出這樣的感想。

八十七・蛹蛻變為蝶之困窘

這時，令狐無疆觀察到林蠅伍臉上露出一絲不明顯的笑意；顯然，林蠅伍認同母親的智慧，母親的視野、格局勝過一般人，足資楷模中之典範當可編為教材。

講到這裡，令狐先生說：『蠅伍學弟，接下來，你應該瞭解後續的變化吧！令堂爬到公館基督教會，而教會牧師同時也是美國中央情報局的站長，靠了站長的協助，當天六點半即到達台中空軍基地，隨後搭上美軍運輸機，七點起飛後，八點不到即降落在硫球美軍基地。

美軍這種宛如處理戰爭事務的高效率，把蔣介石嚇壞了：國中有國且不在他眼皮之下。

日本當局為求慎重，將有外傷的令堂留在羽田機場三天，才由外務省女性事務官陪同，回至八田喜一郎家歇息。

在羽田機場三天期間，日本吉田首相向蔣介石發出外交照會，抗議蔣介石以白色恐怖之名胡亂抓捕，導致兩位日本女性間接死亡；接連的國際壓力迫使蔣介石暫停白色恐怖。』

令狐再解釋：為什麼國家檔案局手上，擁有殷先生與牟先生指導林蠅伍的照片？

令狐先生拿著一張張國家檔案局的文件說：『創立新中國的謀士詹恩騰主張：國家為了鼓勵無名烈士們，在國家創建過程中，無辜受到敵軍陰謀迫害者，應成立[星月有光]工作小組，褒揚嘉勉潛伏在敵方軍隊內的高級軍官吳星光等四位烈士。』

『吳星光等四位烈士的志業被蔣介石破獲、逮捕；吳星光遺駭被不當羞辱；我國為鼓勵過往的仁人志士昭彰功業，不宜白白讓無字的碑石被荒堙蔓草遮埋，有必要加以撥開戰史、撥開荒堙蔓草：老殘的生還者加以協助，逃難之死亡家屬予以褒揚。沒有家屬欠缺朋友以致長年無人搭理成為無字碑的孤塚，詹恩騰特別予以重視表彰！』

總書記不是氣度狹隘之士，立刻核准詹恩騰的請求。

詹恩騰還引用唐詩「花開堪折直須折，莫待無花空折枝」形容褒獎表彰亦須即時。

令狐先生拿出另一份文件，顯示『「星月有光」小組認為：綜覽悲劇全案，最堪無辜而值得疼惜者，當屬鄢語荷獨子林蠅伍小弟弟。』

『從出生到事故之爆發，林小弟弟與吳星光的愛國作為完全沒有任何關係，更無絲毫牽扯；但是卻遭池魚之殃波及，林小弟的母親鄢語荷被迫遠遁東瀛，一輩子無力照應他的成長，這種株連十分可嘆。

就如黃花崗革命先行者林覺民與陸皓東人頭落地，其子女安在？成就安在？』

因此，「星月有光」小組決議，透過知名作家喬冠華，經由香港管道，聯繫上台灣大學教授殷觀海先生與牟賓賜先生。

由於殷、牟兩先生在舊中國不但是舊識，而且為建立免於恐懼的公義邦國，不悅竊國者霸佔國家名器，貪腐宗室宰制國家財政；彼此同讎之理念殊無二致。因此，在喬冠華轉達「星月有光」小組的懇求後，殷、牟兩先生衷心認同而遠赴銅鑼。

喬冠華補充說明：所有經費支出概由中國國務院支給而無需任何單據。

經過令狐展示的文件，蠅伍這才恍然大悟：原來「牛皮紙袋」的拾獲，「失主」以套書贈送，還附加殷、牟兩先生的教導中國哲學及中國文學，都是詹恩騰星月有光小組的任務。

殷、牟兩先生有如話家常的伯父輩，完全沒有教書匠的匠氣。

如今，這兩位先生已作古多年；自己奔波終日，未曾服侍先生，想之令人傷心。

放下手邊文件，令狐無疆告訴蠅伍：『新中國謀士詹恩騰心中有願，為緬懷那些創建中國者：奮鬥不懈有之、荒堙蔓野無名者有之、遭無辜株連者有之；新中國不該忘記他們。

詹恩騰舉例：蔣介石追殺人民軍兩萬五千里，人民軍要糧沒糧、討葯沒藥，那種長征痛苦一言難盡，可人民軍對受傷同志一個也沒丟棄，古今歷史，沒一個起義軍做得到。

這種革命同志的相濡以沫、不離不棄的情感，把九千九百萬人心凝在一起。』

令狐無疆引出一個結論：『蔣介石欠缺恢宏氣度，貪腐者千陌縱橫，就算有萬千將帥也難以凝結；人民軍率多是工農群眾，從苦難出身者奉獻熱血，就為創建歷史上未曾有的公義社稷，而不是換上另一批貪婪者；因此除團結一心約制外別無他法。』

令狐無疆終於講完了，侍從員撤下碧螺春換上冷泉水。

令狐再次注視蠅伍，蠅伍說：『我不知命運的安排竟然這般奇異：我的生父是日本人；我還沒來得及看清他的臉，他就在海上遠逿了。母親本來是寶塚歌舞劇團頗有才氣的團員，在嘉義的鄉野偶遇生父八田誠二，母親揮灑寶塚的歌舞藝伎，唱響了九份昇平戲院，因而在台灣之北擁有一些名氣；這名氣引起舊中國軍官吳星光的注意。

雖然吳星光無心插柳而間接成為「無名辛德勒」；不求名的吳星光從未評論舊中國、從不替新中國塗脂抹粉、更未宣揚社會主義。

母親祗知道吳星光拿得出如假包換的證件，自稱是「美國中情局香港站站長」，鼓其如簧之舌宣稱「美軍即將對全台大轟炸」，並建議母親早日疏散，否則大難當頭。

美軍果然對全台大轟炸，這使他的「美國ＣＩＡ香港站站長」有幾分公信力。

吳星光又預知美軍參戰、日本必敗、日圓必貶，建議母親早日避開匯兌風險換成美元存款。』

八十八・苦悶時代的良知者

林蠅伍又說『就我所了解：吳叔叔雖心存公義，但言語瑟縮在深喉，從未有半個字吐露，更未有煽動眾人滋擾事端的預謀。』

令狐先生補充：『蔣介石屈辱來台，時與勢皆已今非昔比。雖是殘敗兵勇仍殘存餘威而企求東山再造。「設使天下無有孤，當不知幾人稱帝」的家天下思惟，既不容桂系大將白成璽亦難容印緬遠征軍名將孫立人：輕者冰凍重者軟禁。萬般屈辱的蔣氏揪出「異念者」事屬必然。翻閱首次受萬般屈辱的西安兵諫，蔣介石何嘗輕饒少帥張學良？』

林蠅伍又說：『就我記憶所知：蔣介石來台後，吳叔叔從不曾來苗栗找過母親，而二二八的苦難與「四・六學潮」悲劇是個中國歷史曲折輪迴的大不幸。

在不幸的年代，幾個在悲劇邊緣流轉的小人物，發出螢火蟲般的微小光芒。後人終於體悟到：不分海宇不分族裔，不分國籍、不分黨派，心中抱持善念，他們才是聖潔者。

聖潔的本性來自良知，是一種打從娘胎生下即有的性善：不論是黨國體制培養的殷先生、牟先生，不論是社會主義的詹恩騰、喬冠華，亦不論是日本籍的山本小姐、黑田小姐及外務省藤田事務官，美國的蓋茲、史丹利將軍及基督教會盧牧師，天主教提摩太神父，孫同學及孫爸孫媽，都是打從心底幫助母親及我，甘冒巨大風險不求一絲回報，是聖潔者無疑。

對於靈魂聖潔者，我只能叩頭一再說感謝！**Thanks you！ありがとう！**』

八十九・塞翁失馬頓悟禍福相倚

當令狐無疆把三十年前，林蠅伍遇到時代劇烈翻騰的種種，依據國家檔案局詳加記載：從美軍轟炸全台灣到日本撤出；從228事件到［四・六學潮］展示獨裁者肌肉，蠅伍終於瞭解：［個人的命運不論好壞，那千絲萬縷的種種牽動，都跟國家興亡有不可斷捨的關係。］

令狐接著說：『設使日本沒有戰敗、倘若台灣未歸還日本，這一切種種巧變都不會發生。同樣的，如果來台灣的掌政者心胸寬大、視野放遠，認清歷史之偶然與必然，不株連無辜，也許濫權羅織的惡評不會發生；這一切家變，脫離不了國家劇變！』令狐作出評價。

令狐無疆的解釋讓蠅伍頓悟而釋懷：倘使上述一切：包括母親未遇種種災禍、新中國謀士詹恩騰及時雨的悉心相助都沒發生，蠅伍他就跟普通的文林初中畢業生一般平凡無奇！

『凡夫的生命車轍軌跡，如若與文天祥筆下［鷄棲鳳凰食］雷同，履歷平庸毫無特殊，匹夫未遇雞鳴風雨之世，志向何來遠大？勁松若無霜雪何以珍奇逾甚？蠅伍學弟若無他助，你一生的格局與視野，難道不是侷限在貧脊山城的框架，與眾多苗栗高中同學一般平凡，無騰飛翻滾之勢，那局面與鴻鵠縱橫高飛豈僅相差萬里？』令狐作了初步的摘論。

令狐又說：『當然，若無全台首學的殷、牟兩先生六年來遠赴銅鑼蠅伍外婆家，以無比的耐心導引學弟氣質，框正蠅伍不成熟的想法；逢寒暑假還親自帶你到原［台北帝大］校園一覽。一睹台灣最高學府；俗語稱『地靈人傑』；高聳的椰子樹植在寬大馬路上，兩旁古蹟紅磚建築林立，這種潛移默化無疑的使人胸襟廣大。發出宏願［有朝我將朗聲於台大。］

如果沒有這種高格局期許，跨越山城侷限及小國寡民藩籬，走出文林初中框架絕無可能。

正由於殷、牟兩先生之耐心導引而考上台中一中，令狐並不否認中一中的傑出教誨。

請看往昔眾多學子，即使青春之際踩入最高學府之台北帝大，胸襟豁達者何以寥無幾人？

大開大闔跳出島國小民框架又有幾人？遍尋台大百年何以無入圍諾貝爾獎的記錄？

這不能不歸因於新中國的謀士詹恩騰。

因為詹恩騰情報系統忠實反映現況；內以資度廣大、胸襟萬仞，不受孔教舊約所限；外以一方好水養出思慮周密，格局大開大闔者，自廣東軍校任職開始即籌謀校務，視野放得遠。

國事籌蝺的關鍵時刻，動作迅速不拖泥帶水，結局從未落敗，這是謀國志士最高心法。

最最浮雕在歷史縱軸上的史詩是：他關懷所有為新中國而效命者，也沒忘記任何因間接效力，而被蔣氏株連清算而陷入荒湮蔓塚者。

『難得的是』令狐無疆發出無比讚嘆：『在蔣介石眼皮底下，喬冠華還能聯繫上台灣大學的殷、牟兩先生，甚屬難能難得。』

令狐無疆止言不語，等待蠅伍對此給出評價。

林蠅伍綜觀全局說：『新中國與舊中國是完全不同想法的兩群人之作為。』

『如果以革命先行者孫文在兩岸都能豎立大型看板為準：孫文學說云「我的民生主義就是共產主義；那些不了解的人…」同樣一句話，台灣刪除，新中國卻包容而奉孫文為先行者。

從歷史大格局看：鐘鼎既不可強求山林，山林豪雄亦難伸志於鐘鼎。但若舊的鐘鼎已腐臭經年，敗像大露於外；自黨酋至小廝皆無心投死滅身，無人以吾土吾民為念，碧血黃花壇前，誓以頭斷身死者屈指可數；以致其土其民崩壞無救，真所謂天地不仁，萬物如芻狗。』

林蠅伍又向令狐無疆細數往昔用功之艱辛，不辭勞苦；其中又因識人不明，被前妻瑪麗・羅培茲拐了不少錢。雙方洽談結束，令狐多方協助蠅伍在福建、廣東設立新式的電漿及面板產業。

當時剛上台的總書紀亦表揚林蠅伍在福建、廣東的投資，養活不少人。

中年的福建省書記，也因令狐無疆匯報林蠅伍的少年遭遇，以及詹恩騰所策劃［星月有光］無聲無息的協助，驚訝林蠅伍竟有這麼堅韌，可做為中國少年百折不撓的典範故事。

不久，總書紀邀請林蠅伍參加北京國宴；這是國家級邀宴不易的榮耀，但林蠅伍婉拒了。

令狐無疆百思不得其解。

原來苗栗的文林初中第九屆舉辦銀髮同學會。會長婁敬忠親赴福建，遞上邀請書，並叮囑他務必參加；極重要的理由是：文林初中孫同學，去年在美國去逝，去逝前留了一封便箴交給家人。

婁敬忠拿到這封便箴的複本：沒寫收件人、沒抬頭，只是一段敘述文字，是他用口述的吧！

『一九五一年某日已就寢，但翻來覆去睡不著，因為同學林蠅伍突然造訪，我父母安頓他之後我隨後躺下。忽然，我先是聽到三百公尺遠的消防救火車噹！噹！噹！噹！的救火聲。我爬到閣樓一看，遠處火光沖天。基於好奇心，我打開後院菜園的柴門，衝到現場，發現是林蠅伍母親開設的［文林飲冰室咖啡店］失火，當時林蠅伍家中的一片火海已被撲滅。

火災現場到處是倒下的物品浸泡在水漬中，傢俱散落一地。人員雜沓中，看到三本精美的木盒子，盒外註記是［八田紀香］，心想是有紀念價值的東西，就抱回家了。

抱回家後才知道這三本木盒子是蠅伍母親的日紀，其中一本角落還沾有深色血跡。老街後來流傳：［飲冰室咖啡店］的兩位日本女侍在店內自殺。

當時的客家民間傳說，說是『冤死者的血污八小時內沾到任何物品，亡者的淒厲冤魂將終其一生守住物品繚繞不去』。我當時年紀小，對於這種傳說，是深深烙印在腦海中，無法藉神力除去。因此『不敢打開日記』、『不敢丟棄（深怕寃魂責怪）』、『不敢告訴林蠅伍』、『不敢把日記交給林蠅伍（因為沒經過寃魂同意）。』

事發數十年後，我雖然當上牧師，基本上不信寃魂附身索命，但因幼年即親臨實境，腦中刻印零魂淪迴飄蕩，我無法假裝祂不存在、無法拋棄傳統深入的影響。

我的職業是牧師，傳道地漂泊不定，曾經想過親自交給林蠅伍，據說他不是出國旅遊就是遠赴中國經商，以致於經常找不到他。十五年前我又到美國傳道，兩人從未建立通信。

如今，這件事已過了逾五十年，我已病入膏肓，上帝似乎正召喚我，請將這三本木質日記，找個機會還給林蠅伍，深信寃魂不會責怪我；並對此事拖了近半世紀，請當面向他致歉。畢竟這是黑暗時代的噩運，沒人願如此！』

會長婁敬忠親訪福建的蠅伍時，把這複本交給他；但三本木質日記卻在孫同學家屬手中。

孫同學家屬曾對婁敬忠會長說：『期待文林初中同學會時，能親自將三本日記交到林同學手中，並親自代孫同學道歉，以了卻他的遺願。』

在福建辦公室親耳聽到這重大訊息的蠅伍，又看到孫同學生前的便箴，才婉拒北京國宴。

同學會這日，天朗氣清，秋意漸涼，氣候宜人。會還沒開，一群老同學興奮湧上心頭。

林蠅伍已先一日搭機返台，雇了一台加長型房車，帶了惠芬，一大早就等在文中門口。

九點半，婁敬忠會長從台北約好孫同學的家屬，抱著日記本，一行四十人搭遊覽車在文林國中門口下車。不用說，孫同學的家屬一下車就和林蠅伍握手並寒喧。

隨後，家屬就把孫同學保管良好的木盒裝日記本，妥當的交給蠅伍。

林蠅伍把日記轉交給公司特別助理，鎖進隨身保險箱後，跟昔日同學愉快的聊了起來。

看見高齡八十五的彭新嘉老師就擁抱著。在快樂、打鬧詼諧氣氛中，早已忘記昔日的往事。

每一同學不是白髮蒼蒼就是齒牙動搖，往後是否一息尚存亦不可知，活在當下豈不自在？

同學聚會後，在文中校長鄧興增引導下，老校友在文中，個個像小學生一般照起大合照。

滄海桑田一點不假：一九五八年文中畢業時，說是要蓋一座宏偉的逢甲紀念館當大禮堂，五十年過去，這逢甲紀念館曾在一九六五年蓋好，使用四十八年後拆除，新館又已聳立。

桑田滄海另一例證是銅鑼九湖村：不知何時冒出九華山大興善寺，成為遠近馳名的道場。

同樣令人驚艷是中秋盛開的九湖杭菊，宛如天堂賜艷的一望無際，夾雜一片又一片的十丈高竹林，不輸日本北海道富良野的薰衣草原野。平民匹夫皆可閱覽此廣闊大平原，老同學暢快歡笑的走在田間之野趣，若不是當地客家人一顆心凝結協同，這廣袤杭菊怕是空想。

九十・失聯的母與子——究竟為什麼？

直到令狐先生提到母親往事之後，蠅伍自問：有多久沒想起母親？

直到婁敬忠會長親到福建向他展示孫同學的便條紙內容，他才感受到母親的偉大與包容；直到文中開同學會，他看到保存良好的三本日記而感受：天下親情焉能取代母愛？

定居在日本八田宅邸的八田紀香，除了照顧岳父八田喜一郎，種些花卉，外出到花草苑學習插花藝術的花道外，當然不會丟棄在台灣的兒子八田康男。

在日本的八田紀香不改智慧深度。台灣宛如被蔣介石一腳踩住的烏龜，動彈不得。

為了不讓種種被害者往事，令人心煩慮亂的絲絲縷縷，干擾兒子八田康男的課業，致無法專心一致，因此，僅僅半年兩次以簡單的問候信加以鼓勵。

蔣介石下令檢查郵件、在海關、郵政局檢查包裹的動作從沒懈怠過。

婁敬忠會長在福建唔談林蠅伍時談到他的看法：

『蔣介石搭乘軍艦帶著兩百萬軍民，是逃難抵達台灣而不是坐大郵輪，心中自感屈辱。

這使他對下半輩子從不抱浪漫、而是抱持與新中國處於至死方休的戰爭態勢。

蔣介石自留學日本士官學校回到中國後，滿腦子是軍事；辛亥革命後更舞動槍砲追隨孫文；當上黃埔軍校校長後北伐、追緝紅軍逾兩萬五千里及對日戰爭，內心佈滿了殺伐。』

我自己認為：『大凡一身戎裝至死方休的心理：如古巴卡斯楚、巴解阿拉法特，為抗強權必致人民受苦。一九三七年曾在廬山舉拳宣示抗日而為全國景仰，與一九四八宣佈下野，不可同日而語。一九五〇年就對台灣實施戒嚴。戒嚴真義在否定羅曼蒂克的民主；政府鉗制人民是常態。林蠅伍同學你深受其苦，應該了解長期戒嚴在各個層面桎梏了百姓。我很難讚賞。』

會長婁敬忠同情林蠅伍在文林初中的悶境，才親赴福建邀請他參加同學會。

也許是相思者的宿命，也許是台灣宣佈戒嚴的因素，在八田紀香搬家三次就中斷了聯絡。

這是怎麼回事？

第一次的短暫中斷，是岳父八田喜一郎老夫婦相繼去世，一個大宅院僅一人居住，顯得孤單寂寞起來，因此，決定搬到郊外，草原一片、景色廣濶的房邸。

住到這氣候宜居的錦繡大地，日本的週刊記者也許認為：這村莊式院落已失去「舊總督府八田誠二課長故居」的官方色彩，就不斷騷擾；挖點腥色的花邊新聞，以增加報紙訂閱率。

記者們依照八田紀香逃離台灣的歷史推斷：長得傾國傾城的她，又擁有勾人的聲音，若不是與美軍顧問蓋茲少將有染，就是與死去的中國將軍吳星光過從甚密；否則就是她三不五時到公館基督教會，勾引具有美國中情局站長身分的盧・約翰牧師。

再不然，就是在美軍運輸機上，趁機向史丹利少將示愛。

總之，週刊老是把她設定為淫亂不堪的妓女級人物。

週刊先在總社畫好了犧牲者的靶再射箭，記者的訪問若說是安著好心，恐怕沒幾人同意！

即使八田紀香當面嚴詞否認，週刊標題還是一律印出「靜默承認」、「不置可否」文字。

似乎暗示她確有以上的事實。而一經週刊報導，台灣的親友以為真有其事。

週刊老闆推斷：雖然聖經上寫著：邦國將公義高舉，世上怎可能有不付代價之事？美軍顧問蓋茲少將與美國中情局站長與她非親非故，怎可能把美軍運輸機當計程車用？週刊以日本國為例：美國絕不是無條件以核子傘保護日本，而是以解除日本武裝為條件。

八田紀香吃過一次虧，影射她與蓋茲少將有染已非第一次，因此對屢屢守候在門口的記者群，一圍上來就遞上麥克風，問些不入流的腥色問題十分不悅，拒絕回答週刊的惡質詢問。

不料，第二天，週刊竟刊出「勾搭美軍蓋茲少將的八田遺孀欲言又止」，八田紀香氣壞了！但是在日本，新聞自由受到政府法律保障，想控告報導的記者是徒勞無功的。

在無計可施之下，八田紀香只好第二度搬家。兩次都寫信告訴兒子新家詳細住址。八田紀香第一次搬家是在兒子文中初二時；第二次搬家是在兒子唸台中一中高二。

奇怪的是：無論她搬到哪裡，日本記者神通廣大，都知道她搬到哪裡。這是怎麼回事？

原來，是日本記者買通了郵便總局的臨時雇員，只要外國信件寄到日本，這臨時雇員只要注意兩種訊息就抄寫地址：

第一・看到從日本寄往「台灣苗栗」，收件人是「林蠅伍」就抄寫「寄信人」日本住址。

第二・看到從「台灣苗栗」寄到日本，收件人是「八田紀香」，就抄寫「收件人」住址。

如此一來，記者永遠知道八田紀香搬到何處，隨時可以找到她而製造腥色新聞。

後來，郵便局內有看不慣記者行徑的好心員工，藉著送信之便，偷偷塞了一張沒署名的明信片到八田紀香的木製信箱內。

明信片只有一行字：「請注意：郵便局內有人因賄賂而知妳家住址。」

八田紀香恍然大悟，並且瞭解到，只要信封上出現「台灣苗栗」及「林蠅伍」兩行漢字，雇員就有辦法私下打開信件而不留破綻；這樣一來，記者永遠有辦法知道她搬至何處。

八田紀香想到釜底抽薪之計：她在一次由鹿兒島寄出的信件中告訴蠅伍：

『因為無法克服的困擾，你回信時，請寄到「外務省"八田誠二遺族"信箱02345號」，康男你的寄件地改為「台中一中」校址，別再寫苗栗』，這樣一來，日本記者就輸了！

日本郵便總局規定：『非當事人不准查詢「外務省信箱」是何人申請？地址何處？』

蠅伍收到母親這封信時，正在唸台中一中，為升大學聯考而衝刺的高三。

蠅伍正與殷先生、牟先生商量：考試前暫宿在先生宿舍若干時日，兩先生也答應了。

於是考試前，蠅伍就住到台大的老舊宿舍來，孜孜不倦的苦讀。

大學考試完，蠅伍跟殷先生、牟先生再次商量：若是考上台大，先生可否教導之？

俗語說：「得天下之英材而教之」是人生一大樂事，若可教學相長又有何不可？

不久，大學聯考放榜了，一如預期，蠅伍高中台大企管系。

在那個年代，能考上大學是件大事；考上頂尖學府台大更值得光耀門楣。

蠅伍外婆知道乖孫歷盡辛酸考上台大，在自家門口拉了一串百尺長的鞭炮慶祝。

外婆分發紅色米糕給鄰居，連挑著樟腦油路過的的吳阿公及牽著的孫女吳美妹也有雙份。

忙碌光景一週後，蠅伍到台北找房子租賃，又忙著將所需行李打包寄送。

外婆年事已高，沒有辦法關注蠅伍太多雜物，蠅伍咬緊牙，大小事全由自己處理。

匆匆忙忙中，就是忘記母親交待過的「外務省"八田誠二遺族"信箱02345號」這件事。

由於八田紀香每半年才聯絡兩次，難怪蠅伍忘了。

由於大學生活多采多姿、台大企管系課程緊湊，加上師長們鼓勵他應該出國深造，種種繁雜事干擾了對母親聯絡方式的關注而忘得一乾二淨。

大學四年後加上出國兩年，忙著創業又忙著結婚；婚後沒多久，外婆去世了，蠅伍除了偶爾回外婆舊家也是來去匆匆驚鴻一瞥，沒注意母親原先寄到台中一中而由學校退信到銅鑼一堆的退件。地上一綑退回信件，蠅伍全然無心注意。

在日本的八田紀香沒有收到兒子回信也莫可奈何，蔣介石雖然老病，但槍桿子仍牢牢掌握在國務執行官手中。白色恐怖年代不斷有人以「匪諜」名義被捕入獄，連台大的陳鼓應教授都受到戒嚴限制；雖戒嚴四十年了，總統仍未直選，想直闖台灣不是簡單事。

八田紀香認為：算一算兒子也許出國了，或許娶妻生子，也或許創業；生活中應該有自己的重心。兒子若是溶入西洋式思維，把養育之恩擺最後：那也是無可奈何的事！

九十一・往事追想五十年

回到外婆農莊的家，一切很熟悉。惠芬端上金萱茶，尚未打開日記，想起孫同學。

那一夜，是孫爸毫不猶豫的打開老舊高聳的木門，讓蠅伍迅速進來。那木門未發出伊啞聲。孫媽二話不說，甘冒斧鉞加身，架起一具長竹梯在牆上，孫同學示範並導引他踏上長梯，從另一端長梯踩踏而下，到了一間無人倉庫。

孫同學還準備了小便用木筒及棉被，孫同學走開後，他不知名的兄長陪在木床邊地上。有了這位黝黑結實彷彿四大金剛的兄長陪著，蠅伍寬心不少。

但是此次逃遁既是避難而來，就不適合閒談聊天；而以禁聲為上策。

孫同學曾經告訴蠅伍：只不過是唸小學六年那當年，孫同學年僅十一歲，忽逢一件靈變：隔壁巷子傅伯伯的長子，據說夜裡硬闖松山某鐵路平交道。那傅某遇上劫數被火車撞死。

『奇怪的是：那傅某遺體尚未託貨運卡車載送回傅家前的深夜四點，孫同學自己一人即在閣樓聽見傅某詭異的哭泣聲，據說傅伯伯早己感應長子突遭不測。』因為是親身體驗，孫同學自此對靈變是深入腦海。

孫同學在便條紙說：「回到家才看到木盒一角沾有血跡，因為不知誰死了，又因看不懂日文，日記上雖標示八田紀香，孫同學不知八田紀香是誰，直覺此物既沾有血跡，即為不詳之物無疑。」

客家傳說是：沾有血跡的物品必有寃魂盤據其內而戀棧不去。孫同學對此深信不疑。

孫同學不但不敢開啟，更不敢透露這拾獲日記之事給任何人知曉，包括蠅伍。孫同學深怕這不詳之物因他的魯莽開啟，四處散佈而引發不可預知的後果如潘朵拉盒子。

九十二・童年時溫馨的遠足

林蠅伍回到公司後，謹慎打開母親的日記，發覺都是用日文書寫。不過蠅伍看得懂。逐句逐行仔細閱讀，蠅伍才發現母親的前半生，走一條公義孤獨之路，走得十分辛酸坎坷，自從東京寶塚歌劇團結業，母親她與姐姐小和田結衣走一條完全不一樣的路。

一樣是取悅觀眾，跳得一身好舞功的小和田結衣，挑逗許多男人心；自然也不拒眾多大老闆的邀宴、陪酒或包養，是一條平凡藝妓順遂但平庸的路，小和田結衣只是萬千藝妓之一。

母親小和田紀香則遠走九份演唱和歌，嚴詞婉拒大老闆及士紳的邀宴、陪酒。

唯獨如此，台灣總督府土木課長八田誠二才慧眼獨具看中這「不賣帳」的美鑽。

蠅伍深深感受到：如非父親慧眼識明珠，展露出永恆守信的東京帝大優秀氣質兼以一往情深，母親也不敢託負終身。

又如果不是中國將軍吳星光以熱血為了公義執著，屢次以佈局巧妙化解困局，母親至今還留在沒落的九份：也許被美軍轟炸波及；也許被顏崙倫收為小妾而成為沒有故事的女人。

這一切是宿命嗎？

沒有故事的尋常人，也許如蘇軾「無病無痛到公卿」；從反面看：尋常人最易摧折自我。

母親的日記大部是記載「重大事件」；唯有帶蠅伍一人「遠足」例外。

翻到蠅伍小學三年級時，母親寫下了【今天，與我兒康男至苗栗《西片河壩》遠足】。

今天，雨後的天氣轉晴，遠處的雙峯山份外清楚，我用腳踏車載康男到西片河壩遠足。不知什麼緣故，西片河壩的溪水比東片的清澈平緩。因為清澈見底沒隱瞞，讓人看了就喜歡。

東片河壩的上游是苗栗大湖鄉，大湖鄉與大雪山相依偎。如果遭逢超大颱風降下超量雨水到大雪山上，上游的雨勢非常洶猛，把山上巨石沖刷到河床；而巨石在河床滾動又互磨互撞之聲，三百公尺外都聽得到那山崩地裂如天地巨鼓聲。西片河壩就沒有這種情形。

平緩而沒有激流的西片河壩溪水，從窄橋往下看，就可看到清澈溪水中有一群閃動的銀梭，似乎驕傲翻耀銀光的鯽魚；魚群騰躍而起的姿勢，讓魚腹兩側的魚鱗閃爍出不可言喻的喜悅。客家人稱呼牠為「白哥仔」；古人形容說「錦鱗游泳，浮光耀金」真是騷到癢處！

我趕緊呼喚康男來欣賞這美麗的山景與水景；因為有鯽魚快樂的嬉戲，代表水質清澈。古人莊子與惠施在橋上觀魚嬉戲，曾有一番哲理之辯。但康男太小，就不提我的心得。

遠處有一群吃草的水牛，幾個牧童宿命似的在牧牛。另幾隻牛懶洋洋的趴在礫石上。

西湖溪上游是淡藍雙峯山，下過雨後的雙峯山，有如富士山，孤獨矗立高聳像座大無畏的聖山。這麼有氣質的山峯，從每個角度欣賞都美；而苗栗沒幾位文人雅士速寫、速描或歌詠這座山峯，真是可惜！大宋周敦頤以百字詠蓮，竟傳誦千年；詠頌雙峯山者有何人？

康男喫著帶來的餅干，邊看著牧童，邊隨興看著鯽魚而自在；牧童們可能是太苦悶了，居然拾起扁圓石頭丟向牛糞堆：看看誰削的面積大誰就贏。這是人生無奈而苦中作樂吧！

我趁機向康男闡述教育：『中國唐詩「金縷衣」寫道『勸君莫惜金縷衣，勸君惜取少年時，花開堪折直須折，莫待無花空折枝』詩人的本意並不是勸人折斷美艷的花蕊；相反的，他是苦勸少年：趁著年輕時趕緊努力，力爭上游！若不趁少年時爭取成績至頂峯絕世；就應驗了古人嘆息的「少壯不努力，老大何止傷悲啊！」

康男你看看那幾位牧童，可能是家庭緣故，僅能以體力及少年寶貴光陰，換取微薄工資；他們並不知人生幾何？來到這世間短暫的意義到底是什麼？牧牛要牧到幾年幾月方休？』

我看康男年紀太小，就以古希臘教育家說過的「三歲定終身」說明：

『一個有用的男孩，應該埋首於書堆廢寢忘食，以打下更高學問的基礎；少年時光若是只用苦力像牧童一樣，總有衰老的一天，老年之時男人以何資產養活自己？』

『同樣，少女時若不用心書本，僅僅以艷色吸引好逑者，女人的青春美艷在二十五歲以後就衰退得非常快；一旦年華老去如花朵般凋謝，就得面對人生被檢驗的殘酷現實。』

『康男你一定要手不釋卷才不被淘汰。不管環境如何惡劣難熬，你一定要弦歌不輟、課業絕不中斷，才能跟強者站在平等的立足點上。例如日本戰國時代的上杉謙信、武田信玄、織田信長、伊達政宗都是一樣強大，誰能勝出是看誰的智慧高人一等。』

『康男你看那幾個牧童多可憐，從少年開始就失去立足點！

康男你要注意科技日新月異，守舊或拒絕改變只有等待被超越！這是對自己不負責任。舊日本帝國不是被美國原子彈擊敗，而是被美國新科技打倒。美國可以轟炸東京，日本飛機為何炸不到美國加州？美國飛機可以飛到同溫層高空，日本就不行；美國有空中加油機，日本帝國為何欠缺這種超越式技術？』

『一個男孩被稱為好男兒，不是空喊責任感，還須靠不斷吸收新知讓理念實踐。新科技與新智識的魅力與實用性，絕對勝過肩挑手提的苦力千萬倍。』

『康男！歷史有記載：十八世紀時英國有個叫瓦特**Watt**的發明了蒸汽機，取代了馬車與苦力，推動蒸汽火車與蒸汽輪船的誕生，同時讓肩挑手提為營生的工人失業了。康男！你一定記住：苦守一座城堡的兵士不思如何積極進攻，他祇夠格被失敗的繩索綁住。』

『康男！你看老街那位孫師傅的棉被店，已經引進《腳踩式彈棉被機》；不再用那老舊落後的「一肩扛彎曲木架一邊彈弓弦！」的舊式彈棉被法；更新式加裝馬達的「彈棉被機」也取代落後的舊式彈棉被老方法！』

『康男！十八世紀的英國出了一個叫「亞當・斯密斯」的大學問家，他曾說過：『別把他人的娛樂當成你的終生職業，例如釣魚；那會很辛苦。』康男！這是至理名言！』

『我看得出康男似懂非懂，畢竟他不到十歲呀。』

『康男這時抬起頭，看見不遠處，一座優美的木橋跨在河的兩側。

這是日本技師三木先生仿照十八世紀梵谷畫作，一張浮世繪的日本橋模式而建的窄橋。美軍轟炸時，這橋的橋面略有損壞，但總督府的效率快，不到半年就修復了。只容許行人與水牛行走其上的狹窄木橋，不知為什麼，在夕陽斜斜照射時特別美麗。』

『昨天，遠足時橙黃漸變鵝黃的夕陽，夕照光線透射在橋縫的孔洞，映照在西片河面，也照在古老農舍的土牆上，那輝光四射之景像，美得有如一幅梵谷名畫。當夕陽已經下到山的另一邊時，我就用腳踏車載著康男回家。』

『走在火紅夕照的小石子路上，一邊是輝亮的白楊木，由高到低長長的串成一排，一邊是木質電線桿；長長的電線垂下來，大自然把它彎成美麗的弧狀；停在電桿而寥落的幾隻麻雀，不知為什麼形塑了人間的孤獨？雖然牠們不知孤獨何義。』

忽然，腦筋閃過一幅文人描述的「孤獨之鳥」；那畫面是否暗示人間確有逃不了的孤獨？』

『寂寥之始並不是孤獨；孤獨是一種內心的狀態：心中缺欠喜悅，即使萬人前呼後擁的假性讚許，關起門後即無一人搭理即稱孤獨。』

母親的日記「康男的遠足」篇僅寫到這裡。

蠅伍讀到母親記錄自己在小學二年級的遠足，那白哥仔翻騰而隨興、那牧童以石擊糞之無奈、那夕陽下的木橋側影，那與美麗白楊木平行的幾何弧型電線桿，加上那停留幾隻象徵孤獨的麻雀，在在記憶猶新！

當年距今，那翻騰的白哥仔與孤獨的麻雀如今怕是不在了吧！

當年年歲約有小學五年之齡的少年牧童，逾五十年之今日，怕是已成古稀老翁吧！古稀老翁？已逾五十年？那不正是母親嗎？母親如今在何方？

九十三・回想昔日八田紀香的文學之旅

自從八田紀香學會了「花道與茶道、能劇…」這些融入日本社會的文化後，發現沒有學到「俳句」的詩詞，於是很有禮貌的向春日、篠山女士詢問，並請求文部省指派文學家來。

日本文部省還真的指派一位文壇頗有名氣的文學家——菊池寬來指導。俳句不像小學國語那麼簡單；學習俳句也不是單純的朗誦就會寫詩，因為「寫詩」、「寫俳句」須要有一點藝術細胞以及對周遭事務、人物，敏感的詩人感受。

若是欠缺這種「詩的氣質」，寫出的詩無人共鳴共感，那是文人最傷心的時刻。

八田紀香從眾多詩集中，感應到有個日本詩人的作品，與她內心紛亂的想法十分吻合：就是以一本詩作獲得「讀賣文學獎」的佐藤春夫，因處女作「殉情詩集」而才華洋溢。

大正九年，佐藤春夫曾旅遊台中霧社，大正十四年出版「霧社」一書；遊記「女誡扇綺譚」記載了台灣之旅的見聞。紀香因此親自登門造訪，尋求大文豪的指導。

八田紀香寫了十年，文壇僅給予「小學生」水準；第二十年，已達高中生水準但不宜發表。寫到第二十五年，遇見文壇新銳大江健三郎，願給努力不懈者稱許，可以在周刊發表了！受到大江先生的肯定，寫到第三十年的八田紀香，對文學的創作充滿自信，開始拋棄傳統「以硯台磨墨，以筆沾墨」在紙上寫詩的方式。

八田紀香改用絹布、綢緞、燙熨平坦的竹片、訂製的薄瓷片及刨薄的木片上寫詩。

一開始，有點害羞的她，只敢掛在自家庭院的葡萄架下。
刻意將濃濃的墨汁留在竹片、木片及絹布、綢緞上，讓墨汁滴下留住動感，形成新作品。
不久，八田紀香請來三名作家，期望他們作些嚴格評論。
八田紀香期望聽到中肯、客觀的評語；人生歷鍊不就須要千錘百鍊去蕪存菁嗎？
她請的第一位是專門探討「死亡與再生、靈魂與肉體」關係及「靈魂救贖」的大江健三郎。
第二位是以一篇描寫原爆投下後，國民死傷慘狀的「黑雨」，而受到英美重視的井伏鱒二。
第三位則是中年開始創作，字斟句酌、排除敘述，文章只留下最精鍊部份的永井龍男。
另外禮聘評論家石川達三及丹羽文雄兩位先生作為副評論員。
在葡萄園下，紀香完全不提先夫「八田誠二」；畢竟已事過三十年，不打算用光環蔽蔭！
寫出的俳句以藝術形式展現，受到日本文化界肯定，喜悅帶來的肯定感，超越昔日的不悅。
八田紀香學習到：拋棄昔日某些不愉快往事，才是喜悅的泉源。
這天，在晶瑩剔透像淺綠珍珠般的串串葡萄園下，八田紀香愉快的招待作家們。耳邊不時傳來『お元氣ですが，大江樣？』『お元氣ですが，井伏樣？』『お元氣ですが，永井樣？』
八田紀香發到貴賓手上的，不是一本印刷精美的俳句詩集，那太沒創意。
貴賓手上拿到的俳句詩集，是沉甸甸的作品集；為什麼沉甸甸？
原來，她把俳句詩集寫在絹布、綢緞上及薄木片上之外，還燒在薄薄的骨瓷上。
那骨瓷雖薄，還蠻沉重的；雖然作品集沒有紙張。
俳句詩集其中一首是這麼寫的：『俳句十七餘一』
『芭蕉葉下

昔日的光影下有一仙島
港鎮戲院舞台上曾有歌舞姬在飛躍
有誰預想那純白亮艷羽衣舞者的宿命？
可嘆千百年前竹林下有七位賢者言語
預言八頃良田有二株香草圍著薰衣草
東方琵琶曾為七賢撫弦長鳴長悲
人世間覺有情忽然**長**悲**長**鳴**長**嘆？
雪泥上**雪**雁留下**雪**印你可曾記住？
松風拂醒**松**葉拂醒**松**下冥想的我
霧鎖的北方港鎮繁華將落盡
一襲孔雀羽飾圓點珍珠白舞衣雖在跳躍
紅塵下**紅**衣女那**紅**繡喜球拋向何方？
恰如**巴**山夜雨敲在**芭**蕉葉上
恰似**貝**多芬的**貝**殼交響曲
我苦尋日本**松**島下竹林之**松**濤
赤足達摩一葦**渡**江**度**化了誰？
潮來**潮**去後**雪**雁留下尚有幾隻足印？』

這首詩句中，八田紀香沒有暗示八田誠二，沒有暗示九份小鎮。充滿抽象暗示，使得俳句詩的可讀性提高。題目『俳句十七餘一』因俳句規定單數句。

八田紀香帶領三位名作家及兩位評論家，像是到了博物館欣賞藝術品一般，逐一欣賞絹布、木片、竹片、摺扇、薄瓷、和服上的俳句。

名作家及評論家很客觀的給予「仍待修鍊」、「略臻可讀」的評價。

從此次小聚而試評之後，有不少人前來葡萄園宅前購買寫在木片、竹片、摺扇、薄瓷、和服上的俳句藝品；這使得紀香信心大增，就把所有作品託人運到東京代代木公園或東大寺，在風和日麗時懸掛。

細心的紀香還請人設計作品的專屬木製收藏盒，古代「買櫝還珠」的觀念使作品珍貴不少。

知名度大增的「女詩人八田紀香」，在專屬木製收藏盒上烙上「八田紀香」燙金字。

曾幫紀香攝影的入江泰吉，也幫忙製作海報及攝影專輯，在展示宣傳上極有助益。

九十四・尋找母親的苗栗男兒

因在中國投資事業成功，林蠅伍婉拒了北京國宴，趕到苗栗銅鑼參加同學會。因為會長婁敬忠在同學會前，拿了一紙複本專程到福建告訴他：以前的孫同學在美國去世了。去世前囑付家人：務必將三本屬於林蠅伍的精緻盒裝日記交還給他，並向他道歉。

林蠅伍拿到這三本以日文寫的日記，在公司仔細閱讀後，才發現母親的偉大。母親從九份開始助人，到苗栗也處處助人、處處救人，除了救過公館的賴女士和她的四個小兒女外，還救了奧地利及日本的性工作者。

公館教會的約瀚・盧牧師還稱她為「台灣女辛德勒」。日記中，「康男的遠足」滿滿是母親對他的叮嚀與把握光陰的提醒！現在想念母親，卻不知母親如今在何方？後悔沒在大學畢業、出國留學及婚前婚後，聯絡失去音訊的母親。後悔又有什麼用？

他想起了三個日本的藝術品進出口商：濱崎幸雄、山口健次及藤田直人。交待業務代理一周後，林蠅伍以八田康男名字親赴日本，與三位藝品商取得聯絡。林蠅伍從五十五歲開始投入藝術品方面的研究：如西洋繪畫、宋元古畫及玉石器。

由於這些藝術品真偽不易評定，蠅伍從事藝術領域研究，經仔細評估後，才開始投資。

林蠅伍把想念母親卻不知母親在何方的苦惱，告訴濱崎等三人。

這些貿易商跑遍全日本，當然也走過代代木公園及東大寺。

藝術商之一的藤田直人輕聲的提醒：『八田様，您還沒告訴我們令堂的大名喚作什麼呀？』八田康男猛拍自已微禿的額頭說：『唉呀！年紀真的一大把了！連這麼重要的當務之急，我都忘了最重要的關鍵了！我真是糊塗得不像話呀！家母名叫「八田紀香」各位聽過嗎？』

藤田看著天空，想了五秒突然大叫說：

『哦！我想起來了！有一位八十歲左右的老太婆，在東大寺及代代木公園掛出一系列的藝術品像木片、竹片、摺扇、薄瓷、和服上寫滿了俳句，讀賣及朝日新聞都曾經加以報導。其中的木盒及展示盒都用燙金字刻印上四個漢字「八田紀香」，不知是不是她？』

八田康男聽到後十分興奮，因為「八十歲老太太」及「姓名」兩項特徵都符合。

藤田直人依照日本最新科技的手機照相，拍到藝術品及八十歲老太婆的側臉。

八田康男無法從老太婆的側臉，看出這就是五十年不見的母親。

第二天，八田康男立刻趕赴東京代代木公園及東大寺，果然確認在東大寺外懸掛俳句藝術品的老太婆就是日夜思念的母親。

但是母子分離將近五十個年頭，失去音信也逾四十幾年。母與子都變老了。

今日若是冒然相認，不論在東大寺或代代木公園皆屬唐突莽撞。

但有另外的收穫，了解母親因信奉基督教而每周日必到池袋教會做禮拜。

八田康男透過藝術商山口健次的關係，找到池袋教會的淵田牧師。

這位年輕的淵田牧師是原來淵田英雄的兒子；淵田英雄在二戰時駕駛過零式戰鬥機。

八田康男仔細說出自己的身世：先父原是「日本殖民台灣總督府」土木課的八田誠二課長，又陳述母親八田紀香為了公義而救了不少人。

因台灣實施戒嚴，意外被迫來到日本而與兒子音信失聯。

淵田牧師證道多年，從沒聽過這麼感人的故事；決定要為這對母子牽上線。

八田康男簡要陳述：『八田誠二搭乘的輪船雖被美軍擊沉，八田紀香仍然每季一次帶著我探視八田喜一郎，也就是探視我的祖父；互相慰勉失去一位至親的痛苦。』

『美軍轟炸台灣之前，母親帶著我回到苗栗郡的娘家躲過大轟炸；後來台灣發生白色恐怖事件，同時實施戒嚴統治；母親無端被捲入《株連者》嫌疑而連夜逃離家園，透過在台美軍的協助到了日本，但也失去與兒子共同成長的機會，母與子分離了約五十年。』

淵田牧師聽了十分動容。

九十五・感恩戴德足以載物

中國從2001年開始外匯存底大增，有設計人造衛星及太空站能力，國家有能力申辦奧運。

國家科技能力讓中國人信心強，不怕面對過去歷史的檢驗。

中國國務院因此推行留下『紀念新中國無名烈士』留下的追思，在國家檔案局發現［吳星光及其他烈士］長期潛伏在敵黨軍部內，最後被捕犧牲，新中國應建［無名英雄紀念碑］以資嘉勉後人。

謀士詹恩騰有鑑於大清朝被推翻時，革命先行者黃興、林覺民之事蹟何在？先行者的孫文等人忘了嘉勉十次革命中壯烈犧牲的烈士，也忘了撫卹烈士遺族。

因此詹恩騰念茲在茲的志業即是不忘溝壑之無名烈士。

另一方面，林蠅伍以客觀翔實數據投書國務院，他把關心的層次，由企業之危機漸漸提昇到國家層次，屢屢向國務院闡述中國在保持國格下，如何發展經濟避免被各項債務拖垮！

國務院注意到了。因此國務院總理聘請林蠅伍為國家經濟顧問的公正旁觀者。

由於北京國宴邀請被林蠅伍婉拒，因此林蠅伍改以簡單的書面致詞：

中國『四十九年前，舊中國道德與秩序兩皆崩毀。經濟大壞國無所望；萬千志士不計血流漂櫓，河邊堆白骨雖死無憾，但集萬心為一心、無視頭斷身死而力擋崩毀洪流，為建立新社會，匯成不可擋的血肉長城，建立高舉平等、力抗強鄰內除貪腐之國。千萬烈士不畏舊中國鷹犬之撕咬、荒堙蔓草有溝壑之士。

幸有謀國者詹先生胸懷軫念，追尋溝壑千秋事跡，彰名永垂不朽。我林蠅伍有幸參與國家經濟思辯，以一己微小之見提出建言，忝受國宴深有榮幸。

只為因緣際會，昔日同學保留家母五十年前而留下的日記，將於國宴日家屬親自由美國送回。兩相取捨當以〔陳情表〕蘊涵義理之親情為重；深信國士們當會同情我的處境！』

九十六・追尋教堂風琴聲弦外悲調

東京池袋小小的教堂，揚起一陣悠揚的風琴聲。正在彈奏的是[優しい光]。仔細傾聽，那是19世紀英國教徒紐曼（J.Newman）航行在西西里島，突遇風暴而寫成的詩。『Lead, kindly light』日本語譯名為[優しい光]；中國語則為[慈光歌]。

在池袋教堂門外，八田康男聽到了感人之風琴聲：

[薄暗がりのただざ中に　いる私を　優しき光べ　導いて　ください]

懇求慈光導引脫離黑蔭，我不求主指引遙遠路程；我只懇求，一步一步導引

[どうが私を導いてくたさい]我不求主指引遙遠路程

[夜は闇に包まれ　私は家を遠く離れています]黑夜漫漫，我又遠離家庭，導我前行

[どうが私を導いてくたさい]我不求主指引遙遠路程

[朝とともに　天使の顔に笑みぎ　こばれます]夜盡天明晨曦光裡重逢

[私が長く愛し　長く失っていた　あ笑みが]多年契闊，我心所愛笑容

八田康男靜靜的佇立門外，沒有驚動讚美詩歌的進行，也沒有擾動會眾。

經過教會執事人員的引導，八田康男靜坐角落一隅。

池袋教會的大竹女士拿著教會日程表，輕聲的向八田康男解釋：

『人生經常遇見黑暗，又盼望光明到來，在漫漫長夜，一個人好像身處曠野，沒有微光指引，甚至看不到方向。平凡人陷入絕境，如漂浮在浪濤上的浮木，不知如何祈許命運。』

[優しい光]原作者John.Newman只求與主同在，求主[作我的腳]（**keep thou my feet**），引導我：行在地上如同天上。紐曼他體會到[在黑暗中，伸手不見五指時，踏錯一步也許掉入山谷；紐曼他體會了《**one step enough for me**》也就是我主引我一步即已足夠。

大竹女士繼續闡述：[現在的我失去了『發現小徑的能力』，因此，紐曼說『我熱愛找的路』（**I love to chose and see my path**），毋須光照如晝。

紐曼說他只要微光（**kindly light**）引導（**lead**）即以足夠；大竹女士下了結論：聖詩因此取名[**Lead, kindly light**][優しい光]。

經過大竹女士的細細解釋，八田康男終於了解教會為什麼唱誦[優しい光]這首歌。

康男遠遠的望著母親：多年多年不見，她已如聖母雕像般聳立。

東京的深秋十分冷冽，母親一襲絨布淺紫大披風，內裡是淺綠毛質羊裝；戴了一頂蘋果白的絨帽。對體力逐日變差的八十一歲老人而言，顯然是看護仔細打點了門面。

康男心中暗自慚愧：別說兩人分離不見已五十年，母親邁入老年乏人看顧也多年了吧！

康男沒想到的時空是：母親溶入日本社會也近五十年，自認為是日本人。

日本社會文化特質偏向西方，不興『父慈子孝』那套；日本傳說也無二十四孝楷模故事。

漢和文化如此不同，大和文化全無[不孝]這種原罪；頂多是[不服從、不聽話]而已。

溶入日本文化已久的八田紀香，不認為誰虧欠她。在某個哲學觀點來看也許活得快樂。

由於八田康男事先與池袋教會的淵田牧師打過招呼，在本日證道結束前，淵田牧師說：

『兄弟姐妹們：聖經說：公義使邦國高舉；今天，由於上帝的恩典，為我們帶來了一位折翼天使，傾聽他力爭上游的故事，這種啟示不僅僅是卓越，不僅僅是本教會的榮幸。

約在四十九年前，西岸島嶼的天使被迫與母親分離。這位母親為了上帝公義的邦國，不斷救人助人被列為島嶼戒嚴時的嫌疑者，受到軍人深夜追捕而逃亡；在漫漫長夜中靠著微弱的星光及上帝的指引，才能爬過死屍遍佈的死亡蔭谷，橫渡一條充滿水蛭的河流，雖身上佈滿水蛭，仍以無比勇氣，堅忍毅力爬出可憎蔭谷，磨破了手腳，最後找到基督教會的**John. Louis**牧師才得救。』

池袋教會的會眾無不露出驚訝表情，瞪大眼睛不敢相信本教會竟有一位教友，曾經在惡劣的處境中如羔羊般與獅虎博鬥。

年輕的淵田牧師接著說：『那位無助的母親無奈中與小兒子分離，讓那位折翼天使在浪濤中翻滾，命運似乎注定他從小與噩運奮鬥不停。他不停的努力，在中學與大學接連榮獲冠軍，在中國創立規模像東芝、日立那麼大的公司，一位成就如松下幸之助一樣的企業家。』

淵田走下講壇，走到八田紀香旁，向會眾宣佈：『那位受盡折磨仍不屈服的母親便是八田紀香姐妹。紀香姐妹可以請妳上台嗎？』

八田紀香驚訝得說不出話來。教友摻扶著這位高齡八十一的教友上了講壇。

緊接著，淵田牧師再宣告：『那位折翼天使今天也來到本教會，就是企業家八田康男。』

雖然曾經千百次走到講台前，康男這次卻是全然感受不到久後重逢的熱烈氣氛。

兩人沒有在講壇上演出熱烈擁抱；雖然淵田牧師一再形容《這對母子相逢是世紀奇蹟》，並沒有消除八田紀香對眼前這陌生禿頭男的疑慮。

她仍站在講壇上呆若木雞，臉上盡是不知所措；明顯不相信牧師動聽辭藻所堆砌的一切。

八田紀香記憶中的[康男]，是個小學剛畢業升上初一的鬥志昂揚少年。稚嫩的臉龐有著堅定的眼神，嘴角與額頭稜線與八田誠二分外神似。但這是五十年前。眼前這個六十多歲老頭與她印象中的[康男]，反差如此巨大彷彿是場鬧劇。

『馬鹿　**ばが！**』個性溫和的八田紀香心裡咒罵著『淵田牧師今天在搞什麼？』講壇之旁，八田紀香用嚴肅口吻，一臉三次詢問康男：『**あなたわ　たれてすが**（你是誰）？』

八田康男不愧是從艱困局勢爬出困境的企業家，謀劃企業競爭立於不敗，這次他完全有備而來。也就是他把企業界最嚴苛的生存法則拿來要求自已。

九十七・九件證物能挽回親子之僵化？

他從講壇後方抱出一堆『證物』，證明只有最親密的一家人，才有可能擁有這十項物件。

在教友們共同見證下，康男逐一解說這些年代久遠的歷史文件。

第一件・是八田紀香與當年台灣總督府土木課長八田誠二，在平壤寺院前恩愛的結婚照。

第二件・寺院前八公尺二十長的拖地白色婚紗禮服，康男用真空壓縮技術包覆如新。

第三件・在昇平戲院初次登台時的［孔雀羽飾白色珍珠大舞衣］，也被康男用壓縮保存。

第四件・八田誠二的大洋丸輪船被美軍擊沉後，當時的東條首相親筆簽名的旌忠褒賞狀。

第五件・自稱是美國中情局ＣＩＡ香港站站長的吳星光遞給八田紀香的ＣＩＡ金質名片，並拿出九份轟炸空照圖預告：美軍即將對島嶼都市大轟炸。康男展示了金質名片。

第六件・八田紀香聽從吳星光勸告，立刻疏散到鄉下，大轟炸證實吳星光情報不假。

第七件・島嶼發生政治事件及白色恐怖株連無辜，紀香抗拒騷擾讓掌政者痛恨。

第八件・為拯救完全沒有醫療的妓女們，自費請醫師診治，並自扮南丁格爾逐一慰問；意外發現有位賴女士是四位流浪小孩的母親。還願意花費巨資撫養這四位流浪小孩。

又發現日本女性松竹女士陷入妓女院，她沒有直接救出而是透過智慧才讓松竹脫險。

除了拍立得相片，這些慈愛事件都寫在第三本日記上。

第九件‧在逃出咖啡店軍人魔爪的當晚，兩位日本籍的山本小姐及黑田小姐雙雙失踪，康男的孫同學，在失火後的災難現場拾獲三本八田紀香的木盒包裝日記。

說著，康男解開絹絲絨包著的木盒，打開木盒，果真有日記在內。在第二本日記中，寫滿紀香帶著康男到苗栗郡銅鑼西湖溪的日本橋下遠足往事。

每本日記都夾兩張紀香抱著康男與八田誠二合照的相片。

為了加深說服力，康男輕輕朗誦紀香日記中[遠足]的那一段。

第十件‧康男向會眾自述：『為了尋找母親，動用藝術界朋友藤田直人、濱崎幸雄、山口健次等知名藝品進口商協助訪查，才在東大寺外發現八田紀香正以竹片瓷片展示俳句，證實確是母親。如果不是因心懷愧疚而尋找失聯多年的母親，有誰想誆騙八十歲老太婆？』

忽然，八田紀香的眼眶止不住淚珠滾動。

她睜大眼看著康男的眼與嘴，一直盯著不放；她已經八十一歲，一生以精明著稱的她，豈能因這陌生禿頭男九項證物的唱作俱佳給騙了？

眼看紀香在情感上並未百分百相信他前九項說明，康男拿出一對七吋高的玉雕鴛鴦。

看到這對玉雕鴛鴦，八田紀香的眼睛睜得既圓又大。

會眾的眼光集中在桌上這對玉雕鴛鴦身上：精緻的木盒上刻了燙金的十八個漢字：

『大日本帝國朝鮮總督府平壤行政長官　特許』

雖然康男目前身分是藝術品進出口商，身上擁有玉雕鴛鴦不足為奇。

但要引起八田紀香回憶起六十年前，與八田誠二在平壤故事之種種，普通玉鴛鴦辦不到。

這對玉雕淺綠鴛鴦特別引人入勝處在於：桌案上左邊這隻鴛鴦雞冠高聳，顯然是隻雄鳥。

這隻雄鴛鴦胸前刻了「八田誠二」四個漢字。

八田誠二要求雕刻師傅將四個漢字刻成「凸雕」也就是浮雕，這難度很高。

桌案上右邊這隻鴛鴦沒那麼艷麗，是隻雌鳥，胸前刻了「八田紀香」而刻成凹雕。

最神奇的是：這一對玉雕鴛鴦頸部可以旋轉，轉了九十度後頸部可以脫離。

紀香日記中註記：八田誠二徵得紀香同意，買下這對玉雕鴛鴦後刻上兩人名字。

當得知鴛鴦頸部可以經由旋轉取下後，在雄鳥身體內部刻上八田紀香，反之亦然。

隔年生下八田康男之後，請台灣嘉義師傅在雄鳥腹部刻上八田，雌鳥腹部則刻上康男。

以上這段故事，因為發生日期最早；八田紀香把它寫在第一本日記上。

還活著的人，沒人知道這件往事的細節，除了八田紀香。

這對玉雕鴛鴦是保存在外婆家。

八田康男的外婆去世後，在外婆遺物中找到這對玉雕鴛鴦，連外婆也不知其典故或來歷。

直到不久前，孫同學家屬送回日記，閱讀紀香日記，才知道玉雕鴛鴦與八田一家人的故事。

這次，把玉雕鴛鴦帶到東京，專門為取信母親而風塵僕僕；單看那包裝木盒及內襯的絲絨，現在已找不到這種精緻的細工。

康男講完鴛鴦的故事，八田紀香的眼淚悄悄的流了下來；這表示康男所講是真實的故事。

真的玉雕鴛鴦！

真的鴛鴦旅程！是八田誠二與她在朝鮮平壤的旅程！

那麼，眼前八田康男怎可能是假的？

紀香不輕易流露感情，不輕易相信陌路男女，也不輕易在教會會眾前掉淚。

眼前這禿頭老年人，眉宇間充滿自信，解說十項文物像八田誠二課長有條理，充滿說服力。八田誠二課長？眼前這老頭的眉宇、眼神、嘴角有六成五的相似度。

如果此人不是八田康男，他哪來這麼多紀香生命中罕見的珍品？

如果此人冒充八田康男，千里迢迢只為惹起我這老太婆掉淚，對他有什麼好處？

『沒有！一點好處都沒有！』八田紀香內心這時一再自問自答。

反覆看這高挺的老頭，高級的西裝筆挺，眼神似松下幸之助，嘴角倒像稻盛和夫。

紀香嘆了一口氣，兒子都變老頭了，自己何時變得這麼老？

她一直以為自己仍停留在六十幾歲的思辨、體力與歲月，哪知道二十年光陰轉眼溜走？

她一直以為兒子才大學畢業，俊秀挺拔的青年才對；歲月何其殘忍，把年輕兒子變老頭？

終於，紀香鼓起勇氣向眼前陌生男輕喚一聲：『康男！』，表示認可這陌生男確是她兒子。

康男以九十度鞠躬回應。

她恢復了鎮定，向池袋教會會眾前證道：

『我與康男的命運，五十年前即受到時代的衝擊。原本註定陷入萬劫不復的困局，沒想到受到許多聖潔靈魂的協助及保護，僥倖的逃出地獄邊緣。

在許多聖潔靈魂中，有日本籍、美國、加拿大籍及中國籍。

中國的聖潔靈魂中還有國民黨及共產黨籍；在許多關鍵時刻，他們的人性光輝超越了國界及黨派；如果少了其中一個關鍵人物，我與康男母子可能陷入萬劫不復甚至死亡。

感謝上帝的指引！感謝上帝協助我不屈不撓、百折不回的信念。一定要活著才有希望；古語說「唯有瓦全、玉才能全」，一時的屈辱才能召喚更多公義者。

一個始終不墜的念頭浮現在思緒中：只要人性底層的光輝尚未泯滅，衷心助人不求回報，心中毫無私念都是聖潔者；我母子應為這些聖潔者立碑誌名。直立碑石刻成『聖潔者啊！**ありがとう**』以示永誌不忘。我感謝淵田牧師引介；康男花了許多時間也很了不起！』

九十八・光影迅速變異的三個月

三個月後，康男在一座百坪私地上立好一座由伊東先生設計，像假山一般的青石碑。

雖說短短的三個月，對紀香的心理卻產生預期外的衝擊，這母子相認是她所期待的嗎？

三個月已邁入次年，天氣也已初冬，康男親自到宅邸把母親接到可遠眺海岸的青色石碑，看看青色石碑是否符合母親的想法。

這青色石碑視野開闊，陽光普照時，那碑石的顏色塗上一層莊嚴與肅穆。

在青色石碑空地上播放莫札特安魂曲。

多年不見的這對母子走在詩意白楊木的步道，深沉的感慨卻各有不同。

『我這一生，無論是榮耀或恥辱、團聚或孤單，年輕時在舞台上歌詠及跳躍，年屆中年後在竹片、木片、瓷片絹布上書寫俳句，值得我一生細細品味而少遺憾。八十歲後來日無多，內心已無起心動念，止水之心何需漣漪再擾？枯木靜俟腐朽。』紀香回顧往昔，思念一些舊恨而思索：只盼塵埃不沾明鏡足矣！何須風騷再逞，再編織必成泡影的夢幻？

『年輕時之公義自有少年之熱血！正如淵田牧師昔日在講壇證道後所唱「優しい光」中「我祇懇求，求主一步一步導引」。當初眼見康男單獨長大而不捨，如今看他在企業界獨領風騷，想必八田誠二欣喜滿懷；我此生何所掛念？』紀香肯定自我想法。

『此生何其幸運，那麼多無怨無悔的聖潔者。』康男（林蠅伍）仔細回想舊日過往的諸事：

『當年父親八田誠二若非慧眼獨具，怎會在千百歌舞女子中挑中氣質非凡而聰慧的母親？若非母親雍容大度、識見出眾、視野廣大，才會在五十萬砂土中尋獲鑽石般的人中之傑？或許，是客家籍的外婆習慣務實吃苦、堅忍不拔、不羨鹿車，才培養母親出污泥而不染吧！

如果沒有神秘的，自稱中情局CIA香港站站長的中國將軍吳星光，適時的拿出美軍即將轟炸九份的空照圖作為警示，母子倆極可能死於大轟炸。

若無山本及黑田阿姨被侮辱而自殺，留下血紙條的大動作抗議及母親爬過廢棺、含羞草及水蛭佈滿身，所有的犧牲注定是徒勞無功的苦難。

公館教會的盧牧師如果不具有美國CIA身分與史丹利少將用心調度，母親只有白白犧牲。

再仔細思考：若無中國詹恩騰《星月有光》計劃聘請殷、牟兩先生教導，我不會成鳳凰。

事隔約五十年，往昔的聖潔者幾乎零落殆盡，除了立碑銘誌已無從感謝。』

檢視東京近郊青色紀念碑後，康男在高爾夫電動車上，曾禮貌性徵詢母親：

『母親是否願意回台灣莊園定居？』

康男所規劃的莊園，當然是在台灣陽明山別墅而不是鄉下農莊。

八田紀香不假思索斷然回絕。

『台灣是上帝的《應許之地》嗎？那個小島上的惡魔都消失了嗎？惡魔子孫不在高位了嗎？我曾聽說孫立人將軍仍受監禁、台大陳鼓應教授仍不自由；證明惡靈仍飄盪在天空。

比起日本：有禮貌、高格調的台灣人不及日本的百分一。康男你聽過任何一位日本浪人放棄日本住所而選擇台灣定居嗎？連浪人都拒絕的小島；回台灣是自討苦吃吧？康男？』

康男（林蠅伍）沉默不語。

他曾思考：一國人民之格調與格局、守法與自省的道德，社會經濟活動、學校教育成敗，國民財貨是否足以支撐為高品味社會而願適度犧牲？各元素間又編織成複雜利害關係。

日據時代，只有閩客及少數蕃民在島上。而二戰結束了，東渡台灣的中國官民種種落後不堪的素質，是一個台灣格局處理得了嗎？

例如歐洲的比利時有法語區、荷語區，兩區人民爭論百年，非個人想兼善之力所能祈願。

超過半輩子住在日本的母親，堅持一切是高格調、高品質的國民素質。

在守法、道德、禮貌、尊重人性及街道規劃整齊、乾淨上，台灣是遠遠不如！

康男終於理解殷、牟兩先生所說：『獨善其身容易，兼善天下何其困難？』

『放棄吧！放棄吧！放棄吧！』康男心裡對自己這樣說著，但他沒說出來。

高爾夫電動車到達青石碑園區門口，夕陽下，康男摻扶母親坐上自己的轎車。

轎車上的八田紀香在情感上，很難說服自己在三個月之前曾經接納此人為兒子。

遠方[聖潔者碑石]雖莊嚴的矗立著，但八田紀香不願多看一眼；即使建碑是她所提議。

三個月可以改變一個人的思慮與思路嗎？

九十九・生命隱藏了無法預知的旅程

把母親送回葡萄園宅邸，自己回到下榻的王子飯店，才剛卸完正式服裝，正準備沐浴後好好休息。突然接到公司隨行秘書的電話：說是八田紀香的看護婦來電告知，主人八田紀香似有輕生念頭；口氣十分緊急。

康男大惑不解。當下召來計程車衝到母親的葡萄園宅邸，在車上聯絡了附近的醫生。

『女主人進門沒多久就做出輕生的動作。』向康男說明的中年看護婦，緊張得不知所措。

『室內飄著濃濃甲烷味，浴室內的浴缸放滿了水；主人脖子上套上了繩索。

顯然，主人不知什麼原因，企圖以多重手段了結殘生。』

請來的年輕醫生光田一臉聰明的說：『患者沒有任何外傷，顯然外科醫生幫不上忙。』

他建議：應延請東京大學醫學部的精神科彬原主任，或許能找出原因。

康男正想開口，光田醫生拿出日本NEC公司新開發的[黑金剛]大型無線電話，撥通東京大學醫學部的精神科。

『もしもし，是精神科彬原主任嗎？』

十五分鐘後，教授模樣的禿頭男出現在葡萄園宅邸。看來比康男還老，這反而是優勢。

在康男眼前，彬原主任不方便對病患作[診療]；他要求康男三天別踏進葡萄園宅邸。

彬原主任不愧是東京大學的一把手，並未浪費這三天。

經過與病人紀香三天的[好友式]懇談，彬原揭開了八田紀香埋在內心深層的想法。

這三天，年近七十的彬原竟然作到一字一句不遺漏的抄錄下八田紀香的話語。

彬原說：『看來八田紀香的故事大約有五十年了吧！』彬原主任手上有一大疊資料。

八田紀香搭美軍飛機來日本的往事，彬原記憶猶新，報紙以頭版登出好幾天。

彬原接著稱讚八田紀香是[台灣的辛德勒]，那是一種偉大的志業；又稱讚八田誠二在台灣嘉南的水利建設，留給台灣是正面形像；總之這島的人民對八田誠二是盛讚不已。

逐漸切入問題核心，彬原主任攤開厚厚一疊分析紀香的資料，看清楚問題本質。

『中國古書記載[觸讋說太后]的故事，闡述[唯有同理心，站在對方立場]才最高明。』

彬原告訴八田康男，他觀測到的幾個重點：

一．[患者紀香]說：她早已溶入日本社會及文化長達四十九年，身邊好友全是日本關係。

二．台灣的國民品格，漢民族素質與人性的尊重，人民生活品味還停留在第三世界。

彬原舉例：台灣人喜歡吃檳榔、烤伯勞鳥、穿拖鞋，隨便一件內衣就上街還自豪導嶼原味。日本的茶道、花道、禪道具氣質動陶之功；台灣有何文化具彬彬文質足以代替？

三．機車密度高，國民橫衝直撞毫不尊重行人，大貨車肇事就脫產，政府束手無策。生活在這種落後國家：流浪狗與狗糞一樣多；南島嶼的髒空氣與水污染、食用油被多氯聯苯污染而求償無門；倖存者活下來與活在地獄有何差別？

四．[患者紀香]又說：在日本，隨時有高品質的藝術文化表演，對七十歲老人還有專人引導，連看護都有座位。台灣人心裡有認知到落後嗎？世界一流的展覽有日文解說嗎？

五．令堂講出她內心的疑慮：『康男是個大企業家，一個成功的商人；而商人眼中除了利益，還擺得下什麼？康男千里迢迢打聽我，想盡方法靠近我，還準備九項道具及一對玉鴛鴦，又私下打點大竹女士；他辛苦了那麼久完全無利可圖，傻瓜才相信！

在電動車上的康男最後露出狐狸尾巴，他竟問我要不要跟他回台灣？』

六・『與康男見面後的三個月，我不是沒思考過〔回台灣〕這個選項，我發覺這是自我摧毀；如果我答應他，下一步，他是否想盡辦法賣掉這十億日圓的葡萄園宅邸呢？

成功商人的積極性格，完全有可能實現他的原始構想。我活得夠久了！不需康男開口懇求我回台灣過地獄般的生活；我祇須向天父上帝打聲招呼，誠懇向祂默禱後就愉悅的向天父上帝報到。

『我要在我的預先遺書中註明：我八田紀香不是想不開而是想開了！』轉述到此結束。

經過彬原主任的分析，康男才理解母親內心深層的想法；原來，〔時間〕是個可怕的惡魔，不但把綠葉催黃，把人催老外，連母子親情都因為分隔五十年而變得不信任。

康男不怪母親、不怪外婆沒提醒；只怪自己拼學業、拼事業、建立企業版圖，拼結婚、沒想起在日本的母親。若不是銅鑼的同學會拿到三本日記及令狐無疆提醒，他根本忘了！

人一生之追求，無法一切皆完美；美好的過去雖成浪花，瑕疵之過去無從修補。

康男學有所成、事業版圖穩固，人稱東方不敗，可就是敗在母親無法認同他。

母親無法認同五十年後的台灣，康男不得不承認：無法贏得母親正眼一瞧是最大失敗。

這使他想起法國小說『基度山恩仇記』：當一個少女不管是什麼愛恨糾葛而懷孕生產，這少女就割捨舊日情愛而以嬰兒的一顰一笑為終生職志，套句俗語是〔酒店關門了〕》。

映照康男眼前這一棋局：康男若化身基度山，母親化身法國少女；日本文化則變身為嬰兒。此刻的棋局，康男既捲入糾纏棋局中，註定下不好這盤棋。

康男透過彬原主任，把意譯傳話給〔病患八田紀香〕，可永留日本，不再提『台灣』兩字。

一百・宛如奇異恩典降臨的盧牧師

彬原主任透露：由於彬原與八田誠二先後獲得〔東京大學最傑出校友獎〕，彬原口音又極似八田誠二，致使〔病患紀香〕產生〔他鄉遇故知〕的幻覺，主動講述一段十五年前在東京發生遇見故人的心靈往事。

『也許，要巧遇口音極似八田誠二之人又肯坐在我的膝前，聽聽自己娓娓之訴說，講述往日可成追憶的空想；如若因緣不齊，對方婉拒傾聽，則空想豈不化為惘然？』

『一位美國牧師從台灣退休來到日本旅遊，因奇異恩典的緣由，被我懇談下願意留在日本十年，十年後返回美國的故事。』〔病患紀香〕開始她的回憶。

『由於這位退休牧師在池袋教會〔證道〕了一些感人故事，影響紀香對死亡豁達而把生死看輕。』彬原主任作了基本描述。

八田紀香回憶：原苗栗公館教會的盧牧師**J.Louis**，奉獻青春與熱情給公館教會也超過三十年；苗栗公館的鄉親很熱情的留他再做五年牧師。一九八五年，盧牧師堅持讓年輕人上台講道而退職。

苗栗與公館的客家教友並沒有忘記奉獻半生的盧牧師，他曾引導教友走出迷惘、開導年青人看清迷霧，並協助窮困者發現生命的微光。』

因此，教友們集資後，徵得盧牧師同意，一同到日本東京遊憩。

其中一個行程，是到東京池袋教會作見證；〔證道人〕是盧牧師。

到達東京的第二天，熟門熟路的教友帶著盧牧師，導覽代代木公園及皇居；苗栗鄉親們自然是以客家話沿路交談。走著走著，輕聲的客家話沒引起旁人注意。

逛遊代代木公園及皇居的男男女女多半悠閒心情，沒有一人想匆匆來去走馬看花。

在代代木公園的另一頭，池袋教會教友八田紀香也隨著池袋教會的姐妹來到了公園。

突然，八田紀香聽到了公園不遠處有熟悉的客家鄉音，是苗栗特有的[四縣]腔。

八田紀香怔了一怔，抬頭尋找聲音來源，她找到了那群客家鄉親。

同時還發現：一群東方臉孔中夾有一位柱著拐杖的美國人。

為何確定那是美國人？英國、愛爾蘭、加拿大人外型不都相似嗎？

因為那張臉太熟悉了！不就是苗栗公館教會的盧牧師嗎？

三十三年了！令人嘆息的三十三年！

好多思緒湧上八田紀香心頭：現今九份與苗栗銅鑼，記得八田紀香歌藝超群者究有幾人？

回想當年，以美軍幽靈戰鬥機護航的八田紀香，搭乘運輸機降落硫球再轉到羽田機場，造成一場騷動的往事，日本人早把她忘得乾乾淨淨！

為何在乎日本人感受？因為當時台灣全面封鎖新聞；只有日本人知曉此事。

除了上帝，這世間都把這受屈辱大事忘光了吧！盧牧師呢？盧牧師可還記得此事？

她冒昧的向那群客家旅客，用四縣腔客家話打招呼：『你們是從苗栗來的嗎？』

道地的四縣腔客家話與這群客家旅客並無二致，她們點點頭。

確定是苗栗客家人，下一句話，北京話對著柱著拐杖的美國老人問：你們是從苗栗來的嗎？『請問你是盧牧師嗎？』

『眼前這會講北京話的日本女人是誰？那麼眼熟卻又想不起。』盧牧師吶悶著。

東想一下，西搔個頭，終於囁囁的說：『是委託照顧公館四位小孩的鄢語荷女士嗎？』

八田紀香太興奮了！俗語說［他鄉遇故知］的喜悅，是等同金榜題名時。

三十三年來沒人喊她［鄢語荷］，一瞬間紅了眼眶，向著盧牧師點點頭。

盧牧師走上前，緊緊的抱住了她，輕拍她的背，也不管拐杖摔在地上發出［鏮噹］一聲！

八田紀香被擁抱的感受複雜了不止一層。

美國人喜歡熊抱是眾所周知；美國牧師擁抱教友也很平常；被擁抱沒特殊含意。

但是對東方人，除了職業外交官，擁抱的內涵卻截然不同。

即使親如兄弟或姐妹，師長對學生也很少公然擁抱；在日本，傳統日本人之間更是不可能。

因此鄢語荷（八田紀香）內心的吃驚是可以理解的。

在公館教會協助四位流浪兒的過程前後，盧牧師也不曾擁抱過她。

曾回想許多年前與八田誠二在平壤的蜜月之旅，倆人曾緊緊擁抱過，不以言語表達誓言。

與流星倏然劃過天際那麼無常的誠二猝逝相比，何種真誠是短暫？何種擁抱可值得永恆？

盧牧師與鄢語荷禮貌而短暫寒暄後，僅留王子飯店電話，就此告別。這告別是永別嗎？

如果像陌路之友就此別離：讓盧牧師回到肯塔基故園，那種別離與永別無異！

八田紀香回到葡萄園宅邸後，對於今日的偶遇，左思右想而夜不成眠。

她高齡已達六十五歲，她要的不是男女情愛；曾以真心付予八田誠二，那顆美鑽就是恆星，心中永遠的閃爍恆星，不曾猶豫、不曾動搖，恆星映照出自己靈魂，分秒都不曾移位。

翻找腦中三十一年前的畫面，躺在有腐臭死屍旁的廢棄棺坑，翻越死亡蔭谷、爬到充滿水蛭的淺河中多駭人？深夜匐伏在含羞草的泥岸，匐伏到達教會的無助女子，人性弱點是多麼希望有雙強力臂膀摟住；但是現實上，一丁點的可能性都沒有。

三更半夜，佛教寺院婉拒，唯有基督教肯伸出援手，唯有盧牧師敢一人對抗國務執政官。

像黑暗中遇見微光。

今日偶遇的種種，鄒語荷自忖會在心中繚繞不已；因為煩惱會像漣漪般撥弄她的思緒。

這種漣漪般的煩惱無關男女，形態上類似「解鈴還須繫鈴人」那種煩惱。

勉強說是「解惱還須繫惱人」；但牧師僅禮貌性擁抱鄒語荷，既未繫惱又何來解惱？

鄒語荷自己很清楚：這一切全是自己一人繫鈴繫惱，這當然與三十六年前時局紛亂有關！

那紛亂時局佈下天羅，一堆惡人遍設地網，繫鈴繫惱之因全算在鄒語荷身上也不盡公平。

『誰知河邊骨　春閨夢裡人？』設若天下無事，王安石豈會遞上「本朝百年無事」扎子？

女人內心的煩憂擾動本性，不挑起則已，一挑起則難以平復，與男人截然不同。

女人內心所藏喜捨、矜持與愛戀、仰望與哀怨，不是女人無從參透。

佛家所謂的『怨憎會、求不得、愛別離』道盡了東方女子的愁思與愁苦。

這內心澎湃而夜不成眠，與三十年前夜闖鬼門關，求助公館教會盧牧師後，飛抵日本種種新生活與新適應，以致七夜不成眠。

兩種不成眠皆因生命中突遇數個劇烈轉折，噩運的轉折降下一連串不確定的悲愴未來。

三十三年前，兒子林蠅伍（八田康男）是否受到追緝、捕獲後打入大牢或強迫當砲灰？

三十三年前，八田誠二父母內心是否包容與諒解孤身一人的自己？

即使進入日本，是否完全適應日本文化？恰如其分的扮演好稱職的媳婦？

這些轉折，對任何一個平凡女，面臨噩運之衝擊，有幾人不擔憂煩心？幾人能泰然處之？

何況，從原高知名度的雲端，忽然跌落紅塵俗世，以致默默無聞與凡人無異。

強求她心如止水波瀾不驚，是多麼困窘之棋局？

往事一件件在夜不成眠的臥榻中，無聲無息的自腦中擾攘挑弄，像隻無聲無息的蝨子。

昭和三十七年，躲在關島的原日本兵橫井庄一，二戰結束後躲藏洞穴多年仍堅決不降。

禁錮肉體、吃蟲烏苟活而效忠日本天皇；日本人崇拜與尊敬這漢子。

比起苦行僧般的靈魂，島嶼來的八田紀香一時之悲苦，與禁錮二十七年的原日本兵橫井庄一相比似不算什麼！以日本人看來：橫井庄一強忍二十七年仍屹立不搖似乎更令人肅然！

世界性的大事一件接一件，每一件都蓋過前一件而忘記往事。

次年，日本首度舉辦[東京奧運]，美國十九歲黑人拳手，新秀克萊**Clay**以[蝴蝶步法]，擊倒原任世界重量級拳王李斯特而橫空出世；報紙、週刊、電視之報導無日無之。

數一數二的摔角國寶馬場，因故被小混混劃破肚皮，命喪洗手間，全日本為之哀戚！

日航駕駛波音客機的資深機長，降落羽田機場前，突然精神錯亂，將排檔打入倒檔，以致客機掉落東京灣，造成死傷；日航零疏失神話破滅，震驚全日本。

雖處在戒嚴令下的台灣，充滿紙醉金迷的氛圍，誰還想起二二八事變及四．六學潮犧牲者？

革命沙漠的台灣，沒人追憶革命先烈，沒人膜拜抗日志士，昔日傳唱什麼[革命血如花]早已拋諸腦後；歌聲無人想起、歌詞無人回憶；台灣人想的仍是《貪財、怕死、愛作官》！

親眼目睹八田紀香（鄢語荷）水蛭黏身屈辱而感同身受者，只有公館教會的盧牧師。

在天爵寺女住持拒絕她時，她堅信盧牧師的天父上帝一定會接納她；因為在四位流浪兒受到公館教會安置時，盧牧師朗讀了一段聖經馬太福音：『凡勞苦擔重的到我這裡來，我就使你們得安息。』在廢棄棺坑上爬行，想起這一段話給她星光下的勇氣導引！

僅僅是想跟盧牧師敘舊的［解惱解鈴］，因為聽懂她講的每一句話的人，如今祇剩盧牧師。

但現在已是深夜，女人的矜持提醒自己：深夜了，別犯賤！

八田紀香只好泡了杯黑咖啡，自己一個人邊淺啜著，一邊在客廳踱來踱去，想著天明之時，該如何矜持、適當言語才不失禮的情況下，平靜而不開門見山自曝其短，這要好好想想！

盧牧師會有什麼回應？萬一他毫不賞臉而嚴拒又該如何？想來想去，仍是夜不成眠。

身為女人，不自覺的自己結張網再將自己纏繞其中而外人無從解開。

女人為何如此？

一百零一・留下牧師不是易事

第二天一早，盧牧師一行人正在整裝待發到下個景點。

王子飯店房間的電話響了，指名找盧牧師。

盧牧師正納悶：『這麼早，在日本會有什麼人找我？又到底是什麼事呢？』

電話那頭，一個輕脆如銀鈴但十分熟悉的女聲響起：『盧牧師！早！真不好意思打擾您！我是您昨天在公園遇見的鄢語荷。因為體認到牧師回台灣後聯絡不方便，所以跟您討個方便；如果您的行程還有空檔，敬請您及教友們到我的葡萄園宅邸敘敘舊，您看好不好呢？』

由於鄢語荷語氣十分誠懇，態度也不卑不亢，讓盧牧師在認知上，喚起對鄢語荷的回憶：

『撇開政治干擾不談，單就扮演[南丁格爾]踏進妓院深鎖的院落，聘請合格醫師逐一免費診治；最後拯救賴女士及四個流浪兒至公館教會就養，就可褒獎一番。

具有[台灣辛德勒]美譽的女士，敘個舊、聊一聊三十多年的昔日往事，有何不好呢？』

因此就爽快答應鄢語荷：明天即赴葡萄園宅邸賞光。

電話那頭傳來鄢語荷極為喜悅的感恩之音。

牧師聽得十分清楚，但大惑不解！

既不是中了美式樂透，更不是待嫁閨女上花轎；僅是三十多年好友敘舊，何以興奮至此？

牧師儘管閱盡天下人，但是對於從舞台雲端跌落凡塵之失婚女性，其內心思路變化為何？

這也不能怪盧牧師：盧牧師雖被聘為美國ＣＩＡ中情局站長，但情報領域未涵蓋心理學。

在大學未選修[女性心理學]不說，短期的神學院課程也沒特別排入女性心理學。

在這當兒，自然弄不懂對方的聲調何以雀躍不已！

在鄢語荷內心則是：身邊好友一個個凋謝死去，吞下的是落寞寂寥與孤獨；這會有誰知？

一旦他鄉遇故知，所謂[廚娘打翻調料罐]而五味雜陳，牧師不曾細細玩味。

隔天，盧牧師向苗栗的教友請了假，帶了自己的行李，坐了計程車到了寬敞優雅的宅邸。

女主人一身樸素，薄敷脂粉，笑意盈人在門口迎接牧師。

一如先前對自己的規範：雖然年過六十五，鄢語荷要求自己矜持平淡，以免嚇到牧師。

特意注重禮儀規範的鄢語荷，祇接小行李絕不扛大件行李。

這表示：她是屋主人，祇接小行李即可；並自我證明[親疏有別]。

進到屋內，盧牧師發現這座葡萄園長廊，四周都是梵谷**Van Gough**、雷諾瓦**Renoir**及莫內**Monet**、塞尚**Cezanne**名畫。如果不用手觸摸，還以為是真品。

鄢語荷扮演稱職而細膩的女主人角色：倒杯黑咖啡、端了一整盤淺綠的葡萄自不在話下。

牆上有德國長掛鐘及日本**SEIKO**石英鐘以及背著陽光的座椅。

『天下貴族般的女人大概都會如此佈置！』盧牧師心裡想著，口中並未給出讚賞或評價。

雙方聊得很多、很廣、很盡興：從九份的孔雀羽飾白色珍珠圓點大舞衣的登台開始，到邂逅八田誠二；誠二猝然而逝及中國將軍吳星光的來訪後，全家移居苗栗躲過美軍大轟炸。

鄢語荷又拿出她最近完成的藝術品：將一片片白楊木刨平，請書法家寫了百句中國古文：

女主人自述用細如毛筆的烙鐵在白楊木的漢字上，烙成一行行淺褐色美麗的凹雕。

盧牧師不是漢學家，不懂漢字書寫起來那麼美；不懂中國文學，難以領略文章之美。

懂得中國文學意境，領略漢字書法之美的唯一親人是兒子八田康男，但他在哪裡？

盧牧師則扼要談到昭和五十四年，一九七九年，美國與台灣斷交，他祇剩牧師職務而已。

美國與台灣之間的事務，盧牧師謹守分際一概不談。

女主人拿了一件藝術品：耶穌與十二門徒最後的晚餐的絲織品，將它送給牧師。

另一幅八吋凹雕黑白版畫，是描繪耶穌被釘十字架前，一群羅馬士兵鞭打耶穌的情景。

這幅畫，是銅鑼孫同學的弟弟孫文雄，以鈔券凹彫技術完成。原先是送給孫同學，而孫同學轉送文中畢業考上台中一中的林蠅伍，母子未失聯之前，林蠅伍寄到八田喜一郎宅。

盧牧師像是想起什麼般大叫：『孫文雄？孫文雄！我認識基督徒孫文雄呀！他曾經替我畫了一幅鉛筆畫，額頭上還註明**My Old Kentucky Home**，挺有趣的。我偶爾到銅鑼教會證道時，聽他親口說：雕刻技術已臻登峯造極的他，為國家鈔券的雕印而獨挑大樑呀！』

雙方聊得十分盡興，真是應了一句『酒逢知己千杯少』的成語。

當女主人得知已退休的盧牧師，打算從日本回到美國肯塔基州安享晚年時，就作了一個大膽的建議：『牧師，您回到肯塔基老家鄉，除了家園開濶視野廣大，您離老家鄉四十五年，景物雖依舊，卻應了中國古詩[少小離家老大回]，而回到肯塔基家鄉所見景像，無非是人事全非、相見不相識，不就符合古詩[笑問客從何處來]的描繪？』

『我倒有個不情之請：如果牧師體力還可以的話，我請您在這兒當個有雙倍薪酬的園丁，每三天用電動車巡視一次葡萄園，不太辛苦的。另外，主日禮拜前一天，請您烘培餅乾給教友享用。到時，牧師您的成就感，不會輸給返回肯塔基老家鄉僅剩空目對曠野唷！』

『哪一天，牧師您走不動了，想落葉歸根重歸故土，我也一定以安全有尊嚴的護送您回肯塔基家鄉；牧師您領取薪資報酬後，想住葡萄園或在外租民宅，完全尊重您的意思！』

盧牧師的天職是牧師，不是精明而斤斤計較的生意人，他覺得女主人開的條件十分寬大而合理，就開懷大笑的答應了。鄢語荷滿心歡喜。她確定：今晚可以睡得香甜了！

並不是她身邊有個男人足以依靠，而是從這一刻起，有個故鄉之友——世上僅存的聖潔者——可以說說話了。

鄢語荷心理清楚：只要盧牧師說個『不』，工資給再多也留他不住！

這人並不是陌路之友，而是上帝派遣的僕人，是天天都報佳音的天使，這是太難得的事！

一百零二・盧牧師過往際遇曾見意外的轉折

盧牧師突然想起：『鄒女士！有個行程，我差點忘了，是安排我到東京池袋教會證道，妳知道池袋教會在哪裡嗎？』

鄒語荷啞然失笑說：『就是我經常作禮拜的那個教會呀！我現在可以帶您去逛逛！』

盧牧師說他並不須要事先逛。兩人就決定明天教堂見。

原來，當年盧牧師曾經當過美國空軍飛行員的時候，池袋教會的淵田英雄牧師也在日本神風特攻隊；二戰結束後，以不同的因緣、不同的地點，兩人當上了神職人員。

而世上的巧合是，在某年某次亞洲佈道人大會中，這兩位具空軍飛行員資格的牧師神奇相遇而神奇的交談，才發現兩人在上帝的旨意下，今後要將神的旨意行在地上！

盧牧師經四十年後牧師生涯退休，淵田牧師三十年後仍堅守崗位。

雙方曾做過約定：神職退休後的首次證道一定在對方的教會。

退休後的盧牧師得知淵田牧師仍堅守崗位十分高興，就與淵田牧師聯繫，當時間許可的機會，打算到池袋教會證道。

盧牧師算算時間，太陽已經下山兩個小時，苗栗公館的教友應已回到王子飯店，就撥了電話給教友領隊李素梅，告訴她們：『姊妹們！明天是禮拜天，安排的行程是大夥兒到東京豐島區的池袋教會，我本人要證道！』

禮拜天，盧牧師帶領教友到達池袋教會，坐在前排準備證道；教會請了名口譯家佐佐木。

講壇上，池袋教會的淵田牧師說：『主內弟兄們！今天，我們何其榮幸邀請了來自美國肯塔基州的盧・約翰牧師來證道。你們聽過美國肯塔基州嗎？就是那首黑人民謠〔肯塔基老家鄉〕日語是『**なつかしきケンタッキ——のわが家**』的肯塔基。

最近，這州的企業家發展了世界性的炸雞業叫〔肯塔基炸雞〕，炸雞店門口擺放了一具白西裝的老公公瓷偶當作招牌；相信大家嚐過炸雞的滋味吧！』

說著，淵田英雄牧師用日語唱出這民謠的第一句：『**なつかしわが故郷に**』，邊唱邊望著盧牧師；盧牧師體會淵田的意思，就用英語唱出第一句及第二句：

『The sun shines bright on my old Kentucky home』

『Tis summer, the darkies are gay』

小小的池袋教會全場歡聲雷動。

淵田牧師接著說：『盧牧師剛從台灣苗栗的公館教會退休，他做上帝的僕人超過四十年；我們能邀請這位美國貴賓來池袋教會證道是非常不容易的，現在，請盧牧師上講壇！』

盧牧師柱著拐杖，一步步的走上講壇，第一句話是：『主內弟兄大家好！』掌聲熱烈響起！

盧牧師說：『我這一生中，幾件大事陸續發生，冥冥之中，上帝似乎派遣我當祂的僕人，而我難以拒絕。』

一百零三・天真爛漫受到的戰爭屠殺，盧牧師深深自責

『各位是否記得美軍對日本的東京大轟炸？是不分軍民大屠殺的典型。在那之前，我服務於美國陳納德將軍重慶區志願軍，一九四二年對台灣進行都市、日軍基地的大轟炸。

由於日本軍部將高礮部隊，藏在苗栗公館的一所小學附近森林內，因此我與同僚傑克上尉奉命到苗栗公館上空炸掉那些高砲陣地。』

『轟炸機到達公館小學上空八千公尺，即遠遠發現操場上空無一人，研判那些小學生必然是躲到森林內去了。轟炸森林必然殃及小學生，要如何避免傷及天真爛漫的兒童呢？

我下了一個自以為聰明的研判：由於重慶民眾感激陳納德志願軍，送來糖菓、餅干、法國硬麵包、大型洋娃娃及瑞士樂高積木，我將糖菓、餅干的大部份投在操場上，小部份投在操場邊緣的森林。我天真的預估：當小部份森林邊緣的小學生，看見這些「空中聖誕禮物」

而衝到操場上時，一傳十，十傳百，大部份小學生衝向操場撿拾「聖誕禮物」約二十分鐘後，再去轟炸森林內的日軍高砲基地！』

『但是，我萬萬沒想到的是美國空軍設計了雙保險殺人機器，保證萬無一失。

僚機傑克距我二十四分鐘航程，我最大錯誤就是沒用機鎗內無線電告訴他我的決定；當森林內操場邊緣的小學生發現奇蹟：操場竟然出現大量糖菓、餅干後，快樂得又叫又跳，幾百雙眼睛緊盯雀躍不已的那群小朋友；有一些小孩抓起大型

玩具還上下晃動。』

這是僅存的生還者事後的講述：一字一句似乎在控訴我！

『這時，距我投擲禮物後二十一分鐘後，傑克的轟炸機也到了操場上空，他不瞭解戰爭之外為何還存一份仁慈？傑克說：戰爭就是求勝，將對方打倒打叭打爛是最高原則，沒有同情餘地。即使有許多無辜者、天真爛漫嬰幼兒也只得閉上眼睛；因為雙方正處於戰爭。』

『Louis幾時變得這麼愚蠢？戰爭豈可兒戲？』傑克面對我的咆哮，冷冷的丟下這句話。

[禮物]的投擲後，傑克當時從三公里外，八公里的高空看到一片黑壓壓的螞蟻在操場聚集；傑克以為：必然是前一波Louis轟炸日軍陣地成功，逼使日軍官兵從樹林中逃出。

有了這層直覺，傑克想都不想，在八千米的高空就毫不遲疑按下高速機槍鈕，三秒後，一整箱子彈穿透操場中，一群小學生的胸膛、頭腹部，幾乎無人倖免。』

傑克飛走了。沒人能責怪他！他既沒看到大屠殺畫面，也不見森林內的日軍仍安然無恙。

二十五分鐘後準備痛宰日軍的我，重新飛臨公館國小上空，遠遠即見到血流遍地的紅土，我知道怎麼一回事！因為日軍祇會躲入更深的防空洞，不會笨到去撿拾[禮物]。

操場上有如寫了一個大大的[血]字。誰該為血字負責？

『弄巧成拙的人是我，始作俑者也是我，依照人性光輝道理：該死的人也應當是我！』

盧牧師講到這裡，聲音悲切而沙啞，拿了一條手帕擦了擦眼眶。

一百零四・舌人佐佐木的天路歷程

這時，盧牧師旁邊的佐佐木先生，生動的肢體語言將英語翻成日文，有時捶胸頓足、有時聲色俱厲、有時滿臉淚容，有時頭髮震動飛舞。他似乎溶入劇情中而為最佳代言人。

此刻，佐佐木先生也掏出手帕猛拭淚；因為，四十年前的東京大轟炸，佐佐木的父母、兄長及兩個可愛的妹妹全死了。他也被埋在瓦礫中而身受重傷，學業自此中斷、人生自此毀滅；如果不是有人遞給他一紙福音傳單，在疑慮中接受基督耶穌，他永遠汩汩活在黑白的暗巷中。由於感同身受，佐佐木的體會自是不同。

東京大轟炸的二十萬死者何其無辜？美國總統豈能為軍事內閣的好戰決定找代罪羔羊？至今，無人為東京大轟炸而道歉，看到盧牧師為了小學生之死而掉淚，佐佐木也激動起來。

正由於佐佐木先生表情生動而哭出聲音，竟引起教會會眾哭成一片，紀香哭得更厲害！

『我已經沒有心情向日軍高砲陣地投擲重磅炸彈，因為，從臨床心理學來說：我已瀕臨精神崩潰，我唯一能作的是將什麼鬼任務拋諸腦後，即刻飛回中國重慶基地。』

記得從小在肯塔基的主日學裡，杰弗遜（**W.Jefferson**）牧師教導小朋友們：人類應當相親相愛，不可相互仇視，我對此篤信不疑。我絕不相信『西方的上帝』與『東方的上帝』有什麼不同；心存慈悲的**J.Louis**怎麼可能對手無寸鐵的天真爛漫小孩施予大屠殺？』

說著抛下枴杖，雙膝跪地，雙手高舉托天，語音嗚咽；重覆那句「Louis怎麼可能對手無寸鐵的天真爛漫小孩施予大屠殺」形同自言自語；佐佐木同樣下跪哭泣而捶胸頓足。

池袋教會會眾受這兩人影響，一片低泣聲。

『尤其，若不是我低空飛行，投下餅干、糖菓，他們躲在樹叢中的防空壕溝內，也不見得會被炸死。在受傷倖存的小孩眼中，美國飛行員比日軍更卑劣；用餅干、糖菓引誘他們走出防空洞更是狡滑。如果說要將他們從殘暴日軍手中解救出來，一點說服力也沒有！

我一點也無法原諒自己的愚蠢！』

這次任務結束後，我天天咒罵自己，彷彿天上有兩百五十位靈魂盯著我指責：「盧．約翰！你才是凶手！」這種內心的指責，使我夜夜不成眠⋯除非神賜我力量安慰孤魂。』

淚流滿面的盧牧師彷彿回到一九四二年，不斷捶打著講壇，咒罵自己。

佐佐木同樣泣不成聲，同樣揮舞右手捶打空氣而感動信眾，沒人不掏手帕拭淚。

『我幾乎變成崩潰的人，天天跟基地司令官對罵。最後，美軍以『精神嚴重耗弱，不堪執行重大任務，有損本軍榮譽』為由，結束我的軍職生涯。

但，我沒有忘記，永遠也不會忘記那些被我誤殺的天真可愛臉龐。我想盡辦法為此事懺悔及回饋。當我知道麥克．阿瑟將軍（Gen.Mc Auther）率領美軍以跳島戰術攻克硫磺島、塞班島重挫日軍時，我斷定日軍必敗！因此，除了進神學院進修神職外，不斷寫信給麥克・阿瑟將軍：不管台灣由何人統治，我願意當個傳道人，替我的罪衍贖罪。

尊敬的麥將軍回信了。他說他相信上帝與我們同在；他也相信：在我與麥將軍兩人不斷祈禱下，那些可愛但無辜的小孩必受上帝的眷顧。一九四五年，麥將軍同時也寫信給中國委員長蔣介石；因此，一九四六年，我獲准以傳道人身分踏上台灣這塊奇異的土地。

葡萄牙船長讚美台灣是「福爾摩沙」；荷蘭人、西班牙人也曾到過這島，鄭成功元帥及大清統治過台灣；一八九六年經日本統治五十年後交還中國，這真是外來者進出來去之島。

經過長途跋涉，我終於到了苗栗公館教會開始執行牧師職務。我堅持：第一位訪問對象，是二百五十位飄盪在墳塚上空的哀愁之魂。

經過苗栗當地熱心士紳的協助及引導，我找到了一片亂葬崗。

我花了一萬美金及一個月時間，買下十分一畝的土地，僱人做了二百五十座小墳，每座小墳上面都插了小小的白色十字架；白色大理石做的十字架堅固紮實，每個十字架旁擺放一束白菊與白火鶴，每座白色十字架都刻有小朋友的名字。

這些懺悔的事務完成以後，我一一拜訪小孩父母；而作為一個傳道人——美國來的牧師—我必須忍住一時的悲傷，在教友前止住痛哭，才能把大愛奉獻給公館的受難者。

為了讓我的奉獻普遍施捨，我完全依照神的指示行走，無法當個慈善家。因此，當一位年輕女士某一天來到公館教會，說是願意協助公館的四位小流浪者，只因她們的母親淪落煙塵。我聽了非常感動；不知什麼原因，年輕女士她只相信美國來的牧師。

因此，當我跟內人領著天使到公館的巷弄尋找四位小小流浪者時，才發現最小流浪者才兩歲，全身赤裸蓬頭垢面；鄰居給的剩菜剩飯，十歲的大姐全給了弟弟妹妹，自己祇喝最後一口菜湯，以致於瘦得像戰俘營的俘虜；晚上像狗一般瑟縮在廢棄豬寮內。

這女士當場流淚不止，我也非常難過；最後女士與我圓滿解決母子的所有問題。

『這位女士就是貴教會的八田女士，可否請八田女士站起來彰顯上帝的榮耀？』

現場會眾對八田紀香皆投以敬佩眼光，教友們很驚訝：八田教友曾有這段慈愛的歷史。

牧師喝了一口水說：我在公館教會首次當傳道人時，證道詞講述一九一二年的大事：

一百零五・泰坦尼Titanic號甲板上下，基督莊嚴的救贖

『一九一二年，有一艘號稱永不沉沒的泰坦尼**Titanic**（鐵達尼）號郵輪，撞上大冰山而沉沒。

當時郵輪上有一位英國牧師哈柏（**John.Harper**），原本應邀到美國的芝加哥慕迪教會（**Moody Church**）去佈道。這位哈柏牧師眼見大船將沉，就把幾十位基督徒召喚到甲板，莊嚴的向他們宣告：『我的兄弟姊妹，你我都是相信主耶穌的人，即使微光盼望，也相信神的安排，不用懼怕死亡，如聖經約伯記所說『心中愁苦的人，為何有生命賜給他呢？他們尋見墳墓就快樂、極其歡喜』。

但是，這艘船上，仍有許多未曾聽聞耶穌、未曾祈禱過的平凡人，不知什麼叫做『得救』；如果失去生命，靈魂不是永遠沉淪嗎？

假使，我們不與他們爭搶救生艇，他們若有活著的希望，一生中聽得到耶穌的福音而得救！

我的兄弟姊妹！人們面臨生命的盡頭或驟臨的悲劇，總能激發出人性最美的面向。有些人被激發出狼狽不堪的醜態不知醒悟，有些人則被激發出高貴情操的真與善。』

這群基督徒聽見哈柏牧師在甲板簡短的宣告，有如在教堂證道般莊嚴而有號召力，就一起圍了一圈，手牽著手共同唱著讚美詩[**Nearer My God To Thee**]。這艘大郵輪上的樂隊團長哈特利（**Hartley**）帶領六位團員，拉著悠揚的小提琴為[**Nearer My God To Thee**]而伴奏。郵輪最後沉沒，這些義人宣揚主的榮耀，讓未曾聽聞耶穌、未曾祈禱過的平凡人活下而深深感動。』

『故事並未結束；郵輪沉沒瞬間，哈柏牧師在冰冷的大西洋海水中時，忽見一塊浮木漂過，哈柏抓到浮木，但不是救自己而是救人。果然，他看到一位青年在冰凍海水中載浮載沉；哈柏問他：『年輕人，你信主耶穌了沒？年輕人回答』「沒有。」』

哈柏說：『當信主耶穌！你就必然得救！』

一百零六・來自格拉斯哥的光明使徒

哈柏說他原本要到美國芝加哥慕迪教會證道⋯，正說著，一個大浪打來，年輕人正想放棄掙扎，哈柏牧師大聲叫喊

『嗨！耶穌來救你了！』

說著把手中的浮木推向年輕人，自己沉入海中。

天亮後，有六位靠著浮木而存活的乘客，這位年輕人即是其中的一位。

年輕人搭上泰坦尼**Titanic**（鐵達尼）號郵輪之前，並未信奉基督教。獲得浮木而重生之後，立刻趕赴芝加哥慕迪教會，向會眾做了莊嚴的見證：

『今天，原本是哈柏牧師站在這裡向大家證道，哈柏牧師為了讓我有機會認識耶穌而把浮木給了我；因此，我才有機會接觸牧師所深信不疑的真神』

『哈柏牧師與我都做了一次〔不一樣的選擇〕！從今以後，我也要繼續哈柏的選擇。』

幾天之後，哈柏牧師的故鄉，英國的**格拉斯哥**舉辦了隆重的追思禮拜。

現場一千多位信眾站著合唱『**Nearar My God to Thee**』。

說著，盧牧師以英語簡單唱了一小段：

Nearer, my God, to Thee, nearer to Thee!

E’en though it be a cross that raiseth me，

Still all my song shall be,
Nearer, my God, to Thee.
Nearer, my God, to Thee,
Nearer to Thee!

厚重的低嗓音詮釋這首悲情故事的聖詩，出現在池袋教會的盧牧師太令人感動而共鳴。佐佐木先生隨即向會眾指出：這是日語聖詩『讚美歌320番』；教會信眾也翻到320頁。裴頁上標著題目：『**主よみもとに　近づかん**』

【A・主よみもとに　近づかん　（與你更接近，主啊！與你更接近）
　のぼるみちは　十字架に　（雖然十字架在身，使我前進）
　ありともなど　かなしむべき　（我仍發此歌音：與你更接近，主啊！）
　主よみとに　近づかん　（與你更接近，主啊！與你更接近）
B・さすらう間に　日は暮れ　（雖作旅客飄泊，日已西墜）
　石の上かり寢の　（驚人黑暗罩我，枕石而睡）
　夢にもなお　天（あめ）を望み　（夢中我仍不禁，願我與你更接近）
　主よみとに　近づかん　（願我與主更接近　與主更接近）
C・うつし世をば　離れて　（這是我這生的寫照　就快離開了吧！）
　天驅（あまが）ける日　來たらば　（天父引我之日到來了吧！）
　いよよ近く　みもとに行き　（聖靈　愈來愈近）
　主の御顏を　仰ぎ見ん　（仰望主的容顏）

一輪聖詩唱了下來，池袋教會上至淵田牧師、佐佐木通譯，下至會眾全浸在嗚咽中。

平常唱聖詩並沒有特別感應，可今天，盧牧師前來證道：講述他當空軍飛行員後，因誤殺無辜孩童而投身牧師奉獻大慈愛，又講述他第一次證道時，泰坦尼（鐵達尼）號郵輪上的哈柏牧師為讓「一粒種子死了，土壤中生命能茁壯」的理念捨身救人，感動了會眾。

不知為什麼，盧牧師低沉沙啞的唱頌嗓音產生魅力，有如神之派遣者，特別有引領作用。

八田紀香從來沒在公館教會做禮拜過，自然沒聽過盧牧師的內心，曾有過劇烈的轉折。

盧牧師證道詞中，引述那位不知名的年輕人所說「做了不一樣的選擇」。

這句話，深深刻印在紀香腦海中。了悟凡塵之道原是「順其自然」，不知不覺勘破死生。

「順其自然」就是不強求慾念的結局：生命怎麼活既不強求，上天堂下地獄亦不強求。

腦海中衍生出導引人生的金句「對別人有大益，對自己有小益，就是另一種的選擇。》

盧牧師今後常有機會巡迴到東京各大教堂作極具啟發的見證，對許多人有好處；八田紀香懇求牧師留下來，不就是另一種「不一樣」的選擇嗎？

彬原主任的引述，引出紀香告白詞中：盧牧師與佐佐木的異同之處；雖然兩人皆是受害者。

兩人雖同聲譴責轟炸這回事，一人譴責自己、一人譴責美軍。這是牧師與譯員的分野嗎？

為什麼無人譴責日軍胡亂轟炸中國人民？胡亂屠殺南京人？這難道不是問題的根源？

一百零七・絢爛歸於平靜的肯塔基使徒

牧師在池袋教會的證道結束，淵田特別感謝佐佐木把美國牧師的證道詞釋繹得這麼生動。盧牧師雖然留在葡萄園宅院，為了避嫌也為了避免任何糾紛，他就選擇在附近租屋。每天騎自行車到葡萄園宅院『打工』，也烘焙餅干給教友享用；每個月證道一次。

除了證道，盧牧師還輕唱台灣流行的歌謠：

[靜夜星空]（W. Hays）**Mollie Daling**、

[秋柳]（J. Webster）**In the sweet by and by**、

[送別]（J. Ordway）**Dreaming of Home and Mother**。

這三首歌都是教會的聖詩，盧牧師唱的聖詩自然是英文原曲。

平靜的日本生活過了八年，盧牧師開始罹患阿茲海默症。

雖然罹患阿茲海默症，仍盡力提醒八田紀香別忘了提摩太神父。

來日本的第十年，眼看盧牧師的阿茲海默症已無法療癒，八田紀香仍實現承諾：準備親自送他回美國肯塔基家鄉。雖然八田紀香也已高齡七十六歲。

八田紀香一邊聯絡肯塔基州高級看護的老人安養院所，同時洽詢送盧牧師返鄉的手續；另一方面聯絡苗栗銅鑼的長老李素梅女士、樟樹村的吳美妹教友，三厝屋的謝其堂教友，在訂好泛美班機後，請李女士、吳女士在台北松山機場搭同一班機赴美。一如程序之安排，三位教友在松山機場搭上班機，小心翼翼送回盧牧師。

盧牧師回家了。終於回到肯塔基的家鄉。

「病患八田紀香」想起盧牧師在池袋證道時提到了『不一樣選擇』而感觸良久。

為了強調這『不一樣的選擇』，「病患八田紀香」特別低頭冥思默禱。

彷彿心中有所掙扎而難以決定。

談到『不一樣的選擇』，彬原主任認為有內容值得補充。

『八田紀香則選擇潔身自愛，富貴不能淫才讓八田誠二在千萬礫石中找到一顆美鑽是第一次「終身大事」的選擇；躲避美軍轟炸而遷至山城以及躲避軍人迫害而勇敢逃離，就是她第二次「生命存續」、「瓦存而後玉存」的選擇。』東大精神科彬原主任作了以上的結論。

『乍看之下，三層次輕生恐怕是她的第三次選擇；年逾八十思慮純熟的她，腦中思緒恐不單純。』彬原主任說。

彬原主任依多年教學與懇談經驗：「擁有信念」的人無懼死亡，例如十七世紀日本異教徒；又例如日本**奥姆真理教**的信徒，美國「大衛教派」（**Branch Davidians**）》激烈自焚都是！

這種「以某種美麗包裝」將自殺神聖化，彷彿為神而死是至高無上。

彬原主任給了結論：『「這種為神而死至高無上」的包裝最難防範，也無從防範！』

『因為它的原動力是信念！這信念創造了耶穌與如來。』

為了感謝彬原主任詳細記錄八田紀香的每一句話，八田康男（林蠅伍）依中國古禮向彬原致上最高敬意：五體投地以頭蹌地三次，口唸「**ありがとう**》』。彬原呆坐椅上不知所挫。

送走彬原主任，八田康男增聘四位女看護；康男本人每半個月一次赴日與母親話家常。即使如此，八田紀香內心「為理念而死係至高無上！」的不一樣選擇，始終沒有動搖過。

八田康男對於「為理念而死係至高無上！」的真義，也從來沒向彬原主任詳細請教過。

一百零八・選擇「不一樣選擇」的八田紀香

一年後，林蠅伍的特別助理接到一通來自日本女人的電話，特助不敢怠慢，立刻轉給老闆。

電話的那端說：『康男，十五年前，盧牧師來到東京池袋教會證道時，提到有一位年輕人，因為一九一二年超級郵輪沉沒，英國的哈柏牧師下沉前送他一塊浮木，年輕人活了，哈柏牧師死了。

年輕人說：『「哈柏與我都作了不一樣的選擇」他的選擇促成我選擇主耶穌、促成我走神職道路，我與哈柏的選擇都是神聖的。』

『康男！盧牧師來到池袋教會證道時，提到年輕人的選擇，雖已過十五年，我還記得住。

一個人活著本來無牽無掛，毋須證明我心如靜。日本社會無人想起八田誠二，你那了不起的父親，但他給我的思念綿延。』電話那端的母親很少在兒子前稱讚八田誠二。

『三個月前曾與彬原主任長談過：我提到十五年前盧牧師在池袋初次證道：鐵達尼號郵輪沉沒時，因哈柏牧師相信直神而救年輕人；我想起你父親八田誠二也是因大船沉沒而死。

康男！自那時起，我內心湧起一個想法，曾經是一個陌生的北國，曾經是我將命運交付給你父親的神聖之地，也就是平壤的安國寺。因為你父親堅定的表情，有稜有角的輪廓分明，令人對於他的保證，絲毫不懷疑。在他信念裡，只有必然相信，絕無「不可捉模」四字。但他的靈魂重疊在我的生命卻太短。

曾經想實現「一個不一樣的選擇」，那個刻印在腦海中的想法。但又像不可能！

平壤的北國，一個高齡女人要如何單身勇闖？幸好康男你來了。

你提到你的事業發展，也提到你認識中國工商領導人；我能不能請你拜託他們，請求北朝鮮金大統領，容許我重遊舊地，讓我也能實現人生不同的選擇？』

一百零九・想起北國平壤飄浮而美麗的白雲

康男聽完電話裡母親的懇求，康男心想：只不過是重遊六十年前的結婚而許諾之地，母親人生到老還能有什麼與眾不同的選擇？為了不讓母親失望，就一口答應母親。

康男（林蠅伍）一生追求卓越，做事一板一眼，實務求是的態度，不祗求學如此，創業也謹守一絲不苟的態度。他立刻啟動國際人脈，特別是中國北京工商部的人脈，包括令狐無疆。

經過一連串不間斷的努力，終於獲得北朝鮮統領同意。

要讓八十二歲的母親得以攜帶喜愛的細軟遠赴異地，又不使母親煩惱大小雜務，康男（林蠅伍）又規劃了全公司的特助、助理、男女秘書、翻譯人員及特聘醫師不下十人；又為了讓這次參訪順利無阻，康男（林蠅伍）私底下給北朝鮮相關承辦人員非金錢上的好處：進口香煙、洋酒、絲巾、咖啡豆、奶粉及洋娃娃；這是流行全球的交際手腕。

康男（林蠅伍）親自到東京葡萄園宅邸時，己指示四位助理將母親私人物品打包完畢。

通過各種專業人員的協助，當天早晨八點一刻，羽田機場的淺藍天空，一架日航波音客機悠然飛起；在中國北京機場轉機後，下午兩點即降落在平壤機場。

在赴平壤飯店途中，八田紀香忽然提出一個未在行程的要求：她想到平壤附近的美川湖，搭乘一艘大型遊艇，以便飽覽夕陽西下的湖光山色。八田紀香輕聲向康男吩咐：人的一生沒幾回可以在心情寧靜無波，身體安然無恙，人生無牽無掛時，全身灑滿北國平壤金黃夕陽而獨自靜享浮光耀今鏡影沉碧、欣喜湖邊周遭景物。

聽到母親的懇求，似也言之成理而不過份；畢境，母親此行若是不開心，花再多錢都枉然。

為了不讓母親失望，林蠅伍（康男）立刻聯絡平壤附近的大型旅行社及遊艇業，務必在下午五點前，把大型遊艇泊靠在美川湖岸邊。

林蠅伍與公司人員忙著進駐飯店、卸下行李；林蠅伍本身忙著調度ＶＩＰ關鍵者，以使此行暢行無阻，根本沒注意到母親已把行李全帶了出來，這意味著紀香今晚沒打算住進飯店。

不住飯店？今晚哪裡還有容身之天地？還是如古哲莊周所說以天為幕以地為枕？

一百一十・白菊花海竟以天地為墓塚

飯店裡只有林蠅伍的行李。由於他與母親不同房間，對於母親房間無行李，蠅伍渾然不覺。

林蠅伍雇了大型舒適的加長轎車，緩慢而舒適的開進遊艇船艙內。

那遊艇還真大，轎車居然可以緩緩開上遊艇船艙內而無搖晃感覺。

一行人走下了車。

這遊艇穩穩的駛向美川湖中央之際，八田紀香已換好了厚重的白色婚紗禮服，經女助理協助，搭遊艇內的電梯上了甲板就摒退她們。

那件婚紗既厚重且長達八點二公尺，是經訂製又壓縮過的禮服；但不是六十年前的原物。

重達三十五公斤，八點二公尺的繁複婚紗！

八點二公尺的婚紗？沒錯。婚紗長度恰與紀香年齡一致，還是八田誠二前後兩字的縮寫？

顯然有特殊含意。到底有甚麼含意？只有藏著深層想法的紀香最清楚。

紅塵有俗事萬萬千，有誰知道機緣巧合的兩件事埋著什麼天機呢？

女人的心思一旦埋藏起來，男性再也猜不透那謎底！

八田紀香又準備了新娘捧花，不過，並非是一般的紅玫瑰而是白菊花。

蒼白的白菊花好似喪禮上的白菊花海，形如歡笑被剝奪的慘白。

白菊花？喪禮？有誰想到美麗的朵朵大白菊與喪禮有關？

一心一意想讓母親開心的林蠅伍，正忙於調度指導，若見此情此景，思慮之先、最需要的諮詢顧問，也許是東京大學醫學部的彬原主任；但忙碌的林蠅伍顯然沒設想到。

甚麼樣的花朵代表歡樂、喜慶、甚麼樣的花朵又代表哀傷、悲慘？企業家林蠅伍全無概念。

宋朝大哲周敦頤曾以出污泥而不染形容蓮花，以隱逸形容菊花，但不曾提到顏色涵意。

畏懼死亡的老人，也許對白菊、白蓮、白玫瑰、白火鶴十分忌諱而談白色變。

世上若有一位老人、老婦反其道而行，擁抱白色，擁抱白菊、白蓮花，那代表什麼？

不懼死亡或擁抱死亡？

或如宗教般將死亡昇華了？亦或飛向白雲上，天父的懷抱中？還是飛向潔白無暇之宇宙？

不知道！都不知道。殷先生與牟先生所教導之學，僅及經世務民、邁向成功之經緯。

若論生與死、禪與般若，圓融通透之哲理奧義，殷、牟兩先生未曾點出毫末。

殷先生曾提了莊子「齊物論」的皮毛與理論，但齊物論強調「本人」要了脫生死。

大企業之經營者，幾人須悟般若禪理？幾人須用圓通妙法？

三個月前，彬原主任提到『「為神而死至高無上！」的理念最難防範，也無從防範！』

林蠅伍顯然沒把它放心中。

未悟般若禪理、未悟圓通妙法的林蠅伍即使在十秒前參透奧義，也已嫌大遲。

二百一十一・為八田誠二而死至高無上？

因為八田紀香的棋盤已落了一著［將軍！］棋，站在甲板上宛如悟道之哲人！

哲人？是誰說過［哲人日已遠，典型在宿昔］？

若不追尋宿昔之典型，今之哲人何故日已遠？

當今之世，太晚參透、太晚頓悟的智慧者不是遍佈於世嗎？

若說［忍把浮名輕拋］不如說［就讓怨、噌、悔怨拋至白雲吧］！

匹夫若頓悟［苟非吾之所有，雖一毫而莫取］，又何來［哀吾生之須臾］？

八田紀香此生既無掛念而一毫而莫取，就毋須寄託！

既毋須寄託，一身輕風何其豁達自在？

一身輕風？紀香身穿八點二公尺的繁複婚紗，美川湖清風正飄捲那白色婚紗飄盪不止。

此刻，八田紀香臉上浮起一層淺笑，那淺笑好似名畫女子蒙娜麗莎**Mona.Liza**的容顏。

此刻的紀香內心，或許是追尋一九一二年超級郵輪上，哈柏（**Harper**）牧師在洶湧巨波中的選擇：將手中浮木贈予年輕人，成就了該年輕人走向神職道路。

這種選擇無私無我，就像耶穌揹著十字架，登上各各他山時的無私無我。

盧牧師當年看穿紀香內心脆弱，選擇留在日本當個葡萄園園丁，不也是無私無我的選擇？

基督教義：吩咐上帝的僕人及使徒走遍天下宣揚福音，使徒為何前仆後繼？真不可思議？

馬偕醫師當年走向高山為高砂族醫治而不懼出草，直至埋骨台灣，這偉大是學不來的！

當康男到甲板上看到母親這一身白色婚紗打扮時，母子倆如同是棋盤上的兩大高手。

下了「將軍！」落子的母親，形同封死對方解謎之路。

古棋譜載明：頂尖高手對陣，瞬間決定贏輸。

紀香棋盤上：無成敗、無輸贏、無生死、無榮辱黑白，只有赤壁賦中說了『明月盈虛如彼…』。

明月看似有盈有虛，明月本身何有消長呢？

既無消長無盈虧，生與死就離開軀殼；形同不在乎死生的枯木。

「為神而死」的棋盤，沒有謎題可解。

當康男看不懂這棋局棋譜的奧妙，就註定是敗陣之一方。

像蒙娜麗莎 **Mona.Liza** 一樣唯美的紀香，微笑的吩咐兒子康男說：「康男！你看我這一身白色婚紗、白菊捧花在金黃夕陽下好看嗎？你到船艙內，把我的相機取來，我們合照幾張吧！」

康男那年代沒有隨時攜帶迷你相機的習慣，康男本人的行李都放在平壤的飯店內。

全然不知這是棋譜中一著「調虎離山」計的康男，欣然到船艙內尋找母親的相機。

就在下錯棋的康男轉身到船艙不到十秒，八田紀香身披八點二公尺長的白色婚紗，手捧白菊，臉上帶著「掌控選擇」的微笑，走幾步到船舷，向後倒躍湖中，三秒即沉入湖底。

康男剛下到船艙即深覺不妙：

第一・母親沒交給他行李的鑰匙，暴力破壞行李顯非最佳選項。

第二・從船艙內的透明玻璃窗隱約見到白色絲織品緩緩墜入湖中，他立刻衝上甲板。

甲板上空無一人。

美川湖清澈的湖面上倒是有那件白色絲織品緩緩下墜的影子。

一秒內康男迅即調來支援人手下水搶救。

由於八田紀香已高齡八十二歲，加上北國平壤的湖水既冰又冷，刺激紀香心臟迅即休克；因此當船伕將她打撈上來時，已超過三分鐘。雖然身體仍有餘溫，隨隊醫師迅即搶救、雖然很快送到平壤最大醫院，施予最佳治療，無奈高齡八十二歲的紀香仍回天乏術。

林蠅伍（康男）忙了一陣人力極致後，仍感謝醫院大夫及護理人員；感謝船伕及遊艇老闆在每一方面都給予親切的協助。林蠅伍理解到：人性光輝的溫與熱，是不分國界不分藩籬的。

外界及西方醜化平壤人，何足為信？

蠅伍在母親的行李箱內層，找到一封防水的遺書及錄音帶。

看完遺書及聽完錄音帶，年逾花甲的林蠅伍的眼淚就不聽使喚了。

一百一十二・千字長的母親最後遺言

『康男！感謝你努力搭救媽媽。雖然你失敗了，但你用心堅持到底之態度是成功的。

十五年前，盧牧師來到池袋教會證道。證道詞中，他提到三十多年前第一次當牧師，第一次在苗栗公館教會證道的證道詞中，提到「一九一二年的泰坦尼Titanic號超級郵輪」在撞上冰山即將沉沒前，「英國的哈柏牧師在冰冷的海水中，將賴以維生的一塊浮木送給一位素昧平生的年輕人」，僅僅期待年輕人他有機會聆聽耶穌的福音，並說這是人生另一種選擇。

退休的盧牧師以七十五高齡，看穿我逃離故園四十多年的空虛人生。

在日本雖物質無缺、文化豐盛，終究是外在；深夜冥思的我：缺乏傳道人導引的內心，內在仍是空虛的。

盧牧師聽到我「雇用他當園丁」的客套話，二話不說就留下來在葡萄園宅邸當個園丁；他是個表裡如一的傳道人：為了一群不是他親手殺死的兒童，犧牲歲月轉型為上帝的僕人。

七十五歲時，他內心必是以一九一二年的哈柏牧師作為楷模，作出新的選擇留在日本，使我內心不再空虛，成就我真心走向神的道路而十分踏實；就如哈柏牧師成就那位素昧平生的年輕人的選擇無私無我，已無法用『偉大』兩字形容。』

『又因為保護我的名節，牧師主動在葡萄園宅邸附近租屋而居，不造成教友的困擾。因為有位犧牲自我的傳道人盧牧師回答聖經之道，白天他常常像生命的諮詢者一般。

我的人生自那時開始，才有了不一樣的領悟。我時時因參透神的道理而獲得喜悅。

例如馬太福音說「要原諒你的仇敵七十個七次」；我雖懂這道理，但個人太渺小而做不到；又如聖經創世紀二十八章：

「你的後裔必像地上沙塵那樣多；地上萬族必因你和你的後裔得福；看哪！我與你同在！你無論往哪裡去我必保守你⋯我總不離棄你。」

雅各書「受試探的人是有福的，因為生命必得冠冕。」

馬太福音說「悲慟的人是有福的。」、路加福音說「貧窮的人有福了。」不知真義是甚麼？

直到盧牧師一雙巨大厚掌拍在我肩膀上，肯定的、一字一句的說出這句真理，就是不一樣。』

『我經常思索：在我生命後期十五年，如果沒有這種領悟與參透，此後的餘生必平凡如一顆倒下的枯木，只等待與草木同時腐朽，即使百歲入棺，內心又有何值得我微笑的心靈？

七年前，盧牧師罹患阿茲海默症愈來愈嚴重，我親自照顧這化身為神的人；並依照承諾，與李素梅長老、謝其堂執事共同送他回肯塔基的故居，又很恭敬的對盧牧師的家人說：「Louis盧家教出一位人間典範、其人心坎開濶、胸有容人溪壑何止浩浩湯湯，肯塔基誕生了一位偉大的驕傲者，值得恆久歌頌景仰。如今人間的使徒完成打造人間淨土使命、傳送福音的道路已讓上帝微笑，我送牧師返鄉十分不捨！」

當天返回肯塔基故里的盧牧師像是一座石雕像一動也不動，令我心慟不已；我一直責怪自已沒注意他的健康，這必定是我的罪衍。盧牧師回到肯塔基故居半年後去逝，如果把盧牧師比方成十字架上的耶穌，那鞭笞的劊子手必然是我。除了譴責自己，我還有什麼選擇？

我依然赴盧牧師肯塔基的墓塚追思，現場會眾依然合唱「**Nearar, My God to Thee**」。

康男！三個月前你來找媽媽，我像是獲得重生一樣高興！上帝把你從茫茫人海中帶到媽媽眼前，媽媽內心確實充滿天父賜給的喜悅；但是媽媽經歷四十多年的時空波瀾，各人在閱歷座標中各有自已的恆星。昔日牧師帶給我十年領悟，導引我的靈魂有五年的冥想；但想到盧牧師選擇走一條為我犧牲的路，想到他常引述耶穌說：「我就是道路、真理與生命」的聲音在耳際響起，他就像哈柏牧師選擇走一條犧牲自我的孤獨之路，犧牲肉體留下不死的精神，在我胸中迴盪不已。

人格者八田誠二隨大海飄去；神格者盧牧師 **Louis** 隨千風而遠颺肯塔基；胸襟者吳星光不知流落何方？

這三位行者飄落多年，我往空中努力搜尋仍找不到半片魂魄讓我依託。

希伯來書說『這些人都是存著信心死的；卻從遠處望見，且歡喜迎接，又承認自己在世上是客旅，是寄居的』媽媽如果沒有盧牧師以聖靈導引，就只是一具寄居世間的軀殼。

媽媽是個內心容易脆弱的女人，不如外表強作鎮定；不知人世間還有什麼值得我選擇之路？畢竟媽媽已年老，嚐盡之辛酸何堪回首？如今舔嗜過往，只有人格者八田誠二與媽媽共披的白色婚紗，是僅存的一絲亮光還值得媽媽選擇。

康男！請不要為媽媽悲傷！媽媽既有尊嚴而來當亦有尊嚴而走。回首前塵往事，此生已無一絲絲遺憾。

內心的領悟與自省的智慧，宛如黑夜忽見明燈與荒漠中的甘泉一樣稀有；凡人蒐羅珍寶，智者蒐羅自省。珍珠寶石可自市賈購得；唯有頓悟自省是內心微妙變化，無法以金錢衡量。

如何往自省的道路走，康男比媽媽有智慧，媽媽無法指引你。

媽媽先走一步了！感恩今生有你這麼貼心的好兒子！願上主祝福你！　媽媽　紀香（簽名）』

八田康男（林蠅伍）看完這張以日文書寫的長長遺書，因太令人動容而泣不成聲。

母親追求不一樣的選擇：是以裹著美好的白色婚紗追尋父親八田誠二沉船時的映像，以求天人合一，母親既無悲哀也無憤慨，更無生命之缺憾。

一個在平壤美川湖，大型遊艇上的影像：母親穿上八公尺二十的婚紗，捧著白菊花在燦爛夕陽映照下，微笑如蒙娜麗莎 **Mona.Lisa** 自然而絕美，內心散發出和藹多麼真誠！

父親八田誠二與這真誠和藹的映像相處不止一千天；但留給八田康男僅僅十秒。

短到比曇花一現更短、短到連誇獎機會也沒有，以感慨萬千也無法形容吧！

康男隨後回想：雖沒能留住半張影像在底片上，但看見母親她微笑的剎那，康男理解什麼是[剎那即永恆]。母親微笑了十秒，這就夠了！

即使如此，蠅伍仍不懂女人心、不懂基督教義、不懂母親內心「藏了另一選擇」的弦外之笑何義，母親優雅靈魂吐露什麼芬芳？

一百一十三・半邊殘缺不完美雕像的伊東構思

康男回到日本，聘請了日本年輕新銳設計師伊東先生，苦思八田紀香的墓園。

墓園視野寬敞而簡潔，只有白雲映照那大片朝鮮草平野。

伊東先生仿照十九世紀畫家林布蘭特『聖母瑪莉亞懷抱耶穌』的古畫而雕塑。

從正面看：一個女人抱著懷中嬰兒哺乳，沒有任何異樣。

從背面看：這座雕像卻似被一把鋒利之刃削掉三分之一，凸凹殘缺而不完美；它暗示世人：這母親懷抱嬰兒雕像的背面有段故事：了不起的伊東先生果然猜中園主康男的意思。

碑石正中央寫著這麼一段日文：故事很簡短：

『這是一位勇敢選擇不同人生的女士。

因充滿智慧有容乃大。

因受軍部追逐、爬越壘壘荒墳及水蛭潭。

因為堅毅、敢於揭發不公不義，滿身傷痕而離鄉棄子。

因為智慧而及時因應危機，救人脫險而不求揚名。

選擇哈柏牧師不一樣的選擇模式的犧牲而獲喜悅。

她全身以公義慈愛雕刻而不悔。

囑咐設立「聖潔者啊！**ありがとう**」的青色碑石。

這是一位值得景仰的女士，願主耶穌與她同在。　永永遠遠』

這座私人墓園視野寬敞、平緩不陡。平野一片的朝鮮草映著遠方白雲，景像莊嚴。

八田康男懇求池袋教會的淵田牧師，在作完八田紀香的追思禮拜後，率領會眾到這座私人墓園前合唱「**主よみもとに近づかん**」及「**優しい光**」。

康男還聘請了俄羅斯的大提琴家羅斯托波維奇演奏「**Nearar, My God to Thee**」。

吟誦完合唱，池袋教會的信眾走了。私人墓園只剩康男兀自沉思。

康男低頭冥想生命的本質及活著的意義時，遠處的大提琴慢條斯理地演奏著。

功力深厚的俄羅斯琴弦似在悲鳴出「**Nearar, My God to Thee**」的弦外之音：

當時代是悲愴時，

生命是悲慘的。

當宿命的結局已知，

生命是沒道理的。

擁抱預期外的慈愛付出是一生可喜的，

忘掉結果毋需懸念。

生命譜出的樂章向來無從預演；

生命之苦澀亦難以輕嚐。

大提琴低鳴恰似如歌的行板，琴弦奏出喉音竟可如此詮釋生命之歌詠。

康男打算陪著母親整晚；因為六十多年前的母親經常是陪他整晚。

私人墓園旁道路兩邊植滿白楊樹，與他九歲時母親引他遠足回家，所見白楊樹何其相似。
就讓白楊樹孤獨的守著青色碑石吧！
雖然青色碑石並不知青風輕拂外，還有整排白楊樹與它一齊守著孤獨。
那是聖潔者的孤獨。
遠處羅斯托波琴音仍在空中遼繞飄盪著。

獵海人

聖潔的微光——ありがとう：
曾發出微光的雕像

作　　者　弦撫松
圖文排版　周妤靜
封面設計　楊廣榕
出　　版　孫虔修
製作發行　獵海人
114 台北市內湖區瑞光路76巷69號2樓
電話：+886-2-2518-0207
傳真：+886-2-2518-0778
服務信箱：s.seahunter@gmail.com
展售門市　國家書店【松江門市】
10485 台北市中山區松江路209號1樓
電話：+886-2-2518-0207
三民書局【復北門市】
10476 台北市復興北路386號
電話：+886-2-2500-6600
三民書局【重南門市】
10045 台北市重慶南路一段61號
電話：+886-2-2361-7511
網路訂購　博客來網路書店：http://www.books.com.tw
三民網路書店：http://www.m.sanmin.com.tw
金石堂網路書店：http://www.kingstone.com.tw
學思行網路書店：http://www.taaze.tw
法律顧問　毛國樑　律師

出版日期：2015年10月
定　　價：480元

Printed in Taiwan

國家圖書館出版品預行編目

聖潔的微光-ありがとう：曾發出微光的雕像 /
弦撫松作. -- 新北市：孫虔修, 2015.10
面；　公分
ISBN 978-957-43-2936-6(平裝)

857.7　　104021893